仙道 체험기

김태영 著

109

글앤북

선도체험기 109권 1부에는 그동안 필자가 송사를 당하여 법원을 6 년 동안 드나들면서 보고 듣고 체험한 이야기들을 실었다. 원래 이 러한 이야기들은 신문사 문화부 기자들이 응당 수행했어야 할 일이 지만 그들은 특정 단체가 관련된 이 사건은 다루지 않기로 약속이나 한 듯 침묵을 지키고 있기 때문이다.

필자는 1974년에 문예지 '한국문학'을 통하여 문단에 등단한 이후 에도 1982년에 장편소설 『훈풍』으로 삼성문학상과 1985년에 장편소설 『중립지대』로 MBC 육이오문학상을 수상했고 1985년엔 장편 『다물』 이 베스트셀러에 오르고 소설 『한단고기』 상, 하권은 장기간 국군 정훈교육용 부교재가 되기도 한 124권의 저서를 가진 소설가다.

이쯤 되는 소설가라면 그의 독자들의 호기심을 충족시키기 위해서 라도 문화부 기자들의 취재 대상이 되었어야 정상이다. 그런데 그것 이 안 되었기 때문에 필자가 대타로 나선 것이다.

문학애호가들 중에는 1960년대에 있었던 염재만이라는 젊은 신진 소설가가 그의 장편소설 『반노(叛奴)』로 인하여 소송에 휘말려 한동 안 신문지면에 재판 진행 과정이 시시콜콜이 보도된 일을 기억하는 분들이 있을 것이다.

그런데 나는 염재만 소설가보다 훨씬 더 많은 소설을 써 온 80이

넘은 노작가지만 신문기사로는 단 한 줄도 보도된 일이 없다. 그 공백을 전직 신문기자이기도 한 필자가 메워보기로 한 것이다.

그 밖에 제2부 기사들은 늘 있었던 시사 문제와 수련과 관련된 이야기들로 채워졌다. 특이한 기사로는 이메일 문답란 끝에 실린 가수 이남수 씨의 「생식으로 대장암 고친 사연」이 있다. 꼭 한번 읽어주기 바란다.

이메일 : ch5437830@kornet.net

단기 4348(2015)년 3월 10일

강남구 삼성동 우거에서 김 태 영 씀

차 례

Contents

제 1 부

사실과 진실

2014년 7월 2일 수요일

우창석 씨가 말했다.

"선생님, 사실과 진실은 어떻게 다릅니까?"

"사실은 실제로 있었던 일을 누가 언제 어디서 무엇을 어떻게 왜와 같은 육하원칙(六何原則)에 따라 기술된 것을 말하고, 진실은 누가 언제 어디서와 같은 특정 사실과는 관계없이 이 세상 누구라도 언제 어디서든 관계없이, 무엇을 왜 어떻게 했을 때 어떤 일이 일어난다는 인과관계를 밝힌 글입니다.

이렇게 학술적으로 또는 논리적으로 말하면 아마 이해하기 어려울 것이니, 보다 알기 쉽게 실례를 하나 들어서 말하겠습니다.

홍길동이라는 백수 청년이 2014년 7월 2일 오후 2시에 오동 마을 슈퍼에 들어가, 하도 배가 고파서 진열대에서 빵을 한 봉지 슬쩍 주머니에 찔러 넣고 계산대를 빠져 나오다가 CCTV로 그의 행동을 주시하고 있던 경비원에게 절도 현행범으로 체포되어, 훔친 빵과 함께 경찰에 인도되었습니다.

그러나 홍길동이 초범인데다가 잘못을 깊이 뉘우치고 있을 뿐 아니라, 동회 공무원인 그의 아버지가 보증을 서 주어 훈계 방면되었습니다. 이것은 하나의 사실이라고 할 수 있습니다.

11

그러나 어떤 작가가 누구든지 배가 고프다고 해서 아무 상점에나 들어나 음식물을 훔치면 반드시 처벌을 받게 된다는 것을 내용으로 한편의 소설을 썼다면 이것은 사실이라기보다는 이 사회의 현실의 한 측면의 진실을 밝힌 것입니다.

나쁜 짓 하는 사람은, 누구를 막론하고 아무리 사소한 일이라고 해도, 반드시 조만간 벌을 받게 되어 있다는 진실을 말했기 때문입니다."

"그런데 그렇게 당연한 일을 가지고 무엇 때문에 새삼스럽게 거론하십니까?"

"지극히 당연한 일 같지만, 실상은 그렇지 않기 때문에 이렇게 문제를 제기해 보았습니다."

"선생님께서는 1992년에도 출판물에 의한 명예훼손 혐의로 단월드의 전신인 단학선원 측에 의해 검찰에 기소되었다가 기소부제기 처분을 받으신 일이 있었는데도, 16년 뒤인 2007년에 신성일이라는 후배 무명작가의 간절한 요청으로 그의 소설에 추천사를 써 주신 사건으로, 같은 고소인에 의해 이번에는 민사로 5천만 원 손해배상청구소송을 당하게 되었습니다.

그러자 같은 고소인은 2008년 초에 형사 고소까지 했습니다. 고소이유는 그전과 같이 고소인이 피고소인에 의해 출판물에 의해 명예훼손을 당했다는 겁니다.

단월드의 창설자요 원장으로서 수련을 하려고 찾아오는 처녀들을 유인하여 상습적으로 엽색(獵色)행위를 한 내용을 피고인이 추천사

속에 언급한 것입니다.

1992년에 고소당하셨을 때는 검찰 수사 과정에서 고소인의 습관적인 엽색행위가 내사 결과 사실임이 인정되어 기소부제기 처분되었습니다.

그 후 16년이 지나서도 동 후배 작가의 소설에 의해서 똑같은 범죄가 상습적으로 되풀이되는 것을 알게 되자, 선생님께서 그 진상을 추천사 속에 물론 익명으로 언급하신 것이 문제가 되어 민형사상의 고소를 당한 것입니다.

신문기자처럼 육하원칙에 의해 기사를 쓴 것도 아니고 보편타당한 진실을 언급한 것입니다. 신문기자가 특정인의 부정행위를 착오로 잘못 기사화해도 그 의도가 공익을 위한 것이라면 무죄가 되는 것이 상례인데, 유명 작가가 구체적인 사실을 말한 것도 아니고 보편적인 진실을 후배 작가의 소설의 추천사에서 말한 것이 어떻게 명예훼손이 되느냐 그겁니다. 한국에는 그만한 표현의 자유도 없다는 말입니까?

그리고 고소인의 여성 제자들에 대한 엽색(獵色) 및 간음 행위는 그 후에도 한국과 미국에서 점점 더 대담하게 자행되었습니다.

한국에서는 충청북도 영동, 산속에 지어진 천화원이라는 수련 시설에서 100여 명의 남녀가 완전 나체로 고소인의 주도로 음란행위를 자행할 정도로 확대된 것이, 그 후 여성 피해자들의 집단 진정으로 서울지방검찰 동부지청의 박준모 검사에 의해 작성된 조서에 의해 1993년 사건번호 형제 285075호에 의해 밝혀졌지만, 피고 측에서 증거로 제출된 이 조서가 담당 판사에 의해 채택이 거부되었습니다.

사법당국에 의해 처벌되지 않은 범죄는 사실로 인정할 수 없다는 담당 판사의 판단은 지나친 재량권 남용이거나 근무유기로밖에는 생각되지 않습니다.

검찰 조서에 의해 그 죄상이 명백히 드러난 범죄행위를 단지 사법당국에 의해 처벌되지 않았다는 핑계로 원고의 죄상은 덮어둔 채 그 사실을 공표한 피고만 명예훼손으로 처벌하는 것이 과연 법의 정의에 적합하다고 말할 수 있겠습니까?

예컨대 살인을 저지른 자가 그 죄상이 검찰 조서에 의해 명백히 드러났는데도 불구하고 그가 관계 공직자들에게 뇌물을 써서 법의 심판을 일시 피하고 있다고 하여 그의 살인죄를 인정할 수 없다는 괴상한 논리와 같다고 아니 할 수 없습니다. 이것은 검찰이 작성한 살인자의 명백한 죄상보다 그가 자행한 뇌물의 효과를 더 중요하게 여기는 것과 같습니다.

이것이 바로 대한민국 사법계의 적나라한 실상이니 서글픈 일이 아닐 수 없습니다. 이러한 유전무죄(有錢無罪) 무전유죄(無錢有罪)의 부조리는 무슨 일이 있어도 반드시 시정되어야 합니다. 그렇지 않으면 대한민국은 건전한 국가로 발전해나갈 수 없습니다.

선진국과는 달리 한국에서는 금전 로비가 무한정 허용되어 사실상 사이비종교의 천국임을 감안할 때 이는 누가 보아도 판검사들이 한 쪽을 편들어 준다는 인상을 지을 수 없습니다.

정부의 공식 허가를 받고 개설된 수련단체의 원장이 스승이라는

우월한 지위를 이용하여 순진무구한 처녀 수련생들을 유인하여 '옥
문(玉門은 여성 생식기를 말함)수련'을 한다는 구실로 엽색행위를 하
고도, 혼사길이 막힐까 봐서 경찰에 고소하지 못하는 처녀들의 약점
을 이용하여 이러한 짓을 습관적으로 자행하는 것은 누가 보아도 파
렴치하고도 천인공노할 범죄행위로서 반드시 응징되어야 합니다.

경찰과 검찰의 손길이 미치지 못하는 음지에서 독버섯처럼 기승을
부리는 사이비종교 교주의 이러한 사악한 성범죄행위야 말로 공공의
이익을 위하여 멸사봉공하는 기자나 작가가 떠맡을 수밖에 없는 분
야가 아닐 수 없습니다.

검사와 판사가 당연히 해야 할 일을 대행하는 기자나 작가들을 격
려는 못해줄망정 적반하장으로 사법기관들이 고소인을 편들어 정의
의 편에 선 사람들을 처벌하려고 하니 이게 도대체 선진국 반열에
진입했다는 법치국가인 대한민국에서 있을 수 있는 일입니까?"

"그 취지에는 전적으로 동감입니다. 그러나 현실은 그렇지 않으니
답답하고 한심할 뿐입니다."

"이 사건은 앞으로 어떻게 될 것 같습니까?"

"내일 즉 2014년 7월 3일 오전 10시에 결심 판결이 있다고 하니
하루만 더 지켜보도록 합시다."

바로 이때 변호사 사무실에서 전화가 걸려왔다. 내일 오전 10시로
예정되었던 결심 공판 일정이 7월 24일 오전 10시로 3주 동안 연기
되었다는 것이다.

이러한 전화 내용을 들은 우창석 씨가 말했다.

"그렇게 예정된 공판 일정이 갑자기 변경되는 것은 무엇 때문일까요?"

"아무래도 판사의 결심 판결이 자기 쪽에 불리할지도 모른다는 낌새를 눈치챈 사이비종교 교주인 고소인과 담당 검사를 지원하는, 세월호 참사를 야기한 최고 책임자요 구원파 교주인 유병언의 배후 세력인 관(官)피아와 같은, 비밀 조직이 비밀리에 담당 판사에게 판을 뒤집으라는 지령을 내렸을 가능성이 있습니다.

세월호 참사의 사실상의 책임자인 유병언을 잡을 것 같으면서도 놓치기를 5개월 이상이나 수없이 되풀이하다가 결국은 그를 시체로 만들어 노출시킨 기기묘묘한 수법을 보아도 용의주도한 관피아의 소행임을 추측할 수밖에 없습니다."

"그럼, 구원파 교주인 유병언이 만든 비밀 조직원들이 자기네가 살기 위해서 교주를 배신했다는 얘기군요. 결국 유병언이 위급한 때에 써먹으려고 공들여 길러놓은 경비견에게 물려 죽은 꼴이군요."

"그렇습니다. 그렇게 하는 것이 교주만 해외 탈출을 시키거나 아니면 교주와 함께 국내에서 몰살당하는 것보다는 차라리 교주만 희생시키고 관피아 조직원들만이라도 살아남아 후일을 도모하는 것이 유리하다고 그들은 판단했을 것입니다. 사이비종교의 배후 조직인 관피아쯤 되면 능히 그럴 수 있습니다."

"그게 아니고 담당 판사의 재량권을 원고가 아예 통째로 매수해버렸을 가능성도 있지 않겠습니까?"

"그럴 가능성도 없는 것은 아니지만 지금까지의 각종 정보에 따르면 관피아가 작용했을 가능성도 농후합니다."

"그건 그렇고 원고 측에서는 변호사가 아니고 왜 검찰이 그런 일을 합니까?"

"고소인이 검찰에 고소를 하자 검찰이 하루 종일 피고인을 소환 심문하여 그 결과를 가지고 약식 재판 청구를 하면 판사는 피고를 따로 심문하지 않고도 약식으로 벌금 5백만 원 벌금형을 때릴 수 있다고 합니다.

5백만 원 벌금형을 받은 나는 이때 비로소 변호사를 선임하고 정식 재판 청구를 한 것입니다. 그때가 2008년 초였으니 어느덧 6년이라는 세월이 흘렀습니다.

이 사건을 맡게 된 판사가 그동안에 여럿이 교체되었지만 그들 중어느 누구도 이 사건을 사명감을 갖고 공평무사하게 판결할 생각은 하지 않고 골치 아픈 사건으로 간주하여 될 수 있는 대로 기피하려고만 했습니다. 그러는 사이에 시간은 자꾸만 흘러 어느덧 6년이라는 적지 않은 세월이 흘렀습니다.

그러나 지금 이 사건을 맡은 박진영 판사는 사건 기록과 양측의 준비서면들을 꼼꼼히 읽어보고 그 밖의 관계 참고 서류들을 의욕적으로 섭렵해보고는 피고의 일관된 주장에 일리가 있다고 공판 중에밝힌 일도 있습니다.

실로 오래간만에 제대로 된 강직하고 청렴한 판사를 만났구나 하고 속으로 기뻐했었는데, 앞으로 어떻게 될지 좀 더 지켜보아야 알 것 같습니다."

"결국은 파사현정(破邪顯正)이요 사필귀정(事必歸正)이 아닐까요?"

"그거야 어디까지나 피고인 나의 희망 사항일 뿐이고 현실은 그렇지만은 않으니 문제죠."

"요즘도 여전히 법조계에서 유전무죄(有錢無罪) 무전유죄(無錢有罪)가 판치는 모양이죠?"

"스스로 알아보세요. 그러나 우리 법조계에서도 미국처럼 배심원제가 실시되고, 유전무죄가 뿌리 뽑힌다면 확실히 한국 법조계도 선진국 대열에 끼어들 수 있을 것이라고 장담할 수 있습니다. 뜻있는 젊은 법조인들 속에 지금도 은근히 퍼져나가는 유전무죄 뿌리뽑기 운동이 계속 확산되어 나가기를 기원할 뿐입니다."

돌변한 판사의 태도

2014년 7월 24일 목요일

집에서 오전 8시 50분에 집을 출발하여 전철을 타고 교대에서 내려 변호사 사무실에 도착하고 보니 9시 30분이었다. 늘 하여 오던 대로 담당 변호인과 같이 법원에 가려고 했건만 오늘 따라 그의 출근이 늦었다.

15분을 기다렸는데도 변호인이 나타나지 않았다. 혹시 무슨 일이라도 있느냐고 여직원에게 물어보아도 아무 일 없다고 했다. 오전 10시 정각에 공판이 개정될 예정인데 무작정 기다리기만 할 수도 없어서 9시 45분에 나 혼자서 법원으로 향했다.

10시 5분 전에 지정된 508호 법정 앞에 도착했다. 이기영 단피연 (단월드 피해자 연대) 총무가 기다리고 있었다. 원고 측 법무팀 직원들은 이미 와 있다고 했다. 그와 나는 법정 안으로 들어갔다.

문단 데뷔 후 40년 동안 『다물』이라는 베스트셀러와 국군의 정훈 부교재로 장기간 이용되어 온 소설 『한단고기』를 위시한 124권의 소설을 써 온 한 원로 작가가 무명의 후배 작가의 소설에 추천사를 써 주었다고 해서 그것이 문제가 되어 민형사상 2중의 고소를 당해 법정에 서게 되었다면 내 독자들의 호기심을 끌 만도 한 일일 것이고, 신문사 문화부 기자들이 취재차 방청석에 와서 취재를 하는 것이 정상이건만 기자는 단 한 명도 내 눈에 띄지 않았다.

그 이유는 기자들이 단월드 관련 사건을 열심히 취재를 하여 데스크에 넘겨도 활자화되지 않게 된 지가 오래되었기 때문이다. 원고 측이 중요 신문사 경영진에 금전 로비를 하여 그렇게 만들어 놓았다고 한다. 주요 신문들에 투입된 로비 자금만 해도 무려 20억 원이라는 정보가 수년 전부터 나돌고 있었다.

방청석에 앉자마자 판사가 들어왔고 장내의 일동이 다 일어섰다. 좌정한 판사가 피고인을 호명했다. 내가 손을 들자 피고석에 가서 앉으라고 했다. 자리에 가서 앉으니까 이번에는 몸이 불편하지 않으면 일어서 달라고 했다.

어쩐지 그전의 화기애애한 분위기와는 다른 싸늘한 냉기가 감돌았다. 아무래도 7월 3일로 예정되었던 결심공판이 바로 그 전날인 7월 2일 오후에, 3주일 후인 7월 24일인 오늘로 3주간이나 연기되면서 그동안에 무슨 변화가 일어난 것이 틀림없었다.

그렇지 않으면 매번 나에게 호의적이었던 판사의 태도가 이처럼 돌변한 이유가 무엇일까? 내가 이런 생각을 하면서 자리에서 일어서자, 판사가 판결문을 읽어 내려가기 시작했다.(판결문의 의례적인 부분은 생략하고 요점만 기술한다.)

사건 2008고정3707 출판물에 의한 명예훼손

범죄 사실

'피고소인은 1987년부터 1991년까지 피해자 주식회사 단월드의 전신인 주식회사 단학선원에서 수련을 하다가 단학선원 내부의 비리를 알린다는 이유로 1990년 선도체험기라는 소설을 집필하면서 단학선원을 결별하였던 소설가이다.

피고인은 2004년 11월 18일 18시경 강남구 논현동 268-15 삼공빌딩 502호에서 피해자 단월드 및 단월드 설립자 이승헌을 비방할 목적으로, 신성일이 단월드를 홍단원으로, 이승헌을 장문식으로 각각 묘사하여 작성한 소설 『깨달음의 권력』에 대하여,

"…지금도 홍단원이나 부속 사업체에서 일하는 사범들은 대부분 노임을 갈취당하여 영양 부족과 건강 악화로 고통을 받는 것은 그때와 다름이 없다.

한편 웬만한 사범들은 거의 다 신용불량자로 전락하여 신용카드 회사원들의 추적으로 불안한 나날을 보내고 있다. 장문식의 불법 치부와 엽색행위 역시 그때와 조금도 다름없이 진행되고 있음은 말할 것도 없다.

한국에서 벌어들인 막대한 돈이 외화로 바뀌어 계속 미국으로 밀반출되는 것이다. … 김대중 정부 시대까지는 홍단원과 부속 사업체들이 벌어들인 돈으로 정부 요로에 로비를 하거나 든든한 줄을 대어 자기네의 비리를 고발하는 사건이 벌어져도 무난히 수습할 수 있었다. 그러나 김대중 정부 퇴진과 더불어 상황은 달라졌다.

장문식은 모 대통령 후보의 실세인 C씨에게 막대한 정치 자금을 댔지만 그의 기대와는 달리 그 후보가 낙선되고 노무현 정부가 들어서게 되어 헛다리를 짚은 것이다.

… 씨는 뿌린대로 거두게 마련이다. 깨달음을 가장한 가짜 스승 장문식이 그 동안 재탐(財貪)과 색탐(色貪)에 혈안이 되어 온 데 대한 인과응보요 자업자득이다. … 좌우간 가짜 스승 장문식과 홍단원으로 인해 지금도 무고한 수련자들의 인간성이 황폐화되어 가고 있는 이때 미꾸라지가 모기의 유충을 잡아먹음으로써 모기의 천적이 되듯이 이 소설도 이 땅에서 기식하고 있는 가짜 스승과 사이비종교에게는 유력한 천적이 되기 바란다"라는 내용의 추천사를 신성일에게 작성해 주었다.

그러나 사실은 피해자 단월드가 심신 수련원이라는 최초 설립 목적을 벗어나 설립자인 이승헌을 우상화하면서 사이비종교로 변질되었다거나 그 과정에서 사기적인 방법으로 단체에 가입한 회원들을 착취하고 지도부가 단체의 자금을 횡령하거나 밀반출한 사실 및 소속 여성회원들을 추행 강간하거나 정치에 개입한 사실 등이 확인된 바 없었다.

결국 피고인은 2004년 12월 15일 서울 종로구 교남동 10 우성빌딩 307호 도서출판 유림에서 위 추천사가 게재된 사건 소설이 출판되게 함으로써 허위 사실을 적시하여 피해자 단월드와 피해자 이승헌의 명예를 각 훼손하였다. (… 일부 생략 …)

피고인 및 변호인의 주장에 대한 판단

피고인 및 변호인은, 피고인이 쓴 공소 사실 기재 추천사의 내용은 모두 사실이고, 피해자들을 비방할 목적도 없었다는 취지로 주장하나, 판시 증거들에 의하면 위 추천사는 그 중요한 부분이 객관적 사실로 밝혀지지 아니한 허위의 사실로 보이고, 위 증거들에 의하여 인정되는 위 추천사의 전체적인 내용, 사용 문구 및 표현 방법, 피고인과 피해자들의 관계, 피고인이 위 글을 게재한 동기 및 경위, 위 추천사가 게재된 출판물의 성격 등에 비추어 보면, 피고인에게 피해자를 비방할 목적이 있었다고 판단되므로 피고 및 변호인의 위 주장은 받아들일 수 없다.' (… 이하 생략 …)

이외에 특기할 것은 벌금이 기존의 5백만 원에서 3백만 원으로 줄어든 것이다.

위 판결문에 귀를 기울였던 피고인 나에게 떠오르는 생각은, 담당 판사가 6년 동안이나 끌어온 이 사건을 맡으면서 양측이 제출한 본건 관계 서류, 준비서면 일체를 철저히 조사하여 공정한 판결을 내리겠다고, 요청하지도 않는 약속을 한 것과는 달리 사태의 본질을 전적으로 잘못 판단하고 있다는 것이다. 그는 판결문 서두에서 말했다.

'피고소인은 1987년부터 1991년까지 피해자 주식회사 단월드의 전신인 주식회사 단학선원에서 수련을 하다가 단학선원 내부의 비리를

23

알린다는 이유로 1990년 『선도체험기』라는 소설을 집필하면서 단학 선원을 결별하였던 소설가이다"라고.

그러나 이것은 사실과는 거리가 멀었다. 내가 수련을 위해 단학선 원에 가입한 것은 사실이지만 1988년경부터는 이승헌 원장의 간곡한 요청으로 단학선원의 홍보책임자로서 '단학'이라는 잡지를 위시하여 '상단전의 비밀', '신이 되는 길' 등을 집필 편집하고 있었다.

그 때문에 선원 근처에서 내가 근무하고 있던 한국일보 자매신문 사인 코리아타임스에서의 근무를 끝내고 하루에 두 세 시간씩 단학 선원 사무실에 나가 노임을 한 푼도 받지 못하고 일하고 있었지만 원장 자신은 매월 8백만 원씩 월급을 타가고 있었다.

간부급인 나에 대한 처우가 그 정도였으니 수련생들을 직접 가르 치는 힘겨운 작업을 하는 사범들은 오죽 했을까 상상해 보지 않아도 알 수 있는 일이다. 내가 원장의 측근이 되면서부터 다른 측근들에 의해 그에 대한 온갖 비리와 부정행위에 대한 정보들이 내 귀에 끊 임없이 흘러 들어오기 시작했다.

이처럼 나는 나도 모르는 사이에 이승헌 원장의 측근이 되어 3년 동안이나 일했던 것이다. 만약에 이 사건 담당 판사가 이 사건을 그 의 말대로 정말 공정하게 심판할 의사가 처음부터 있었다면 이 사건 의 근본 원인이었던 선도체험기의 해당 부분만은 만사 제쳐 놓고 읽 어보았어야 했다. 허지만 그는 그렇게 하지 않았다.

그러나 박진영 판사는 스스로 한 언약을 깨고 그렇게 하지 않았기 때문에 나를 단학선원의 단순한 수련생으로 보는 착오를 범했던 것이다.

내가 만약에 단순한 수련생으로 4년 동안 수련만 받았다면 어떻게 선도체험기를 10권이나 채울 만한 방대한 정보와 자료를 입수할 수 있었겠는가? 담당판사는 분명 공무원으로서 직무유기를 한 것이다.

이 사건의 본질은 신문기자요 소설가인 피고가 공공의 이익을 위하여 한 사이비종교 교주의 각종 비리의 본질을 소설로 파헤친 데 있다.

박시종이라는 소설가가 현대건설 홍보실장으로 수년간 근무하는 동안 체험하고 보고 들은 것들을 소재로 '돈의 황제'라는 장편소설을 썼다. 주인공 왕회장은 정주영 회장을 모델로 형상화한 것이었다. '현대' 그룹의 비리를 파헤친 소설이어서 당장 운영에 타격을 입기도 했다.

정주영 회장에게 측근들은 명예훼손으로 고소하자고 했지만 정주영 회장은 응하지 않고 도리어 소설에서 지적된 비리와 부정을 낱낱이 시정하는 개혁 작업을 진행시켰고 이로 인해 현대는 세계적인 대기업으로 성장할 수 있었던 것이다. 나는 단학선원도 그렇게 되기를 기대했다. 그러나 이승헌 원장은 정주영 회장과는 정반대의 길을 갔다.

요즘 세월호 참사로 한창 국민의 관심을 끌고 있는 구원파라는 사이비 종교 교주 유병언과 모든 행태가 거의 유사한 사람을 나는 이미 24년 전에 선도체험기의 주인공으로 다루었던 것이다. 다른 것이 있다면 오대양 사건이나 세월호 참사와 같은 대형 사고가 아직 표면화되지 않았을 뿐이다.

원고는 1991년 8월 『선도체험기』 4권이 나가면서부터 피고에 대한 반격을 잔뜩 노리다가 『선도체험기』 내용을 걸어, 1992년에도 검찰에 출판물에 의한 명예훼손으로 고소했었다. 그러나 당시의 강신욱 담당 부장 검사는 피고에 대한 강도 높은 강압적인 수사에도 불구하고 끝내 혐의점을 찾아내지 못하자 무혐의에 해당되는 기소부제기 처분을 내렸던 것이다.

이에 대한 원고의 불만이 이번의 추천사 사건으로 비화된 것이다. 기소 후 6년이나 끌어온 사건을 맡은 담당 판사쯤 되면 적어도 내가 방금 말한 정도의 사실은 미리 파악해 두었어야 한다. 그러나 박진영 담당 판사는 처음부터 수박 겉핥기식으로 시종일관했으므로, 이 같은 착오를 범한 것이다.

세월호 참사 이후 요즘 종편의 고정 출연자로 각광을 받고 있는 명사가 있다. 정동섭 교수 부부다. 그는 유병언의 영어 통역으로 발탁되어 8년 동안 유병언의 측근으로 일했다.

그러나 세월이 8년이나 흐르면서 유병언의 일거일동을 최근거리에서 세밀하게 관찰해 온 정동섭 교수는 그의 인간적이고 도덕적인 비리와 부정에 더 이상 참고 그의 곁에 붙어있을 수 없을 지경에 도달했다고 종편에서 있었던 한 대담에서 말했다.

'그 인간적이고 도덕적인 비리가 무엇이냐'고 사회자가 묻자 그는 다음과 같이 말했다.

'기독교인이면 누구나 지켜야 할 10계명 중 첫째 조항부터 지키지 않았습니다. 그는 자기 자신을 우상화 신격화함으로써 이 조항을 지키지 않았습니다. 또 그는 본처가 엄연히 살아 있는데도 불구하고 간음하지 말라는 계명을 어기고 여러 첩을 거느리고 살림까지 차리고 있었습니다.

또 거짓말하지 말라는 계명을 거역하고 금방 들통이 날 거짓말을 끊임없이 습관적으로 해댔습니다. 이런 인격 파산자 옆에서 더 이상 머물러 있는 수치를 감당할 수 없어서 집사람과 저는 끝내 그를 떠날 수밖에 없었습니다.'

1994년 정 교수의 유병언과의 결별은 한국 종교계에는 큰 뉴스꺼리가 아닐 수 없었다. 여기저기서 초청 강사로 그를 초대했고 그때마다 그는 유병언이라는 사이비 교주의 실상을 그가 보고 느낀 그대로 낱낱이 털어놓았다.

그러자 유병언은 정동섭 교수를 명예훼손 혐의로 고소했다. 모든 사이비 교주의 특징 그대로 그는 로비 자금을 물쓰듯 했다. 그 때문에 그는 1심과 2심에서는 가혹한 심문을 받았고, 21일 동안이나 구속이 되기도 하면서 결국은 유죄판결을 받았다.

그러나 대법원 판사들은 1, 2심 판사들과는 사고방식이 확연히 달랐을 뿐만 아니라 강직하고 청렴했다. 그들은 사이비 교주인 유병언의 행태를 그가 보고 느낀 그대로 토로한 것은 공공의 이익에 합치되므로 무죄라고 판결했다.

정동섭 교수에게는 이 사건이야 말로 유전무죄, 무전유죄가 판치는 후진적인 한국의 법조계에서는 그야말로 천재일우(千載一遇)의 대박이었다. 그때 만약에 대법관 박만호(재판관), 박준서, 김형선(주심), 이용훈 심판을 만나지 못했더라면 정동섭 교수는 지금 교도소에 갇혀 있는 신세였을 것이다.

이승헌 원장에 의해 후배 작가의 『깨달음의 권력』이라는 소설에 추천사를 써 준 일 때문에 나는 출판물에 의한 명예훼손으로 고소를 당했다. 이 소설의 주인공 장문식을 비난한 것은 바로 이승헌을 비난한 것이라는 것이 이유였다. 그러나 이것이야말로 문학에 대한 초보적인 상식도 없는, 문학이 무엇인지도 모르는 문외한의 망발이다.

박진영 판사는 이 사건의 심의를 끝내고 나서, 다음 결심 판결을 앞두고 피고는 마지막으로 하고 싶은 말이 있으면 하라고 했다. 그때 나는 정동섭 교수의 경우를 실례로 들면서 유병언에 대한 비리를 직설적으로 폭로한 발언이 공공의 이익에 합치된다면 가공의 인물을 등장시켜 비슷한 인물의 비리를 간접적으로 폭로한 것 역시 공공의 이익에 합치되는 것이므로 이 점을 특별히 유의해 달라고 강조했다.

작가가 범죄자를 가공의 인물로 묘사하는 것은 죄는 밉지만 사람은 미워하지 말자는 배려 때문이다. 죄는 변하지 않지만 사람은 마음만 바꾸기만 하면 악인도 바로 그 순간부터 선인으로 바뀔 수 있기 때문이다.

이것이 문학이 이 사회에 기여하는 선기능(善技能)인 것이다. 이것이 또한 312년 전, 조선왕조 19대 숙종 때 장희빈의 인현왕후 폐출(廢黜)사건을 소설로 다룬 사씨남정기(謝氏南征記)를 쓴 서포 김만중의 문학 정신이었던 것이다.

그때 담당 판사는 그 판결문 사본을 구할 수 있느냐고 묻기에 담당 변호인이 그 사본을 구해서 보내주었건만 효과는 전무였다. 여기서 담당판사의 다음 판결 부분을 다시 한번 인용한다.

피고인 및 변호인의 주장에 대한 판단

피고인 및 변호인은, 피고인이 쓴 공소 사실 기재 추천사의 내용은 모두 사실이고, 피해자들을 비방할 목적도 없었다는 취지로 주장하나, 판시 증거들에 의하면 위 추천사는 그 중요한 부분이 객관적 사실로 밝혀지지 아니한 허위의 사실로 보이고, 위 증거들에 의하여 인정되는 위 추천사의 전체적인 내용, 사용 문구 및 표현 방법, 피고인과 피해자들의 관계, 피고인이 위 글을 게재한 동기 및 경위, 위 추천사가 게재된 출판물의 성격 등에 비추어 보면 피고인에게 피해자를 비방할 목적이 있었다고 판단되므로, 피고 및 변호인의 위 주장은 받아들일 수 없다.(… 이하 생략 …)

판사의 이상과 같은 주장은 객관적으로 상대를 설득할 수도 없고 따라서 신빙성도 전연 없다. 피고측이 제출한 그 많은 증거 자료들은 도대체 어디로 가고 이런 동문서답이 나왔는지 알 수 없다.

가장 문제가 되는 고소인의 여제자들에 대한 간음행위를 입증하는 동부검찰의 박준모 검사가 1903년에 작성한 피해자 진술 조서를 피고측은 이미 제출했다. 검찰이 작성한 이 피해자 진술 조서 사건번호 공연음란 1993년 제 285075호야말로 고소인의 간음, 엽색(獵色), 성추행, 성폭행을 입증하는 가장 신빙성 높은 확실한 증거물이건만 담당 판사는 이것을 증거로 받아들이지 않았다.

그리고 고소인이 1993년 미국에 건너가서 단센터를 운영할 때 미국인과 결혼한 박선희라는 재미교포를 유혹하여 성추행을 한 사건을 입증하는 캘리포니아 법정 기록과 함께, 단센터가 주최한 등산을 하다가 사망한 줄리어 시벌스 미국인 여교수 사망 사건으로 미국 언론과 사이비종교 연구가들에 의해 이승헌 원장이 컬트(cult, 즉 사이비종교 교주)로 지탄받은 사건을 다룬 미국 주요 언론에 게재된 기사들을 증거로 제출했건만 이것 역시 판사는 증거로 채택하지 않았다. 이처럼 원고에게 불리한 증거는 모조리 채택하기를 거부한 담당 판사의 판결이 공정하다고 말할 수 있을까?

두 번째로 문제가 되는 것은 사범들에게 임금을 지급하지 않는 문제다. 이것은 피고인 나 자신이 현장에서 홍보팀장으로 3년 동안 알고도 일한 대가를 땡전 한 푼도 받은 일이 없었으므로 나 자신이 바로 그 피해 당사자이다.

세 번째로 문제가 되는 것은 국내에서 벌어들인 돈을 외화로 바꾸어 미국으로 빼돌린 것이다. 이것은 이 일에 직접 관여했던 관광객을 가장한 수련생들이 진술한 증언들을 피고측에서는 이미 제출했다. 또 외화 반출을 입증하는 이승헌의 측근이었던 우시형의 법정 진술서도 제출했건만 담당 판사는 이것마저 증거로 채택할 것을 거부했다.

    고소인과 그의 부인과 두 아들은 1993년에 미국으로 이민을 가서
살고 있고, 지금 미국 시민권을 가지고 있는 것으로 알려져 있다.
이승헌 고소인은 유병언처럼 그의 이름으로 된 재산은 없지만, 그의
가족들 명의로 된 부동산은 엄청나다. 이승헌의 측근인 우시형 씨에
따르면 그의 미국 내 차명 재산이 5,000억 원에 달한다고 했다. 이
들 재산의 자금 출처만 알아보아도 외화 도피 현황은 곧 백일하에
들어나게 된다.
    그런데도 박진영 담당 판사는 여전히 "피고인 및 변호인은 피고
인이 쓴 공소 사실 기재 추천사의 내용은 모두 사실이고 피해자들을
비방할 목적도 없었다는 취지로 주장하나, 판시 증거들에 의하면 위
추천사는 그 중요한 부분이 객관적 사실로 밝혀지지 아니한 허위의
사실로 보이고, 위 증거들에 의하여 인정되는 위 추천사의 전체적인
내용, 사용 문구 및 표현 방법, 피고인과 피해자들의 관계, 피고인이
위 글을 게재한 동기 및 경위, 위 추천사가 게재된 출판물의 성격
등에 비추어 보면, 피고인에게 피해자를 비방할 목적이 있었다고 판
단되므로 피고 및 변호인의 위 주장은 받아들일 수 없다"고 말했다.
    피고와 원고의 주장을 공정하게 경청해야 할 판사가 아니라 원고
의 주장만 옹호하는 고소인의 변호인 같은 소리만 늘어놓고 있다.
이 판결문에서 말한 "판시 증거들이란 도대체 무엇을 말하는가? 피
고측에서 제출한 증거들은 모조리 다 판사에 의해 채택이 거부되었
으니 결국은 전부 다 고소인 측이 제출한 것일 수밖에 없다.
    그러면 피고인 측이 제출한 증거들은 다 빼버리고 고소인, 검사,

판사가 함께 북치고 장구치고 춤추고 노래한 것밖에 안 된다. 이것이 어찌 공정한 재판이라고 말할 수 있겠는가?

재미교포들에 따르면 미국에서는 배심원들 없이 절대로 판사 혼자서 판결을 내리는 일은 없다고 한다. 한국에서처럼 판사 한 사람만 매수함으로써 유전무죄가 판치는 일이 원천적으로 봉쇄되어 있는 것이다.

그러나 한국에서는 판사 한 사람만 매수해버리면 끝나므로 사이비 교주들에게 한국은 그야말로 사이비종교의 천국이다. 그래서 수 백개에 달하는 사이비종교가 들끓는 한국이야말로 그들에게는 지상선경이요 노다지판이 아닐 수 없다.

그뿐만 아니라 돈으로 절대로 매수할 수 없는 미국의 언론기관들과는 달리 조선일보를 위시한 한국의 대표적 보수 언론기관들은 특히 사이비종교의 금전 로비에 약하므로 사이비종교들에게는 돈만 있으면 사법과 언론을 자신들의 하수인으로 얼마든지 부려먹을 수 있는 그들에게는 그야말로 무릉도원과 같은 구조로 되어 있다.

영구보존용 검찰 조서

2014년 10월 15일 수요일

오전 9시 40분에 집을 나서 택시를 타고 법원으로 향했다. 10시 20분에 변호사 사무실에 도착, 담당 변호인을 만나 잠시 환담하고 나서 서관 421호실로 향했다. 정확히 11시 10분에 개정되었다.

지난 8월 29일에 있은 형사 1심 판결에 불복 항고한 지 2개월 만에 이루어진 고등법원의 2심 공판이다.

재미교포인 이승헌 단월드 원장이 검찰에 필자를 출판물에 의한 명예훼손으로 고소한 지 무려 6년여 만에 내려졌던 1심 판결의 핵심은 신성일 씨의 소설 『깨달음의 권력』에 피고가 쓴 추천사에 언급된 사이비종교 교주인 주인공 장문식의 임금착취, 축재, 엽색(獵色)과 음란행위, 금전 로비 등의 비리였다.

그 중에서 가장 핵심이 되는 것은 여 제자들에 대한 엽색과 음란행위였다. 이승헌 원고는 백발이 성성한 이 소설 속의 고령의 주인공인 장문식이 40대 중반인 바로 자기와 동일인이라고 억지를 부렸고 그 말도 안 되는 억지가 받아들여져 재판이 벌어진 것이다.

서영효 담당 판사와 강민형 변호인 사이에 오고 간 대화는 대충 다음과 같았다.

"본 변호인은 이번 항고심에서 이승헌 원고를 증인으로 신청하겠

33

습니다."

"이유는요?"

"문제의 추천사가 주장한 소설의 주인공이 범한 사범들의 노임 착취, 외화 밀반출, 불법 축재, 부당한 로비, 엽색 및 음란행위 등의 비리를 자신의 비리로 본 원고의 주장을 받아들인 1심 판사는 위에 말한 피고의 주장이 모두 허위라고 규정하고 유죄로 판결했지만, 사실은 전연 그렇지 않습니다.

그 대표적인 경우가 동부지검 검찰이 1993년에 작성한 영구보존 문서로 지정된 조서입니다. 이 조서는 이승헌 원고의 음란 엽색행위가 구체적으로 기록된 문서로서 본 변호인은 물론이고 관계자들이 동부지청에 가서 직접 읽어보았습니다.

조서에는 차마 눈뜨고 읽기 어려운 음란한 장면들이 아주 구체적으로 생생하게 기록되어 있었습니다. 대한민국 검찰이 작성한 심문조서 이상의 확실한 증거가 또 어디에 있겠습니까? 그런데 검찰은 적합한 이유도 없이 이것을 공개하여 증거로 채택할 것을 거절하였습니다.

이에 불복한 피고는 검찰을 상대로 고소를 제기하여 재판이 벌어졌습니다. 담당 판사는 그 문서를 공개해야 한다고 판결했습니다. 검찰과 판사의 항고와 재항고가 거듭된 끝에 대법원에서는 조서의 노른자라고 할 수 있는 이승헌 원고와 4명의 여 제자들과의 음란행위는 삭제하고 공표하라고 판결했습니다. 전연 이치와 순리와 경위에 맞지 않는 엉터리 판결입니다.

그러나 그 나머지 부분만 보아도 피고의 음란행위는 충분히 알 수 있게 되어 있습니다. 1심에서 이것을 증거로 제출했건만 판사는 적합한 이유도 없이 증거로 채택할 것을 거부했습니다. 이 조서는 원고로부터 직접 음란행위를 강요당한 20여 명의 여자 수련생들의 진정으로 동부지청의 박준모 검사에 의한 인지 수사로 작성된 것입니다.

이승헌 원고는 그때 분명히 피의자로 조서 작성에 응하여 진술한 것을 본 변호인은 조서 열람 시 확인했습니다. 이승헌 원고를 증인으로 신청한 것은 이 조서 작성 시에 피의자로 진술한 일이 있는지의 사실을 확인하기 위해서입니다.

2008년에 본 사건 공판이 이승헌 원고의 고소에 의해 시작된 지금년 즉 2014년까지 6년 동안 본 변호인은 공판 때마다 원고에 대한 증인 신청을 해 왔지만 원고는 서울에 뻔히 살고 있는 것이 확인되었는데도 단 한번도 증인 신청에 응한 일이 없다는 것을 잘 알고 있습니다.

그러나 그렇다고 해서 원고의 증인 신청 불응으로 피고의 주장이 허위로 받아들여져 억울하게도 유죄판결 받은 것을 감수할 수는 없는 일입니다."

서영효 담당 판사는 변호인의 증인 신청을 이유 있다고 받아들였다. 다음 공판은 12월 17일 오후 5시에 열기로 했다.

서관 421호실을 나오면서 내가 변호사에게 말했다.

"그 동부지청 조서는 어떻게 하다가 영구보존 문서로 지정되었습니까?"

"아마도 그 조서 작성 시에 동부지청의 문서관리 책임자로 있던 직원이 우연히 읽어 보고 아무래도 영구보존 할 가치가 있다고 인정했기 때문이었을 것입니다."

"그럼 영구보존 문서로 지정되면 어떻게 됩니까?"

"그 누구도 건드릴 수 없게 되어 있습니다. 이번 사건에서는 추천사에서 지적된 사범들의 노임착취, 외화밀반출, 불법 축재 및 로비 등은 정보와 증인들만 있을 뿐, 그것을 입증할 구체적인 증거물을 확보하기가 어렵지만 엽색과 음란행위에 대한 검찰 조서는 가장 확실한 물적 증거가 될 수 있습니다."

1심 판결에 대한 항고 이유

본 사건(2008고정3707 출판물에 의한 명예훼손)은 신성일의 소설 『깨달음의 권력』에 대한 출판금지가처분이 시행되면서, 저자의 요청으로 동 소설에 싣게 된 피고의 추천사도 한데 꺼묻혀서 유죄 판결을 받게 된 희한하기 짝이 없는 사건입니다.

그러나 이 사건의 발단을 살펴보면 첫 단추가 잘못 꿰어진 것을 확연히 알 수 있습니다. 이승헌 원고 측이 동 소설에 대한 가처분 신청을 하고 저자인 신성일은 경찰서에 소환되어 심문을 받고 나서, 경찰이 작성한 심문조서를 읽어보고 서명 날인할 것을 완강하게 거부했습니다. 자기가 진술한 내용과 다른 말이 들어있기 때문이었습니다.

그러나 바로 그 서명 날인이 안 된 조서는 그대로 재판에 회부되었습니다. 김철환 1심 담당 판사는 무엇에 쫓기듯 성급하게도 동 소설에 대한 출판금지가처분 1심 판결을 내리자마자 판사직을 사퇴하고 말았습니다.

이때 김철환 판사는 뒷돈을 왕창 받아먹고 판사직을 그만 두었다는 소문이 떠돌았습니다. 이렇게 이루어진 1심 판결은 2심, 3심에서도 번갯불에 콩 구어 먹 듯 신속하게 추인되었습니다.

이 사건은 1992년에 피고가 선도체험기 4권을 썼다 하여 단학선원

측에 의해 출판물에 의한 명예훼손으로 고소당했을 때 담당인 강신욱 부장 검사가 조사 끝에 피고에게 기소부제기 처분을 내린 것과는 심히 대조적입니다. 그 덕분에 그 후 22년이 지난 지금 『선도체험기』는 108권까지 간행되었습니다.

『선도체험기』에서는 이승헌 원고를 일부 닮은 천해선사의 각종 비리들이 『깨달음의 권력』에서보다 한층 더 생생하고 노골적으로 강도 높게 묘사되었는데도 무혐의 처분이 내려진 것입니다. 이것이 공공의 이익을 위한 표현의 자유가 보장된 문명국가에서 있을 수 있는 지극히 정상적인 관례입니다.

따라서 본 사건이야 말로 소설의 공익 기능과 표현의 자유를 무시하는 처사로서 문명국가에서는 도저히 있을 수 없는 그야말로 개탄할 만한 반문명적인 폭거입니다.

동시에 이것은 지금부터 312년 전 조선왕조 19대 숙종 때 출간된 서포(西浦) 김만중(金萬重)이 쓴 『사씨남정기(謝氏南征記)』라는 소설이 전제왕조시대에도 누렸던 소설의 표현의 자유를, 2014년에 선진국 대열에 진입했다는 대한민국에서 무참하게 유린당하는 기절초풍할 사건이 아닐 수 없습니다.

『사씨남정기』에 나오는 유시중(劉侍中)의 첩 교채란(喬彩鸞)은 숙종의 첩인, 그 유명한 장희빈(張禧嬪)을 모델로 한 소설입니다. 소설에는 장희빈이 인현왕후(仁顯王后)를 폐출(廢黜)시키는 데 써먹었던 갖은 간교한 모략과 음모와 방자들을 교채란이 그대로 본떠 본부인을 내쫓는 장면이 나옵니다.

그러나 당시 정권의 실세였던 장희빈과 그 일파들 중 그 누구도 감히 이 소설의 저자인 김만중을 고소하여 처벌할 엄두도 내지 못했던 것입니다. 강민형 담당 변호사는 1심 공판에서 이 사실을 적시하면서 피고의 무죄를 강력히 주장했지만 아무 해명도 없이 받아들여지지 않았습니다.

그리고 지난 4월 16일 세월호 사태를 야기시켜 전국을 지금까지도 얼어붙게 만든 사이비종교 구원파 교주 유병언의 영어통역으로 8년 동안 유의 측근으로 일하다가 그와 결별하고 나와서 유의 각종 비리를 공개석상에서 폭로했던 정동섭 교수는 유병언으로부터 명예훼손으로 고소를 당했습니다.

정동섭 교수는 1, 2심에서 유죄판결을 받고 21일 동안 구속까지 당했었지만 대법원에서는, 그가 공개석상에서 한 폭로는 공익을 위하여 유익했으므로 무죄라는 판결을 받았던 사실을 본 피고는 지난번 1심에서 분명히 본 사건과 흡사한 판례로 적시했습니다.

피고는 이 판례를 들어 신성일이 쓴, 이승헌 원고의 일부를 닮은 장문식이라는 가상 인물이 등장하는 소설 『깨달음의 권력』 역시 공익을 위해서 필요한 일이므로 그 소설에 추천사를 쓴 피고 역시 무죄라고 1심에서 강조했습니다.

박진영 1심 담당 판사는 그 대법원 판결의 복사본을 구할 수 있느냐고 하기에 감민형 담당 변호인이 구해서 보내주었건만 꿩 구어 먹은 소식이었고, 피고는 박진영 판사로부터 그에 대한 단 한 마디의 해명조차 들어보지 못한 채 유죄 판결을 받았습니다. 그럴 작정이면 도대체 무엇 때문에 대법원 판례의 복사본을 구해달라고 했는지 묻고 싶습니다.

사이비종교에 대한 국민들의 경각심이 지금 그 어느 때보다 고조되고 있는 이때 유독 법조계만은 전연 관심이 없는 무풍지대로 남아 있어야만 하는지 알고 싶습니다.

추천서 내용의 쟁점

1심 판결서에는 추천서에서 피고와 담당 변호인이 주장한 이승헌 원고의 비리 즉 사범들의 노임 착취, 엽색(獵色) 음란행위, 외화밀반출, 요로(要路)에 금전 로비 등은 확인된 바 없는 허위이므로 유죄 판결을 내린다고 기재되어 있는데 과연 그럴까요?

첫째로 노임 착취 문제를 언급하고자 합니다. 피고는 1988년부터 1991년까지 3년 동안 이승헌 원고의 간청으로 단학선원의 홍보팀장으로 일했습니다. 단학선원 인근에 있던 코리아타임스라는 영자신문사 기자였던 피고는 신문사 일을 끝내고 퇴근하여 하루에 3시간씩 홍보팀장 일을 했던 것입니다.

『단학』이라는 월간지를 편집하고, 단행본 『신이 되는 길』을 감수 편집했는가 하면 『상단전의 비밀』이란 단행본을 집필, 편집, 발간했습니다. 이렇게 3년 동안 일하는 사이에 이승헌 원고는 피고에게 임금으로 땡전 한 푼 지급한 일이 없습니다.

그래도 양심은 있었던지 가끔 '지금은 회사 재정 사정으로 월급을 못 주지만, 회사 형편이 좋아지면 대기업체 임원에 준하는 급여를 지급 하겠다'고 말했지만 어디까지나 입발림 소리에 지나지 않았습니다.

그때도 그 자신은 고정 월급으로 월 8백만 원씩 꼭꼭 타가고, 필요할 때마다 회사 돈을 제 맘대로 가져다쓰면서 그런 말을 하니 설득력이 있을 리가 없습니다. 1심 담당 박진영 판사는 도대체 무엇을 확인했기에 피고가 말한 노임 착취가 허위라고 1심 판결서에 썼는지 알고 싶습니다.

두 번째로 이승헌 원고의 엽색(獵色) 음란(淫亂) 행위를 알아봅시다. 그의 비리를 가장 확실하게 입증해주는 물증으로서 서울동부지검에서, 1993년에 박준모 검사에 의해 작성된 조서가 영구 보존되고 있다는 사실을 박진영 판사는 분명 알고 있으면서도 그것을 읽어보지 않고 재판을 진행했습니다.

더구나 이승헌 원고의 엽색 음란 행위는 한국에서도 모자라 미국에서까지 그 악명을 떨쳤습니다. 캘리포니아 법정에 보관 중인 이승헌 원고가 자행한 '박선희 성추행 사건' 서류가 바로 그것입니다.

강민형 담당 변호사가 동 문서 사본을 분명 제출했건만 1심 담당 박진영 판사가 이것을 모를 리 없습니다. 그런데도 도대체 무엇 때문에 추천서의 주장이 허위라고 1심 판결문에 썼는지 해명해 주기 바랍니다.

세 번째로 외화 밀반출 문제입니다. 이승헌 원고의 측근이었던 우시형 씨는 미국에는 이승헌 원고의 차명으로 된 5천억 원 상당의 부동산이 있다고 말했습니다. 지금까지 2~3천억 원 정도로 알려진 유병언의 해외 차명 재산 규모를 훨씬 능가하는 거액입니다. 이 부동산 구입자금은 모두 한국에서 벌어들인 돈이 외화로 바뀌어 미국으로 밀반출된 것입니다.

피고 측 변호인은 세도나 관광객을 가장한 수련생들이 외화 밀반출에 동원된 과정을 구체적으로 입증하는 우시형의 법정 진술서를 1심에서 제출했습니다. 박진영 1심 판사는 틀림없이 이것을 읽어보았습니다. 도대체 무엇을 확인해보고 추천서의 주장이 허위라고 판결서에 썼는지 반문하는 바입니다.

이승헌 원고의 재미 재산 문제에 대하여 상세한 것을 알고 있는 단월드 피해자연대의 이기영 총무를 11월 17일에 예정되어 있는 다음 재판 때 증인으로 신청합니다.

네 번째로 사이비종교가 이탈자들에 의해 자기네 내부의 비밀이 폭로되는 것을 막으려고 법조계와 언론계 등 요로(要路)에 금전 로비를 한다는 피고의 추천서의 주장이 과연 확인되지 않은 허위일까요? 세월호 침몰로 사이비종교의 금전 로비는 지금 전 국민의 관심사가 되었습니다. 이것을 유독 박진영 1심 당당 판사만은 모르고 있었다니 말이 됩니까?

그리고 박진영 판사의 판결문 중 '범죄사실' 부분은 담당 검사의 지극히 편파적인 '공소사실'을 토씨 하나 바꾸지 않고 그대로 인용했습니다. 판사는 양쪽의 주장을 공평하게 경청하고 공정한 판단을 내려야 하는데도 박진영 1심 판사는 검찰의 주장에만 일방적으로 기울어져 있었다는 것을 이로써 분명히 알 수 있습니다. 따라서 1심 재판 과정에서 피고측의 변론과 제출된 각종 서류들의 주장은 완전히 증발되어 버리고 말았습니다.

피고는 지난 7년 동안 이승헌 원고로부터 민, 형사상 고소를 당하여 법원 출입을 하면서 절실하게 느낀 것이 있습니다. 이 사건은 처음부터 신성일의 소설 '깨달음의 권력' 에 대한 출판금지가처분 신청부터 근본적으로 잘못된 것입니다.

1심 담당 김철환 판사가 신성일 피고의 서명 날인도 없는 엉터리 조서로 유죄판결을 내리자마자 판사 옷을 벗어 던졌다는 것이 아무래도 수상합니다. 까마귀 날자 배 떨어진 격입니다. 관심 있는 사람이라면 누구나 의심해 보지 않을 수 없는 대목입니다. 유전무죄(有錢無罪) 무전유죄(無錢有罪)로 대표되는 법조계의 부정부패의 한 단면이 아닌지 의심해 볼 수도 있습니다.

중국 송나라 때 유명한 시인 소동파(蘇東坡)의 시와 노자(老子)의 격언이 생각납니다. 대한민국 법관이라면 누구나 새겨들어야 하는 금언(金言)들이기에 다음에 인용합니다.

소동파(蘇東坡)의 시

무고이득천금(無故而得千金)
불유대복(不有大福)
필유대화(必有大禍)
(정당한 이유 없이 들어 온 큰 돈은 큰 복이 아니라
필경 큰 화다.)

노자(老子)의 격언

천망회회소이불누설(天網恢恢疎而不漏渫)

(하늘 그물은 느슨하고 엉성한 것 같지만 한번 걸린 것을 놓치는 법이 없다.)

만약에 국민 대다수가 우리 법조계에 만연하는 것으로 알고 있고 여론조사에도 등장하는, 무전유죄(無錢有罪) 유전무죄(有錢無罪)라는 법조계의 부정부패가 없다면 지금 내가 피고로 되어 있는 이번 사건은 처음부터 존재할 가치조차 없었을 것임을 확신합니다. 나는 아무리 내 양심에 물어보아도 소설가로서의 내 천직에 충실한 죄밖에는 없기 때문입니다.

그렇다고 해서 우리나라 법관들이 전부 다 부패했다는 말은 결코 아닙니다. 내가 7년 동안 법원 출입을 하는 동안에 공직에 충실하고 양심적이고 공정하고 청렴결백한 법관들도 분명 존재하고 있음을 발견했기 때문입니다.

이미 지적한 바와 같이 피고가 처음으로 출판물에 의한 명예훼손으로 기소당했을 때, 기소부제기 처분을 내린 강신욱 부장 검사가 좋은 실례입니다. 그는 피고를 심문할 때 의견 충돌로 무려 2시간 동안이나 피고와 험악한 언쟁이 벌어져 천정이 따나갈 정도로 고성이 오가는 바람에 난리가 난 줄 알았는지, 이웃 사무실들에서 구경꾼들이 빼곡히 구름처럼 몰려들 정도였습니다.

심문이 끝나고 헤어질 때 나는 미안하게 되었다고 손을 내 밀었건만 그는 끝내 악수를 거절할 정도로 기분이 잔뜩 상해있었는데도 나중에 피고에게 기소부제기 처분 공문을 보냄으로써 공무원과 법관으로서의 숭고한 사명을 다했습니다.

그리고 정동섭 교수에게 3심에서 무죄판결을 내린 박만호 재판장을 비롯한 대법관들, 이승헌 원고의 음란행위를 입증하는 서울동부지검 조서를 공개할 것을 판결한 담당 판사들을 잊을 수 없습니다.

대한민국 법조계의 운명은 분명 전국 곳곳에서 묵묵히 일하고 있는 이러한 법관들의 양어깨에 달려 있다는 것을 피고는 잘 알고 있습니다.

법관들의 뒷돈 거래

우창석 씨가 말했다.

"선생님께서는 2007년부터 송사를 당하시어 금년(2014년)까지 7년 동안 여러 법관들을 접하면서 그들의 실체를 피부로 느끼셨을 것으로 압니다.

유전무죄(有錢無罪), 무전유죄(無錢有罪)라는 말은 항상 귀에 못이 박히도록 매스컴을 통하여 들어왔지만 과연 그 말대로인지 선생님의 생생한 체험담을 듣고 싶습니다."

"법관이라면 판검사를 말하는데 이들은 사기꾼을 잡아 형을 매기는 왕조시대의 포도대장 같은 고급 관리들입니다. 그 포도대장이 뒷돈을 받고 도둑이나 사기꾼들과 거래를 한다면 이것은 고양이에게 생선을 맡기는 것과 같다고 할 수 밖에 없습니다.

그러나 현 한국의 실정은 바로 고양이에게 생선을 맡기지 않을 수 없을 만큼 너무나도 푹 썩어 있어서 당장 어쩔 수 없는 형편이기도 합니다. 법관들이 썩었다고 해서 한꺼번에 당장 다 해고시켜버린다면 법조행정 전체가 마비될 것이기 때문입니다.

그동안 내 눈으로 보고 피부로 느끼고 귀로 들은 바를 종합해 보면 특히 사이비종교 교주를 원고로 다루는 법관들 중 극소수를 빼고는 거의 전부가 은밀히 뒷돈을 받는 것으로 감지됩니다. 그래서 한국은 사이비종교 교주들의 천국이라는 악명을 듣고 있습니다."

"그 실체를 어떻게 알 수 있습니까?"

"내 경우는 심문을 받아보면 눈빛과 어감으로도 알 수 있습니다. 심문자가 피고의 화를 돋우지 않고 부드럽게 나오면 긴장해야 합니다. 예정했던 대로 유죄판결을 내릴 수 있도록 조서를 작성할 계획을 다 짜놓았으므로 구태여 엄하게 나올 필요가 없기 때문입니다.

그러나 처음부터 딱딱거리고 까칠하게 나오면 도리어 청렴한 법관일 수도 있습니다. 그런 법관은 양심에 거리낄 일이 아무것도 없으므로 심문 도중에 피고의 약점을 캐어내기 위해서 피고를 흥분하게 하여 이성을 마비시킴으로써 자기도 모르게 진실을 털어놓게 합니다.

그러나 뇌물을 받은 경우는 그럴 필요가 없으므로 도리어 부드럽게 나옴으로써 피고의 호감을 살 수도 있습니다."

"이러한 법관들의 비리를 근절할 수 있는 근본적인 대책은 없을까요?"

"법관들 스스로 마음을 바르게 먹고 직분과 양심에 따라 공정하게 자기 직책을 수행하기만 하면 됩니다. 뇌물을 받는 법관들은 주고받는 두 사람의 행위가 남의 눈에 띄지 않으면 증거가 없는데 어쩔 것인가 하고 안심할 수도 있겠지만 그렇게 간단하게 생각할 일이 아닙니다.

두 사람이 은밀하게 어두컴컴한 주차장에서 돈 가방을 주고 받았다고 해도 그들 두 사람 외에 하늘이 굽어보고 땅이 치켜보고, 낮

말은 새가 듣고 밤 말은 쥐가 듣는다는 것을 똑똑히 알아야 합니다."

"그러나 현대 과학을 공부한 법관들 중에 눈에 보이지 않는 신명(神明)들에 의해 하늘에 쳐진 그물, 즉 노자(老子)가 말한 천망(天網)을 의식하는 사람이 얼마나 되겠습니까? 저 역시 어떤 때는 그 천망의 존재를 확신할 수 없는데, 그들이라고 이것을 믿을 수 있겠습니까?"

"왜 그런 생각을 하십니까?"

"뇌물로 치부한 공직자들 중에 이 세상에서 아무일 없이 잘살다가 평범하게 죽어가는 사람도 간혹 있거든요. 이것을 어떻게 해석해야 합니까?

뇌물은 화(禍)의 근원

수련을 좀 해 본 사람으로서 영안(靈眼) 또는 심안(心眼)이 뜨인 사람은 우리가 사는 세상은 금생만이 아니라는 것을 다 압니다. 뇌물을 왕창 먹은 공직자가 이 세상에서 아무일 없이 떵떵거리면서 잘살다가 죽었다고 해도 다음 세상에서도 꼭 그렇게 잘살 것이라고는 누구도 장담할 수 없습니다.

내세에는 금생의 업보 때문에 사기를 당하여 가산을 날리든가, 억울하게 감옥살이를 할 수도 있다는 것을 알아야 합니다. 그리고 탐욕이 극에 달했던 공직자는 아예 돼지와 같은 가축으로 환생하는 수도 있습니다.

이것으로 금생과 내생을 가리지 않고 처져있는, 한번 걸리면 누구도 빠져나갈 수 없게 촘촘하게 처져있는 것이 천망(天網)이라는 것이 있다는 것을 알 수 있습니다. 뇌물이야말로 복(福)이 아니라 화(禍)의 근원이라는 것을 알아야 할 것입니다.

그러나 우리나라 법관들이 다 그렇게 썩었다는 것은 절대로 아닙니다. 태어나면서부터든 교육을 통해서든 마음이 바른 사람도 가물에 콩 나듯 섞여 있는 것 역시 사실입니다. 이들이야말로 한국의 미래의 법조계를 이끌어나갈 핵심 주역들입니다."

"그럼 법관들이 스스로 바른 마음을 가질 때까지 어떻게 해야 할까요?"

"사이비종교 교주들이 명예훼손으로 고소를 해 와도 아예 처음부터 받아들이지 않으면 됩니다. 유병언과 같은 사이비종교 교주는 공인된 사기꾼입니다. 법관은 그러한 사기꾼을 응징하지는 못할망정 뇌물을 받고 그들을 도와줄 수는 없는 일이기 때문입니다.

단피연(단월드 피해자연대)에는 8천 5백 명의 회원들이 가입되어 있는데, 이들은 거의 전부 물정을 모르고 단월드에 수련생으로 가입했다가 참담한 피해를 입은 사람들입니다.

단란하던 가정이 풍비박산이 되었는가 하면, 이혼을 당하든가 실직이 되어 오도 가지 못하는 떠돌이 신세가 되어 노숙자가 되든가 정신이 황폐해진 사람들이 부지기수입니다.

한국에서 사범들의 노임을 착취하여 돈을 벌어 미화로 바꾸어 밀수출하여 미국에 5천억 원 상당의 차명 부동산을 갖고 있는, 필자를 고소한, 재미교포 사이비종교 교주 이승헌 원장은 이탈자들이 자신의 비리를 인터넷에 올렸다 하여 발견되는 대로 단월드 법무팀과 자기에게 충성맹세를 한 변호사를 고용하여 명예훼손으로 이중삼중으로 고소를 합니다.

게다가 사이비종교 교주인 그는 돈이 많으니까 자기를 비판하는 전직 사범과 전직 측근자들과 법관들을 매수하여 이중삼중으로 꼼짝 못하게 구속하고 있지만, 피고인들은 그에 대항할 돈이 없어서 속수무책입니다. 이것이야 말로 묵과할 수 없는 부조리가 아닐 수 없습니다.

따라서 법관들이 마음을 바르게 하여 스스로 자정력(自淨力)을 회복하여 뇌물을 거들떠보지 않고, 자기 직분에 충실할 때까지 사이비 종교 교주들의 명예훼손 고소를 잠정적으로 접수하지 말아야 합니다.

법관들이 기강이 바로 서지 않은 채 이들의 고소를 접수하는 것은 사기꾼을 잡아들여야 할 법관들이 바로 그 사기꾼들을 위해 봉사하는 하인이 되게 하는 것과 같기 때문입니다.

사실 지금까지는 뇌물을 받은 법조인들이 사이비종교 교주 편을 들어, 사실상 사이비종교 교주들의 하수인이 되어 피해자들을 거의 일방적으로 탄압하고 있는 것이 작금의 실태입니다.

그러나 만약에 처음부터 법관들이 이 일에 간여하지 않고, 언론 역시 본래의 사명대로 컬트(cult)들의 실상을 공정하게 보도했더라면 순전히 여론의 힘과 시장의 수요 공급의 원칙에 따라, 미국에서처럼 사이비종교 단체들은 스스로 자연 도태되어 설 땅을 잃게 될 것입니다.

법조계와 언론계가 그들의 본래의 사명을 제대로 수행만 했다면 사이비종교의 실태를 모르고 가입했던 수련자들이 진실을 알게 되면 자기들이 속은 것을 깨닫고 저절로 사이비종교 단체들을 하나 둘씩 떠날 것이기 때문입니다."

"아니 그럼 언론계까지도 지금까지 사이비종교의 비리에 대하여 뇌물을 받고 침묵을 지켜왔다는 얘기입니까?"

"그렇습니다."

"그 전모를 자세히 말씀해 주세요."

"특정 사이비종교 교주가 20억 원의 로비자금을 투입한 후 조선일보를 비롯한 주요 언론사들이 그 사이비종교 단체의 비리를 일체 보도하지 않는다는 정보가 몇 해 전부터 떠돌고 있습니다.

아니나 다를까 그 이야기가 나온 이후에는 주요 언론사들이 유명 기성 문인이 관련된 특정 사이비종교 단체의 법정 소식마저 일체 보도되지 않고 있습니다.

일선기자들이 제아무리 열심히 취재하여 데스크에 넘겨도 활자화되지 않으니까 기자들도 더 이상 취재할 열의와 흥미를 잃어버린 것입니다. 이것은 1960년대에 소설가 염재만의 '반노(叛奴)' 사건이 각종 신문들에 시시콜콜히 보도되던 것과는 심히 대조적입니다."

"그렇다고 해서 법관들이 스스로 자기 정화될 때까지 마냥 기다리고만 있을 수는 없는 일이고 다른 대책은 없을까요?"

"현 사법 제도를 점차 개선해 나가면 됩니다."

"어떻게요?"

"미국처럼 배심원 제도를 채택하면 됩니다. 우리나라에서는 대부분 판사가 누구와도 협의하지 않고 단독으로 판결을 하므로 그 판사 한 사람만 매수하면 끝납니다.

소문에 따르면 사이비교주의 요구대로 한 판 뒤집는 데 1억 원이 공정가격이고 사안의 중요성에 따라 5억 내지 10억까지도 거래된다고 합니다. 그래서 왕창 받아먹고 한판 뒤집어 엎어주고 나서 내처 판사 옷까지 벗어 던지고 직업을 아예 바꾸어버리는 경우도 있습니다.

그러나 미국처럼 배심원 제도를 채택하면 그런 폐단을 근절할 수 있습니다. 우선 사이비종교 단체가 관련된 사건에서부터 이 제도를 적용하면 사이비종교 교주들이 제아무리 돈이 많다고 해도 10명 내지 20명 또는 그 이상 되는 배심원들을 깡그리 다 매수하기는 사실상 불가능한 일이기 때문입니다.

그렇게 되면 우리나라가 지금처럼 사이비종교의 천국이요 법조 후진국이라는 오명에서는 벗어날 수 있게 될 것입니다. 미국 같은 선진국도 이 제도를 채택하기 전에는 지금의 우리나라와 같이 법관들의 비리가 만연했다고 합니다.

따라서 이 과정은 법조 후진국에서 선진국으로 진입하기 위한 필수 코스이기도 합니다. 그렇기 때문에 선진국일수록 사이비종교 교주들에게는 천국이 아니라 지옥이나 사막과 같은 환경이 조성되어 사이비 종교가 도저히 발붙이지 못하게 되어 있습니다.

그래서 나를 고소한, 미국에 진출했던 이승헌 단월드 창업자가 한국인 컬트로 매도되어 미국에서는 불과 몇 년을 견디지 못하고 다시 한국으로 되돌아와 지금 우리 법조계와 언론계를 하인처럼 거느리고 활개를 치고 있는 실정입니다."

"그게 사실입니까?"

"그럼요. 알 사람은 다 알고 있는 비밀 아닌 비밀입니다."

탄원서

박근혜 대통령님에게

본 탄원서를 제출하는 사람은 1980년대 중반, 베스트셀러 장편소설『다물』과, 한국군 정훈 교육용 부교재로 장기간 채용되었던 소설『한단고기』(상, 하권)의 저자이고, 삼성문학상, MBC 6.25문학상을 수상하였고, 1974년에 '한국문학'을 통하여 등단한 후 40년 동안에 총 124권의 저서를 출간한, 포병장교(10년)를 거친 신문기자(23년) 출신의 소설가 김태영입니다.

저는 지금 한 후배 무명작가의 처녀작에 추천사를 써주었다는 이유로 2007년부터 '단월드'라는 선도 수련 단체에 의해 민, 형사상 고소를 당하여(사건번호 민사 서울지방법원 2007가단 329473 손해배상〈기〉및 형사 2008고정3707호〈출판물에 의한 명예훼손〉) 고전 중에 있습니다.

사건의 발단은 제가 1987년에 선도 수련에 도움을 받으려고 서울 종로구 현대그룹 본사 근처에 있던 단학선원(丹學仙院)에 등록하면서 시작되었습니다. 저는 점심시간에 70분씩 수련을 받으면서 체험한 사실들을 시리즈 형식의 장편소설인『선도체험기』(현재 108권까지 발행됨)에 실었습니다.

처음엔 그곳 내부 실정을 잘 모르고 겉으로 보고 느낀 대로 선원의 사정을 호의적으로 묘사했습니다. 그러자 이 책이 3권째 발간되면서 어느덧 『선도체험기』 독자들이 전국 15개 단학선원 총 회원의 90% 이상을 차지하게 되었습니다.

게다가 1년 동안 수련을 하는 사이에 제가 코리아타임스 기자이고 소설가라는 것이 알려져, 이승헌 원장으로부터 홍보팀장으로 일해 달라는 간곡한 요청을 받고 하루에 세 시간씩 퇴근 후에 일을 하면서 그곳 사무실에서 3년 동안 근무하는 동안 원장 측근들이 귀띔해 주는 각종 정보로 단학선원 내부 사정을 훤히 꿰뚫게 되었는데, 모두가 원장에 대한 부정적인 정보들뿐이었습니다.

요컨대 단군(檀君)의 현신(顯身)이라고 자신을 신격화 또는 우상화하여 혹세무민하는 이승헌 원장이 반반한 처녀 수련생들을 유혹한 후, 최면 또는 세뇌하여 '옥문(玉門) 수련'을 한다는 구실로 간음, 엽색(獵色), 성폭행을 일삼고 있을 뿐만 아니라, 사범들을 무임금으로 부려먹으면서 부정축재 등 각종 비리들을 자행하고 있다는 겁니다. (그의 엽색 행위는 서울동부지검이 작성한 조서 사건번호 1993 형제 285075에도 구체적으로 명시되어 있습니다.)

이러한 정보들을 시간을 여유를 두고 이중삼중으로 체크해 본 결과 모두 사실이라는 확신을 갖게 된 저는 선원의 건전한 발전을 위하여 이를 시정해보려고 원장에게 직언을 하는 등 갖가지 노력을 숱하게 기울여 보았지만 모두가 허사였습니다.

원장이 하는 짓은 바로 사이비종교 교주의 전형적인 행태였습니다. 당시 생존해 있던 저 유명한 사이비종교 연구가 탁명환 교수도 단학선원이 사이비종교 단체임을 회원들의 제보로 잘 알고 있었습니다.

그를 비롯한 여러 사이비종교 연구자들에 따르면 그들의 특성은 자신을 신격화 또는 우상화하고, 본처가 엄연히 살아있는데도 간음, 엽색, 성폭행을 아무렇지도 않게 자행할 뿐만 아니라, 축재와 비리를 저지르고도 일절 반성을 할 줄 모르니까, 자기 잘못을 시정하는 법이 없고, 거짓말을 능청스럽게 식은 죽 먹듯 잘하고, 직원들을 무임금으로 부려먹는다는 것이었습니다.

만약 이러한 사실들을 모른 척 덮어둘 경우 저는 결과적으로 단학선원 회원의 90% 이상을 차지한 저의 독자들을 오도(誤導)한 것이 됩니다.

이 문제로 저는 무려 1년 동안이나 갈등과 고민을 거듭한 끝에, 결국은 단학선원을 떠나게 되었고, 소설가로서의 공익을 위한 직분을 수행하기 위하여 『선도체험기』 4권부터는 그동안에 체험하고 수집한 정보들을 바탕으로 새롭게 픽션화한 글들을 발표하기 시작했습니다.

어떤 사람은 경찰에 신고하면 간단히 해결되지 않겠느냐고 말했지만 아직 한국적인 풍토에서 여자들은 강간을 당하고도 혼삿길 막힐 것이 두려워 외부에 공표하기를 극력 꺼리는 경향이 있으므로 법적 해결은 어려운 것이 실정입니다.

『선도체험기』 4권부터 14권까지로 인해 회원들이 급감하자 원장은 부하들을 시켜 저를 출판물에 의한 명예훼손으로 검찰에 고소(사건번호 1991년 형제 100297호)했지만, 담당인 강신욱 부장 검사는 심문 중 저와 무려 2시간 동안의 치열하고 험악한 설전이 오갔지만, 수사 끝에 저에게 공소부제기, 즉 무혐의 처리함으로써 공직자로서의 숭고한 사명을 다했습니다.

그동안 이승헌 원장과는 아무 마찰도 없다가 그로부터 16년 후, 2007년에 저는 느닷없이 위에 언급한 바 있는 무명작가에게 추천서를 써 준 것이 빌미가 되어 단월드로부터 민사상 5천만원 손해배상 소송을 당하게 되었고, 뒤이어 바로 출판물에 의한 명예훼손으로 형사 고소까지 당하게 되었습니다.

그럼 이 16년 동안에는 어떤 일이 있었을까요? 1993년에는 한국에서의 단학선원 운영이 어려워진 이승원 원장 일가족과 단학선원이 미국으로 떠났으며, 2002년부터는 단학선원의 명칭은 단월드로 변경되었습니다.

미국에서 단센터를 운영했지만 이승헌 원장의 엽색 및 성추행은 그곳에서도 습관적으로 발동되어 캘리포니아 법정 기록에 따르면 이른바 '박선희 성폭행 사건'을 일으켰습니다.

게다가 줄리아 실버츠라는 미국인 여교수가 단센터가 주관한 등산회에서 사망하는 사고로 미국 언론과 사이비종교 문제 전문가들의 주목을 받게 되어, 이승헌 원장은 마침내 사이비종교 교주 즉 컬트(cult)라는 낙인이 찍혀 언론에 대대적으로 보도되었고 지금도 계속 언론의 지탄을 받고 있습니다.

미국 언론과 법조계는 한국과는 대조적으로 금전 로비가 일절 통하지 않아서, 한번 컬트로 낙인찍히면 미국에서 스스로 물러날 때까지 끈질기게 물고 늘어지는 특성이 있으므로 컬트들에게 미국은 그야말로 생지옥과 같은 곳입니다. 한때 전세계 젊은 구도자들의 우상이었던 라즈니시 아쉬람도 이러한 과정을 거쳐 미국에서 추방되었습니다.

그러나 미국과는 정반대로 우리나라에서는 금전 로비가 무한정 통하므로 사이비종교 교주들에게는 한국이야말로 지상천국이며, 이것이 바로 세월호 사태 같은 대형 사고를 야기시킨 근본 원인이 되었습니다.

위에 언급한 '박선희 성폭행 사건'과 '미국인 여교수 줄리아 실버츠의 사망 사건'의 여파로 미국에서 단센터 회원들이 급감하면서 재미교포 신분으로 미국에서 견디어내지 못하고 조국에 들어온 이승헌 원장은 한국에 남아있던 단월드 조직을, 방계기업을 거느린 연간 수입 200억이나 되는 제법 큰 기업으로 육성시켰습니다.

한편 그는 한국에서 번 돈을 미국에 밀반출하여, 그의 측근이었던 우시형 씨에 따르면, 차명으로 5000억 원 상당의 막대한 부동산을 구입하는 한편 그의 아내와 두 아들은 자가용 요트까지 사들여 초호화판 생활을 누리고 있습니다.

그리고 구원파의 유병언과 같은 선배 사이비종교 교주들을 본받아, 자신의 비리를 외부에 공표하는 이탈자가 발생해도 법무팀을 가동하여 법조계와 언론계에 돈을 물쓰듯 퍼부어 활발한 로비활동을 벌여, 법조인들과 언론인들을 하인처럼 부림으로써 이탈자를 법적으로 꼼짝 못하게 구속할 뿐 아니라, 주요 언론사들로 하여금 자기네 비리를 국민들에게 전달하는 것을 완벽하게 차단하는 제법 실력이 있는 거물급 인사가 되어 있었습니다.

그 결과 지금 우리나라에는 단피연 즉 단월드 피해자 연대(총무 이기영, 직통 02-927-7697, 휴대전화 011-713-7697)라는 회원이 8천 5백 명이나 되는 조직체가 결성되어 자구 활동을 활발하게 벌이고 있습니다.

이들 회원들 중에는 전 현직 단월드 간부나 사범들이 대다수이고 거의가 다 단월드에 의해 가족이 풍비박산이 되고, 그들의 잘못을 발설했다고 하여 명예훼손으로 이중삼중으로 고소를 당하고, 손해배상 청구로 재산을 압류당하기도 하고 경찰에 구류를 당하는가 하면 이혼을 당하고, 직장을 잃은 끝에 심신이 황폐화되어 이루 말할 수 없는 고통을 당하고 있습니다.

무슨 이유에서든지 일단 조국을 등지고 이민을 떠났던 한 재미교포가 그 나라에서 적응하지 못하고 컬트라는 지극히 불명예스러운 낙인이 찍힌 채 조국에 돌아와서, 그가 고혈을 빨아먹던 8천 5백 명이나 되는 조국의 선량한 국민들이 이처럼 고통을 당하게 하는데, 이 나라 법조계와 언론계가 약속이나 한 듯 그렇게도 지극정성으로 그를 도와주는 사례가 한국 말고 과연 동서고금 어느 외국에도 있었다는 얘기를 저는 일찍이 들어본 일이 없습니다.

이처럼 피해를 당하는 회원들과 그 가족들과 일반 국민들의 피해를 줄이기 위하여, 위에 언급한 무명작가 신성일 씨는 한 사이비종교 교주가 등장하는 '깨달음의 권력'이라는 장편소설을 출판했습니다.

그러나 책이 출판되자마자 단월드는 당국에 출판금지 가처분신청을 냈고, 관련 법관들은 마치 기다리고 있었다는 듯, 불과 4개월 안에 1, 2, 3심에서, 피고가 제출한 수많은 증거들과 증인들의 증언은 모조리 다 기각당한 채, 번갯불에 콩 구어 먹듯, 허겁지겁 일사천리로 피고인 신성일 씨는 유죄판결을 받았습니다.(서울지법 2005카압 3호, 동 2005카합 1793호, 서울고법 2005나 96230, 대법원 2006다 82687호.)

이로 인하여 그에게 추천사를 써 준 저까지 겨묻혀서 민사와 함께 형사 고소까지 이중으로 당하여 유죄판결을 받고, 피고가 불참한 약식재판으로 1차에서 5백만 원 약식 명령을 받았고, 이에 불복하여 상고한 정식 재판 1심에서도 역시 유죄판결을 받아 3백만원으로 줄어든 벌금형을 받고 지금은 고등법원에 상고 중입니다.

이 사건 담당 법관들은 한결같이 '문학상의 표현의 자유는 작품 속의 모델의 인격권을 능가할 수 없다'는 동서고금에 그 유례를 찾아볼 수 없는 해괴망측한 법리로 위 사건들에서 모조리 다 유죄 판결을 내렸습니다.

이런 논리대로라면 지금으로부터 312년 전 조선왕조 숙종 때 서포 김만중이 쓴, 인현왕후 폐출 사건을 일으킨 장희빈을 모델로 한 교(喬)씨가 등장하는, 『사씨남정기(謝氏南征記)』라는 소설은 세상에 나올 수도 없었을 것입니다.

결과적으로 오늘날 세계 10대 경제 강국으로 등장하였다는 대한민국은 표현의 자유에 있어서는 312년 전 왕조시대보다 훨씬 뒤떨어진 형편입니다.

또한 1980년대에 한국의 독서계에 선풍을 일으켰던 백시종 작가의 『돈의 황제』라는 소설 역시 햇빛을 볼 수 없었을 것입니다. 왜냐하면 이 소설에 등장하는 왕회장은 정주영 현대그룹 회장을 모델로 하였기 때문입니다.

이 소설로 타격을 입은 정주영 회장은 이승헌 원장처럼 저자를 명예훼손으로 고소하기는커녕 소설에서 지적당한 비리들을 착실하게도 하나하나 꼼꼼하게 시정하여 현대를 세계적인 대기업으로 키울 수 있었습니다. 소설이 공공의 이익을 위해 기여한 경우입니다.

한편 지금의 이러한 유의 한국의 일부 법관들의 행태가 지속된다면 『춘향전』, 『심청전』, 『장화홍련전』, 『콩쥐팥쥐전』, 『흥부전』 등과 같은 흥미진진한 우리의 고전들도 햇볕을 볼 수 없었을 것입니다. 왜냐하면 '문학상의 표현의 자유는 작품 속의 모델의 인격권의 한계를 능가할 수 없다'는 일부 한국 법관들의 해괴한 법리에 걸렸을 것이기 때문입니다.

그뿐만 아니라 권선징악(勸善懲惡)을 주제로 다룬 셰익스피어의 『베니스의 상인』과 같은 세계적인 명작들이나 고전들 역시 세상에 나오지 못했을 것입니다. 요컨대 시합 중에 일어난 축구선수들 사이의 분쟁은 법관이 아니라 축구 코치, 심판 그리고 관중들에 의해 자연스럽게 해결되어야 합니다.

문학상의 분쟁 역시 어디까지나 작가와 독자 그리고 문학평론가들에 의해 자율적으로 해결될 문제이지 문학이 무엇인지도 모르는 법관들이 관여할 문제가 아닙니다.

그럼에도 불구하고 문학에는 문외한일 뿐 아니라, 헌법이 보장하는 표현의 자유와 소설의 특성인 공공의 이익을 무시한, 이 같은 어불성설의 희한한 법리가 불의와 타협한 일부 한국 법관들에 의해 계속 악용될 경우, 앞으로 한국의 문인들은 자기 작품에 착한 사람 외에 악인은 일체 등장시킬 수 없는 상상도 할 수 없는 기현상이 벌어질 것입니다.

이것은 박근혜 대통령님 당신도 수필가로 등재되어 있는 이 나라 문필가 전체의 생존을 위협할 뿐 아니라, 우리 조상들이 대대로 소중하게 가꾸어 온 이 땅의 문학 풍토를 초토화시키게 될 것입니다.

이런 불행한 사태를 방지하기 위해서 그리고 세월호 사태를 야기시킨 사이비종교의 비리를 미연에 발본색원하기 위해서라도, 이 땅의 법조계가 미국처럼 금전 로비가 일절 통하지 않는, 사이비종교 교주들이 생존할 수 없는 환경을 만들어 주시기를 간곡히 탄원하는 바입니다.

2014년 9월 30일　탄원인 김 태 영 드림

위 탄원서가 2014년 9월 30일에 발송된 지 30일 만인 2014년 10월 29일에 다음과 같은 회신이 날아 왔다.

법원행정처

수신자 김태영
경유
제목 민원회신

대통령 비서실로부터 우리 처에 이첩(2014. 10. 8. 접수번호 : 2BA-1410-077075)된 귀하의 민원서에 대한 회신입니다.

1. 귀하의 민원 요지는 서울중앙법원 2014나59191 손해배상(기)(1심 서울지방법원 2007가단3294730 사건에 관하여 억울함이 없도록 현명하고 공정한 판결을 바란다는 취지로 보입니다.

2. 헌법 103조는 "법관은 헌법과 법률에 의하여 그 양심에 따라 독립하여 심판한다"라고 정하고 있으므로 현재 진행 중이거나 이미 확정된 재판에 관하여는 누구도 개입하거나 간섭할 수 없습니다. 그 취지는 구체적인 사건의 재판은 오로지 그 사건을 담당한 법관만이 헌법과 법률에 의하여 양심에 따라 진행하여 판단할 수 있고 당해 법관 외에 누구도 재판에 관여할 수 없다는 것으로, 재판의 진행이나 결과에 대하여 이의가 있을 경우 상소, 항고, 재심 등 법률이 정한 절차에 따라 불복할 수 있을 뿐임을 의미하는 것입니다. 또한 청원법 제5조 제1항은 "수사 재판 등의 절차가 진행중인 사항에 관한 청원은 이를 수리하지 아니한다"라고 규정하고 있습니다. 따라서 구체적인 사건에 관

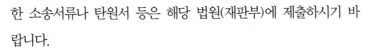

한 소송서류나 탄원서 등은 해당 법원(재판부)에 제출하시기 바랍니다.

3. 그 밖의 구체적인 법률관계에 대하여는 변호사, 법무사, 대한법률구조공단 등의 유·무료 법률상담을 통하여 도움을 받으실 수 있음을 알려드립니다. 끝.

[필자의 논평]

위 탄원서를 낸 필자에게는 법원행정처의 이러한 회신은 그야말로 어처구니없는 동문서답이 아닐 수 없다. 내가 대통령에게 보낸 탄원서가 수신자인 대통령에게 도달하기는 고사하고, 대통령비서실에서 법원행정처에 이관된 것도 기이한 일이거니와 내가 헌법 103조나 청원법 제5조 제1항을 몰라서 이러한 탄원서를 잘못 낸 것으로 담당자가 잘못 판단하고 있는 것 역시 어처구니없다.

담당자들이 탄원서를 끝까지 읽어보았더라면 이러한 조치는 취하지 않았을 것이기 때문이다. 내가 이 탄원서를 통하여 알리고 싶었던 것은 대통령만이 할 수 있는, 사이비종교를 다루는 법관들 사이에 만연하고 있는 망국적 뇌물수수 병폐를 시정해 달라는 것이었건만 담당자는 끝내 이를 파악하지 못하고 헌법 103조와 청원법 제5조 제1항 타령만 장황하게 늘어놓고 있다.

암세포가 온 몸에 맹렬히 전이되어 오장육부가 괴멸되는 중태에 빠진 환자의 내장은 못 보고 손톱 끝에 박힌 가시에만 정신을 빼앗긴 돌팔이 의사가 왜 핀셋으로 가시를 꽉 잡은 다음 재빨리 아프지 않게 살짝 뽑아내지 못하느냐고 환자를 핀잔하는 격이다.

사이비종교 교주들의 금전 로비가 계속되는 한 부정부패는 계속 확대 재생산되어 대한민국은 계속 컬트들의 천국이 될 수밖에 없고, 결국 세월호 참사와 같은 대형 사고로 이어져 결국 망국의 길을 갈 수밖에 없다는 절박한 우려는 철저히 외면되고 있다.

아무리 생각해도 청와대 비서실 담당자는 탄원서를 성급하게 대충 훑어만 본채 법원행정처에 이관했고 법원행정처 담당자 역시 건성건성 기계적인 판단을 내린 것이 틀림없다. 이렇게 되면 국민과 대통령 사이를 가로막는 장벽만 자꾸만 더 높아질 것이니, 그 말썽 많은 소통 부재 현상은 날이 갈수록 점점 더 심화될 것이다. 참으로 한심한 일이 아닌가?

제 2 부

문창극 후보는 어떻게 되었습니까?

2014년 6월 24일 월요일

우창석 씨가 말했다.

"선생님, 요즘 문창극 국무총리 후보 문제는 시진핀 중국 주석 내외의 방문과 임병장, 김형식, 유병언 관련 기사 등의 폭주로 완전히 매몰되어 버린 것 같은 느낌이 듭니다. 제가 생각하기에는 이번 문창극 파동은 문씨가 국무총리 후보를 자진 사퇴한 것으로 싱겁게 끝내버리기에는 아무래도 찜찜하고 개운치 않고, 아쉬운 느낌입니다."

"그 이유를 좀 더 조리 있게 설명해 주시겠습니까?"

"그를 국무총리 후보로 지명한 박근혜 대통령의 곤혹스러운 처지를 감안하더라도, 이처럼 자의 반 타의 반으로 자진사퇴를 하는 것으로 끝내버리는 것은, 40여 년 동안 신문기자, 논설위원, 주필까지 별 사고 없이 무사히 마친, 한 직업 언론인의 손상된 명예는 물론이고, 그동안 여론을 지배했던 그에 대한 친일파, 식민사학자라는 근거 없는 꼬리표 문제는 반드시 해결되어야 한다고 봅니다.

물론 당사자의 해명이 몇 번 있었다고는 해도 그것만으로는 턱 없이 부족합니다. 이대로 방치한다면 현직에서 명예롭게 은퇴한 60대 중반의 멀쩡한 한 언론인인 그 자신은 물론이고 그의 가족들에게도 너무나도 큰 상처를 안겨주게 될 것입니다.

　　그뿐 아니라 친할아버지가 독립투사로서 생을 마감한 그에게는 친일파요 식민사학자라는 치욕적인 딱지는 천부당만부당한 일이 아닐 수 없습니다. 그가 과연 친일파요 식민사학자였다면 유수한 중앙 보수지인 중앙일보에서 40여 년 동안이나 신문기사와 논설을 쓰고도 무사하게 언론인의 한 생애를 마칠 수 있었겠느냐는 의문이 일지 않을 수 없기 때문입니다.

　　만약에 이대로 묻혀버린다면 우리나라는 유능한 한 언론인의 인권을 모독한 파렴치한 후진국으로 지탄받아도 변명의 여지가 없을 것입니다.”

　　“문창극 후보가 식민사학자가 아니라는 것을 어떻게 입증할 수 있습니까?”

　　“백 년 전에 우리가 일본의 식민지가 된 것은 우리민족이 게으르고 자립심이 없고 무능했기 때문이라고 그가 말한 것은 그가 일제의 식민사관을 추종했기 때문이라고 KBS가 보도했는데, 이것은 백 여 년 전 영국의 한 여자 여행가의 저서를 그가 인용한 데서 비롯된 것입니다. 2008년에 MBC가 낮도깨비 같은 광우병 소동을 주도했다면 KBS는 이번에 터무니없는 문창극 파동을 주도한 것입니다.

　　그런데 그 저서의 내용은 국내의 조선인들은 관리들의 횡포와 가렴주구에 대한 항의의 수단으로 게을렀을망정, 시베리아 연해주로 이민간 조선인들은 더없이 부지런하고 자립심이 강했다는 대목은 뚝 잘라버리고 편집한 것이었습니다.

　　이러한 짜깁기식 보도에 야당 정치인은 물론이고 일부 여당 정치인까지 부화뇌동하여 그가 친일파요 식민사학자라고 몰아부친 과장된 보도들이 퍼져나가 마침내 그를 아예 친일파로 둔갑시킨 엉터리 여론이 순식간에 조성된 것입니다.

마치 2008년 이명박 정부 초기에 종북 세력이 주도한 근거 없는 광우병 소동으로 온 나라를 쑥밭으로 만들고 갓 취임한 대통령의 항복까지 얻어내어 그의 임기 내내 종북 단체들이 친북 좌파 정권 때처럼 정부 보조금 받아가면서 반정부 활동을 맘놓고 벌일 수 있었던 것처럼, 문창극 사건은 제2의 광우병 소동을 방불케 했습니다.

결국은 국내 언론, 여야 정치인들이 합심하여 신문기자로서 40여 년 현역 생활을 무사히 마친 유능한 한 사람의 언론인의 명예에 치명적인 손상을 입힌 것입니다. 선생님께서는 어떻게 생각하십니까?"

"조선인들이 게으르고 남에게 의존하려는 고약한 버릇이 있다는 것은 신채호, 함석헌 같은 민족사학자들도 지적한 바 있습니다. 서세동점기(西勢東漸期) 3백 년 동안에 일본이 부지런히 노력하여 강대국이 되는 동안 우리는 당파싸움에 세월 가는 줄 몰랐다는 것은 뼈저리게 반성해야 할 일입니다.

문창극 후보가 그러한 우리 민족의 약점을 지적했다고 해서 식민사학자로 몰아버리는 것은, 자기반성이라는 것을 아예 하지 말자는 말과 같습니다.

그건 그렇고 기왕에 식민사관 얘기가 나온 김에 꼭 짚고 넘어가야 할 일이 있습니다. 우창석 씨는 반도식민사관이라는 것이 무엇인지 아십니까?"

"반도식민사관이란 일제가 우리 민족을 영원히 자기네 노예로 길들이기 위해서 일본보다 훨씬 더 찬란하고 장구한 우리의 상고사 부분을 잘라버리지 않고는 식민지 지배가 불가능하다고 생각한 나머지 한국 역사를 제멋대로 뜯어 고치고 날조한 것이 아닙니까?"

반도식민사관의 세 가지 기본 지침

"그 말은 맞습니다. 그렇게 한국 역사를 조작하고 날조하는 데는 세 가지 기본 지침이 있었습니다. 그게 무엇인지 아십니까?"

"그것까지는 모르겠는데요."

"그럼 내가 말하죠. 첫째가 환국(桓國)이래 그 당시까지 9100여 년의 우리 역사에서 우리 선조들이 중원 대륙의 선주민으로서, 동북아 대륙 전체를 일방적으로 지배했던 7천년의 찬란한 상고사 부분을 아예 뚝 잘라 없애버린 것이었습니다.

구체적으로 환국, 배달국, 단군조선, 북부여로 이어지는 7천년의 우리 역사의 핵심 부분을 아예 뚝 잘라 없애버리고 그 대신 우리나라 역사가 중국이 날조한 기자조선과, 중국과 일본이 합심하여 조작한 위만조선과 한사군(漢四郡) 즉 한나라의 식민지로부터 시작한 것으로 변조함으로써, 우리 민족은 겨우 2천년의 역사밖에 없는, 조상도 뿌리도 없는, 남의 식민지로부터 역사를 시작한 형편없이 열등한 민족임을 부각시켰습니다.

그리고 그 두 번째가 우리 민족은 역사 이래 처음부터 지금까지 한반도 안에서만 살아온 민족이라는 것입니다. 그래서 반도식민사관(半島植民史觀)이라는 역사 술어가 만들어진 것입니다. 실례를 들면 천 년의 역사를 가진 신라의 수도 경주는 단 한번도 도읍을 옮긴 일이 없는 것으로 역사를 날조했습니다. 실제로 삼국사기와 삼국유사를 읽어보면 신라는 수없이 많이 수도를 옮긴 기록이 나오는데 이것을 깡그리 다 무시한 것입니다.

그뿐 아니라 세계 역사학계가 공인하는 『삼국사기』, 『삼국유사』, 『고려사』, 『조선왕조실록』, 『세종실록 지리지』, 『신증동국여지승람(新增東國輿地勝覽)』, 『중국고금지명대사전(中國古今地名大辭典)』을 아무리 뒤져보아도 신라, 백제, 고구려, 고려, 조선왕조의 도읍들이 1876년 강화도 조약 이전에 한반도에 있었다는 기록은 아무리 눈 씻고 찾아보아도 어디에도 없습니다."

"그럼 환국, 배달국, 단군조선, 북부여, 고구려, 백제, 신라, 발해, 고려, 조선왕조의 수도들은 어디에 있었습니까?"

"환국 이래 9100년 동안 우리나라 수도는 중원 대륙에 있었고, 우리 조상들은 중국 대륙의 중부와 동부의 황하, 양자강 유역의 한반도의 10배 내지 15배의 영토를 보유하고 있었습니다.

이것이 역사의 진실입니다. 일본은 이것을 알고 있었고 이러한 역사를 그대로 두고는 한민족을 식민지 백성으로 지배할 수 없다는 것을 깨닫고 유사 이래 한국인의 역사는 한반도 안에서만 벌어졌다고 역사를 날조하지 않을 수 없었던 것입니다.

그 때문에 일본은 대륙에 있던 우리의 역사 유적들을 한반도에 있었던 것처럼, 용인 민속촌이나 남한 각지에 만들어진 영화 세트 비슷하게, 당시 대영제국의 자금 지원을 받아 한반도 내의 전국 방방곡곡에 계획적으로 정교하고 치밀하게 조작 설치했던 것입니다.

1910년 일본의 한국 강점 이후 그렇게 만들어진 반도식민사관을 바탕으로 씌어진 교과서로 역사 교육을 받은 우리는 해방된 지 69년이 흘러간 지금까지도 우리 역사가 정말 한반도 안에서만 이루어진 것으로 잘못 알고 있습니다.

세 번째가 한국 민족은 게으르고 무능하고 자립심이 없어서 남에게 의존하기를 좋아하므로, 나라를 스스로 꾸려나갈 능력이 없는 열등 민족이므로 일본의 식민지 지배를 받아야 마땅하다는 것입니다. 문창극 후보는 식민사관의 바로 이 세 번째 지침에 걸린 것입니다.

그러나 이 세 번째 지침은 지난 50년 동안 휴전선 남쪽에서나마 한국이 이룩한 기적적인 국가재건 성과로 일본도 할 말을 잃고 말았습니다.

2차 대전 이후 선진 강대국들의 원조를 받던 식민지에서 출발한 국가로서, 원조를 주는 강한 나라로 탈바꿈한 나라는 지구촌에서 오직 한국밖에 없다는 것이 세계인들의 공통된 인식입니다.

이제는 일본인을 포함하여, 온 세계의 그 누구도 한국인이 게으르고 자립심이 없다고 말하는 사람은 없습니다. 그런데 40여 년 동안 신문사에서 논설을 써 온 문창극 언론인이 서세동점기(西勢東漸期)의 역사적 사실을 들어 한국인은, 역사의 어느 한 시기에 게으르고 자립심이 없었다고 말했다고 하여 친일파로 낙인이 찍혀 여론의 집중 공격을 받는 어처구니없는 얄궂은 일이 이 땅에서 그것도 백주 대낮에 벌어진 것입니다."

"그럼 선생님, 문창극 언론인은 진짜 반도식민사학자는 아니지 않습니까?"

"물론입니다."

진짜 식민사학자는 누굽니까?

"그럼 진짜 식민사학자는 누굽니까?"

"위에 말한 식민사관의 첫째와 둘째 지침을 그대로 철석같이 준수하여 지금도 우리나라 각급 학교 국사 교과서를 집필하고 있는, 일제 강점기에 일본 어용사학자(御用史學者)로부터 역사 교육을 받은 식민사학자들의 대를 이은 현직 대학교수와 사학자들이야말로 틀림없는 진짜배기 친일파요 식민사학자입니다.

식민사관의 첫째 지침은 우리의 상고사 7천년의 가장 중요한 부분을 아예 단절시켜 버림으로써 민족사의 시원과 국조의 뿌리를 잘라버린 것이고, 두 번째 지침이 바로 우리 민족은 유사 이래 한반도 안에서만 역사 생활을 해 왔다는 것입니다.

우리 상고사의 7천년 역사와 『삼국사기』, 『삼국유사』, 『고려사』, 『조전왕조실록』, 『세종실록 지리지』, 『신증동국여지승람(新增東國輿地勝覽)』에 기록된 바와 같이 우리 조상들이 9100년 동안 통치했던, 한반도 이외의, 대륙에서의 우리 역사 영토가 역사 교육에서라도 회복되지 않는 한 우리 민족이 제2의 도약을 성취할 수 있는 정신 전력을 확보하기는 어려울 것이라는 점은 그야말로 중차대한 사항입니다."

"선생님, 친일파는 노무현 정부 때 작성된 친일인사명부에 이미 발표되었지만 거기에는 현행 각급 학교용 교과서를 집필하는 대학교수와 친일사학자의 이름은 빠져있지 않습니까?"

"그렇습니다."

"그럼, 그건 어떻게 된 것입니까?"

"그때 만들어진 친일인사명부는 순전히 정적(政敵)을 때려잡자는데 목적을 둔 것이므로 당연히 교과서를 집필하는 진짜 식민사학자는 단 한 사람도 들어 있지 않습니다. 왜냐하면 이들은 당시 집권당의 정적들은 아니기 때문입니다.

현행 역사 교과서를 집필하는 식민사학자들을 그때 만들어진 친일인사명부에 넣을 수 있는 지혜와 권한을 가진 대통령쯤 되려면 적어도 당리당략에만 집착하는 정치인이 아니라, 그야말로 명실공히 정치가(政治家) 소리를 들을 만한 경륜과 애국심과 국가의 장래를 내다보는 거시적인 역사적 혜안과 안목이 있어야만 가능한 일이 될 것입니다.

우리나라가 행방된 지 69년이 되었지만 아직 그러한 훌륭한 대통령을 갖지 못한 것은 심히 통탄(痛歎)해야 할 일이 아닐 수 없습니다."

"선생님의 말씀대로라면 우리가 지금까지 학교에서 배워 온 국사와 동양사는 전적으로 잘못된 것 아닙니까?"

"당연히 잘못되었죠."

"그럼 현행 동양사를 쓴 장본인은 누굽니까?"

"백여 년 전 서세동점기(西勢東漸期)에 서구제국주의 열강들의 선

두주자였던 대영제국과, 1911년 신해혁명으로 청제국을 무너뜨리고
이룩된 손문(孫文)의 중화민국 정부와 일본제국주의가 야합하여 만
든 것입니다.

조선민족은 중국 대륙의 선주민이요, 터줏대감으로서 대륙에서
9100년 동안 국가를 영위해 왔습니다. 그리고 조선은 대대로 대륙의
동쪽 지역을 차지했습니다.

그래서 우리나라는 동국(東國), 동토(東土), 동이(東夷), 동방예의
지국(東方禮儀之國) 또는 해동성국(海東盛國, 여기서 海는 바다를
의미하는 것이 아니고 인산인해(人山人海)와 같이 넓고 많다는 의미
의 형용사로 쓰였다)이었고, 한족(漢族)의 나라는 늘 대륙의 서쪽을
차지하고 있었으므로 서토(西土), 서국(西國) 등으로 불려 왔습니다.

중국 대륙에서 조선민족은 9100년 동안 환국, 배달국, 단군조선,
북부여, 고구려, 백제, 신라, 발해, 고려, 조선왕조로 대를 이어 중단
없이 국가를 운영해 왔지만 한족(漢族)은 서기 전 202년에 세워진
한(漢)을 필두로 당(唐), 송(宋), 명(明), 지금의 중국 등으로 나라를
운영해 왔다고 하지만, 원(元)에 의해 백년, 청(淸)에 의해 3백년 이
상 총 4백년 이상이나 몽골족과 만주족에 의해 한족(漢族) 국가의
명맥이 완전히 단절되었습니다.

그러다가 1911년에 손문 정부에 의해 만주족에 의해 3백년이나 끊
어졌던 국가의 맥이 한족에 의해 다시 이어졌습니다. 따라서 지금의
중국 즉 중화민국과 중화인민공화국이 들어서기 전에는 중국 대륙을
완전히 통일한 국가가 존재한 일이 단 한번도 없었습니다.

그러나 조선은 중국 대륙에서 환국 이래 조선왕조까지 9100년 동안 1910년까지 단 한번도 국맥(國脈)이 끊어진 일이 없었으므로 중국 대륙을 진정으로 대표하는 나라는 당연히 조선이었습니다."

"그럼 1840년 영국과의 아편전쟁 당사국은 청국입니까? 조선입니까?"

"당연히 대륙의 중동부를 영토로 차지하고 있던 조선입니다."

"그런데 우리가 배운 동양사에는 왜 청국으로 나옵니까?"

"방금 전에도 말했지만 영국, 손문의 중국, 일제가 그렇게 하기로 야합을 했기 때문입니다. 물론 초강대국 영국의 주도로 그렇게 된 것입니다."

"왜요?"

"그렇게 하는 것이 영국의 국익에 부합되었기 때문입니다. 영국은 인도를 4백 년 동안 분할 통치하여 온 경험을 바탕으로 그 결점을 보완하려고, 먼저 통일된 중국을 만든 다음에 손쉽게 통째로 식민지 수탈을 할 계획으로 일본과 야합하여 다 쓰러져가는 걸리적대기만 하는, 터줏대감 격인 조선을 중원 대륙에서 한반도로 추방한 것입니다.

그렇게 한 다음의 역사는 영국의 예상과는 정반대로 흘러 지금은, 중국 침략의 교두보였고 아편전쟁에서 이긴 배상으로 빼앗았던 홍콩까지도 토해 놓고 중국 영토에서 완전히 추방당하지 않을 수 없는 처지가 되었습니다."

"그렇다면 잘못된 역사는 과거에 있었던 그대로 바로잡아야 되지 않겠습니까?"

"당연히 그래야 합니다. 거짓은 마땅히 바로잡혀야 합니다. 증산도 도전에는 다음과 같은 말이 나옵니다.

'오직 모든 일에 마음을 바르게 하라. 거짓은 모든 죄의 근본이요, 진실은 만복의 근원이니라.'(도전 448쪽지)

그러나 일찍이 카(E H Carr)라는 사학자는 '역사는 역사가에 의해 쓰여진다'고 했지만, 이것은 실제로 '역사는 강대국에 의해 멋대로 쓰여진다'는 말을 좀 고상하고 부드럽게 게 표현한 것에 지나지 않습니다.

서세동점기(西勢東漸期)에 동양사는 대영제국, 손문의 신생 중국, 일제와의 야합에 의해 쓰여졌던 것이 사실입니다. 그러나 대영제국이 동양에서 철수당한 지금은 중국 정부의 동북공정, 서남공정, 서북공정에 의해 그들의 국익에 맞추어 새롭게 역사 뜯어고치기 작업이 진행 중에 있습니다. 그리고 일본 역시 그들의 국익에 따라 자국의 역사를 제멋대로 날조하고 있습니다."

"그럼 우리나라 역사도 우리의 국익에 맞게 새로 쓰여져야 한다는 말씀입니까?"

"그래서는 안 될 것입니다. 그렇게 각국이 제각기 자국의 이익에 맞추어 자국의 역사를 기술한다면 역사 쓰기의 본래의 취지인 과거에 있었던 그대로의 진실은 지구상에서 영원히 사라져버리고 말 것입니다.

그러한 승자 독식의 고약한 관행은, 지난 1만년 동안의 전쟁과 수탈의 상극의 역사를 청산하고 앞으로 닥쳐 올 해원, 상생, 보은의 지상선경(地上仙境) 건설을 위해서도, 되풀이되어서는 안 될 것입니다."

"우리 선조들이 대륙의 동부를 경영하면서 기록해 놓은 사록(史錄)들을 바탕으로 한 우리 역사를 되찾는데도 그 일을 뒷받침할 수 있는 국력이 있어야 한다는 말씀이군요."

"그렇습니다."

"국력신장도 중요하지만 일제 강점기와 해방 후 지금까지 약 100여 년 동안 반도식민사관으로만 교육받아 온 우리 국민들의 역사의식을 바로잡는 것이 선결 과제라는 얘기입니다. 그러자면 뜻있는 국민 각자가 『고려사』, 『조선왕조실록』과 같은 방대한 실록을 일일이 읽어야 하는데 일반인들이 그렇게 하는 것은 사실상 불가능한 일입니다."

"그래서 드리는 말씀인데, 일반인들이 접근하기 쉬운, 우리 재야 사학자들이 쓴 대륙의 조선 영토에 관한 연구서가 있으면 소개 좀 해 주시겠습니까?"

"어렵지 않습니다. 그렇게 하죠.

『고구려, 백제, 신라는 한반도에 없었다』, 정용석 저, 동신출판사.
『한국인에게 역사는 있는가』, 김종윤 저(전화 02-6677-6071, 휴대 010-9553-6071), 책이 있는 마을.
『신강 한국고대사』, 김종윤 저, 동신출판사.
『이 사람을 보라』 1~3권, 김종윤 저, 동신출판사.

『고대 조선사와 근조 강역연구』, 김종윤 저, 동신출판사.

『인물로 본 한반도 조선사의 허구』(상·하), 김종윤 저, 여명.

『상고사의 새 발견』, 이중재 저, 명문당.

『밝혀질 우리 역사』, 오재성 저, 여민족사연구회.

『한국사 진실 찾기』, 김태영 저, 도서출판 명보(02-2277-2656).

『조선은 대륙에 있었다!』, 박인수 저, 거근당(02-388-5409).

『대륙에서 8600년 반도에서 600년』, 이병화 저, 한국방송출판.

이상 11가지를 추려보았는데, 이 중에는 시중에서 구하기 어려운
책도 있을 것입니다. 그럴 경우에는 헌책방에서 구할 수 있습니다.
마지막에 나온 『대륙에서 8600년 반도에서 600년』은 조선왕조는 성
립 초기에 확실한 근거도 없이 수도를 한반도로 옮긴 것으로 기술되
어 있다는 단점은 있지만, 그것만 빼면 읽어 볼 만한 저서이므로 추
가했습니다.

일단 이러한 책들을 읽은 다음에 본격적으로 우리 역사를 연구할
사람은 한문으로 된 『고려사』나 『조선왕조실록』이나 아니면 우리말
번역본을 읽어야 할 것입니다.

『고려사』는 동아대 석당학술원에서 번역한 것이 있는데, 번역자들
이 반도사관에 사로잡혀, 대륙에 있던 고려의 사관들이 쓴 원문을
제대로 해석하지 못하고 반도사관에 억지로 꿰어 맞추려고 했으므로
제대로 번역이 안되어 있습니다. 그래서 나는 『북역 고려사』 1질,
11권을 구입하여 읽고 있는데 북한의 인쇄술은 한국의 해방 직후 수

준보다도 못합니다. 활자가 정교하고 세련되지 못하고 흐려서 잘 보이지 않는 것을 두 눈을 비벼가면서 읽을 때는 참으로 한심하다는 생각이 들기도 합니다. 『조선왕조실록』은 세종대왕기념사업회와 민족문화추진회에서 1986년에 번역 출간한 447권이 있는데 책값이 1천만 원 이상이라 역시 접근하기가 어렵습니다.

집안 제사, 차례에 하느님 모시기

2014년 9월 6일 토요일

삼공재 고참 회원인 홍영석 씨가 말했다.

"선생님 저는 집에서 제사나 명절에 차례를 지낼 때면, 경제 형편 상 하느님께 따로 치성을 드리지 못하고, 조상님들만 모시는 것이 늘 미안하고 허전한 생각이 들었습니다. 그래서 생각 끝에 우리 인 류의 최초의 조상님이시고 지금도 인간을 관리하시고 다스리시는 하 느님 즉 천주(天主)님을 제사나 차례 때마다 함께 모시려고 합니다. 괜찮겠죠?"

"괜찮고 말고요. 어떻게 그런 훌륭한 생각을 하시게 되었습니까? 하느님께서는 홍영석 씨가 아주 기특한 생각을 하게 되었다고 무척 흐뭇해하실 것입니다."

"하느님은 이 우주 안에 사람이 생존하게 하신 인류 역사상 가장 오래된 조상님이신데 그런 분을 집안 조상 제사와 차례 때 모시는 것은 어쩌면 지극히 당연한 일이 아니겠습니까?"

"그런데 실제로 제상을 차릴 때 하느님은 따로 모셔야 할까요, 아 니면 다른 조상님들과 함께 모셔야 할까요?"

"하느님께서는 집안 조상들과 후손들이 다 함께 어울리는 화기애 애한 행사를 원하실 것이므로, 따로 제상을 차리기보다는 함께 차리는 것을 좋아하실 것입니다.”

“그럼 선생님께서도 집안 제사와 차례 때 하느님을 함께 모십니까?”

“그럼요.”

“저는 아직 선생님처럼 영안이 열리지 않아서 그러는데 제사와 차례 때 정말 하느님께서 친히 참석하시는 모습을 보셨습니까?”

“그럼요.”

“하느님은 어떤 모습이었습니까?”

“겉으로 보아 다른 조상님들 모습과 다른 특이한 점은 거의 없습니다. 다른 조상님들과 똑같이 수수한 두루마기나 도포 차림에, 조금도 스스럼없이 조상님들과 어울려 춤도 추시고 웃기도 하시고 인사도 나누시고 차려진 제상에 앞에 앉으셔서 흠향도 하시곤 했습니다.

단지 내 눈에 뜨이는 특이한 것이 있다면 하느님 모습에서는 후광이 순간 순간 번쩍이는 것이었습니다.”

“그건 선생님의 경우고, 저 같은 사람이 모셔도 그렇게 하느님께서 손수 임하실까요?”

“제사는 누구든지 지성으로 모시면 하느님이든 다른 어느 조상님이든 반드시 왕림하시게 되어 있습니다. 지성이면 감천이라고 하지 않습니까?”

“선생님께서 그렇게 말씀하시니 새삼스레 용기가 납니다. 이렇게 집안 행사 때마다 하느님을 모시면 하느님과 조금이라도 더 가까워질 수 있겠죠?”

“물론입니다. 그러나 수련을 통하여 하느님과 나, 남과 나, 우주와 내가 하나라는 것을 깨닫고 그것을 일상생활화 하는 것이 더 중요합니다. 그러한 사람은 자기 마음속에 늘 하느님을 모시고 산다고 할 수 있으므로 늘 하느님과 같은 마음과 기운을 공유할 수 있습니다.”

“일상생활을 어떻게 하는 것이 하느님과 함께 마음과 기운을 공유하는 삶이라고 할 수 있을까요?”

“나 자신보다도 남을 먼저 생각하는 삶이 일상생활화 되어 있어야 합니다. 그러한 사람의 삶은 늘 바르고 착하고 슬기로울 수밖에 없게 되어 있습니다.

인도의 국부(國父)인 마하트마 간디가 어느 날 열차를 타고 여행을 하고 있었습니다. 달리는 열차의 승강대에 서서 바깥 광경을 구경하던 간디는, 실수로 자기가 신고 있던 오른쪽 구두 한 짝이 벗겨지면서 땅에 떨어져 굴렀습니다.

그 순간 간디는 지체 없이 왼쪽발의 구두마저 벗어 떨어뜨렸습니다. 이 광경을 지켜보던 수행자가 물었습니다. ‘처음 오른쪽 구두 한 짝은 실수로 떨어뜨리셨다고 해도 왼쪽 구두는 왜 일부러 벗어 던지셨습니까?’

그러자 간디가 말했습니다. ‘외짝 구두는 누가 주어도 아무 쓸모가 없을 것이지만 한 켤레의 구두를 벗어 던지면 누구든지 발에 맞기만 하면 유익하게 신을 수 있을 테니까.’

남을 생각하는 마음이 적어도 이 정도로 순발력을 발휘할 수 있어야 하지 않을까 생각됩니다.”

“마하트마 간디야말로 남을 생각하는 마음이 하느님을 그대로 닮았던 것 같습니다."

"우리도 마음만 먹는다면 간디를 못 따라갈 이유가 없지 않을까요?"

"그렇습니다. 간디처럼 하느님과 밀착된 삶을 살다 보면 누구나 그렇게 될 수 있을 것이라는 확신이 생길 것 같습니다."

"그래서 나는 평소에 그러한 행동을 할 수 있는 마음의 준비를 할 수 있도록 하기 위해서 매일 『천부경』과 『삼일신고(三一神誥)』를 한번 이상, 태을주(太乙呪)를 200번 이상 시천주주(侍天主呪)를 20번 이상, 그리고 생각날 때마다 나무아미타불관세음보살과 주기도문 그리고 내가 만든 『대각경』 등을 외웁니다."

"그렇게 많은 것을 어떻게 다 외우십니까?"

"그럼 말 나온 김에 이 자리에서 그걸 다 외어 보죠 뭐. 구도자가 규칙적으로 외우면 수행이 깊어지고 보통 사람들이 읽으면 치매를 방지하고 건강해질 수 있습니다."

하고 나는 염송하기 시작했다.

천부경(天符經)

일시무시일(一始無始一) 석삼극무진본(析三極無盡本) 천일일지일이인일삼(天一一地一二人一三) 일적십거무궤화삼(一積十鉅無匱化三) 천이삼지이삼인이삼(天二三地二三人二三) 대삼합육생칠팔구(大三合六生七八九) 운삼사성환오칠(運三四成還五七) 일묘연만왕만래

(一妙衍萬往萬來) 용변부동본(用變不動本) 본심본태양앙명(本心本太陽昂明) 인중천지일(人中天地一) 일종무종일(一終無終一).

삼일신고(三一神誥)

천훈(天訓)

주약왈(主若曰) 자이중(咨爾衆)아 창창(蒼蒼)이 비천(非天)이요 현현(玄玄)이 비천(非天)이라. 천(天)은 무형질(無形質)하고 무단예(無端倪)하며 무상하사방(無上下四方)하고 허허공공(虛虛空空)하여 무부재(無不在)하고 무불용(無不容)이니라.

신훈(神訓)

신(神)은 재무상일위(在無上一位)하사 유대덕대혜대력(有大德大慧大力)하사 생천(生天)하시고 주무수세계(主無數世界)하시고 조신신물(造甡甡物)하사 섬진무루소소영령(纖塵無漏昭昭靈靈) 불감명량(不敢名量)이라 성기원도(聲氣願禱)면 절친현(絶親見)이나 자성구자(自性求子)하라 강재이뇌(降在爾腦)니라.

천궁훈(天宮訓)

천(天)은 신국(神國)이오 유천궁(有天宮)하여 계만선(階萬善) 문만

덕(門萬德)이니라. 일신(一神)이 유거(攸居)오 군령제철(羣靈諸哲)이 호시(護侍)하니 대길상대광명처(大吉祥大光明處)라. 유성통공완자(惟性通功完者)라야 조(朝)하여 영득쾌락(永得快樂)하리라.

세계훈(世界訓)

이관삼열성진(爾觀森列星辰)하라. 수무진(數無盡)하고 대소명암고락(大小明暗苦樂)이 부동(不同)하니라. 일신(一神)이 조군세계(造羣世界)하시고 신(神)이 칙일세계사자(勅一世界使者)하사 할칠백세계(轄七百世界)하시니 이지자대(爾地自大)나 일환세계(一丸世界)니라. 중화진탕(中火震盪)하여 해환육천(海幻陸遷)하고 내성현상(乃成見象)하니라. 신(神)이 가기포저(呵氣包底)하시고 후일색열(煦日色熱)하시니 행저화유재물(行翥化遊裁物)이 번식(繁植)하니라.

삼진훈(三眞訓)

인물(人物)이 동수삼진(同受三眞)하니 왈성명정(曰性命精)이라. 인(人)은 전지(全之)하고 물(物)은 편지(偏之)니라. 진성(眞性)은 무선악(無善惡)하니 상철(上哲)이 통(通)하고 진명(眞命)은 무청탁(無淸濁)하니 중철(中哲)이 지(知)하고 진정(眞精)은 무후박(無厚薄)하니 하철(下哲)이 보(保)하나니 반진(反眞)하여 일신(一神)이니라.

삼망훈(三妄訓)

유중(惟衆)은 미지(迷地)에 삼망(三妄)이 착근(着根)하니 왈심기신(日心氣身)이라. 심(心)은 의성(依性)하여 유선악(有善惡)하나 선복악화(善福惡禍)하고 기(氣)는 의명(依命)하여 유청탁(惟淸濁)하니 청수탁요(淸壽濁殀)요 신(身)은 의정(依精)하여 유후박(有厚薄)하니 후귀박천(厚貴薄賤)이니라.

삼도훈(三途訓)

진망(眞妄)이 대작삼도(對作三途)하니 왈감식촉(日感息觸)이라. 전성십팔경(轉成十八境)하니 감(感)은 희구애노탐염(喜懼哀老貪厭)이요 식(息)은 분란한열진습(芬爛寒熱震濕)이오 촉(觸)은 성색취미음저(聲色臭味淫抵)니라.

삼공훈(三功訓)

중(衆)은 선악청탁후박(善惡淸濁厚薄)이 상잡(相雜)하여 종경도임주(從境塗任走)하여 타생장소병몰(墮生長消病殁)의 고(苦)하고 철(哲)은 지감조식금촉(止感調息禁觸)하여 일의화행(一意化行), 반망즉진(返妄卽眞), 발대신기(發大神機)하나니 성통공완(性通功完)이 시(是)니라.

태을주(太乙呪)

훔치, 훔치, 태을천상원군(太乙天上元君) 흠리치야 도래(到來) 훔
리합리 사파하

시천주주(侍天主呪)

시천주조화정(侍天主造化定), 영세불망만사지(永世不忘萬事知) 지
기금지원이대강(至氣今至願而大降)

나무아미타불(南無阿彌陀佛) 관세음보살(觀世音菩薩)

주기도문

하늘에 계신 우리 아버지, 아버지의 이름이 거룩히 빛나시며 아버
지의 나라가 오시며 아버지의 뜻이 하늘에서와 같이 땅에서도 이루
어지소서! 오늘 저희에게 일용할 양식을 주시고 저희에게 잘못한 이
를 저희가 용서하오니 저희 죄를 용서하시고 저희를 유혹에 빠지지
않게 하시고 악에서 구하소서. 아멘.

대각경

나는 하느님의 분신으로서 하느님의 무한한 사랑, 무한한 지혜,
무한한 능력을 구사하고 있다. 이 큰 깨달음을 통하여 나는 뜬구름
과 같은 오감의 세계를 벗어나, 상부상조하는 대조화의 세계, 하느님

과 나, 남과 나, 우주와 내가 하나로 합쳐지는 실상의 세계 속에 살고 있다.

다 읽고 나자 나는 말했다.

『천부경』, 『삼일신고』, 『태을주』, 『시천주주』, 나무아미타불 관세음보살, 주기도문, 『대각경』 속에는 일(一), 천(天), 주(主), 신(神), 태을천상원군(太乙天上元君), 천주(天主), 하늘에 계신 우리 아버지, 아미타불, 관세음보살, 하느님이란 어휘가 들어있습니다.

이들 어휘들은 모두 같은 대상인 이 우주를 지배하는 상제(上帝)님, 즉 하느님을 지칭하고 있습니다. 이처럼 지구인의 공동재산이기도 한 여러 가지 경전과 주문들을 염송함으로써 우리는 어느 한 종교에 편향하는 것을 막을 수 있습니다.

지극한 정성을 다하여 각종 표현 방법으로 상제님을 염송하는 빈도만큼 우리는 하느님과 더욱 더 밀착된다는 확신을 가질 수 있게 될 것입니다. 왜냐하면 하느님과 인간은 애초에는 한 몸이었으니까.

그러나 경전과 주문을 제아무리 열심히 염송해 봤자, 간디처럼 남을 제 몸처럼 생각하는 마음이 필요할 때 본능적으로 자기도 모르게 신속하게 행동화되지 않는다면 무슨 소용이 있겠습니까?"

"어떻게 하면 그렇게 될 수 있을까요?"

"이기심(利己心)인 거짓 나는 죽고 이타심(利他心)인 참나만 살아 있어야 합니다. 그래야만이 우주와 내가 온전히 하나가 될 수 있습니다. 지상에 사는 사람 하나하나가 모두 다 이러한 이기심에서 벗어날 때 지상선경(地上仙境)은 저절로 실현될 것입니다."

"그럼 이기심에서 벗어나 이타심을 생활화하려면 어떻게 해야 합니까?"

"의식이 있는 모든 사람들은 구도자가 되어 스스로 깨달아 이기심을 버리고 이타심을 되찾아 제각기 환골탈태(換骨奪胎)하는 수밖에 없습니다.

이기심을 벗어 던지고 이타심을 되찾은 것을, 1만 년 전 우리 조상들은 어둠에서 벗어나 환한 빛을 구하는 사람들이 사는 나라를 이룩하는 것이라고 하여 나라 이름도 환한 빛의 나라를 구한다고 하여, 환국(桓國)이라고 했고 이것이 변하여 하나님을 모시는 사람들의 나라 즉 한국(韓國)으로 변했습니다."

공룡과 도마뱀

2014년 9월 25일 목요일

우창석 씨가 말했다.

"선생님께서는 최근에, 5개월 동안이나 의정 활동을 꼼짝 못하게 묶어놓은 세월호 정국이 풀리려면 당사자들이 이기심을 버리고 이타심을 발휘하여 원시반본(元始返本)의 길을 가야 한다고 말씀하셨습니다.

그리하여 7천 년 동안이나 동북아 대륙을 다스렸던 환단(桓檀) 시대의 우리 조상들의 슬기를 이어받아야 한다고 하셨습니다. 어떻게 하는 것이 원시반본하여 조상들의 슬기를 이어받는 길입니까?"

"자기 욕심만 채우려 하지 말고 상대의 입장을 배려함으로써 자기 고집을 꺾을 줄도 알고 타협과 양보도 할 줄 아는 균형 감각을 회복하는 겁니다.

그리고 시대착오적인 낡은 이념과 구태의연한 주사파(主思派) 운동권 식 거리 시위를 끈질기게 계속 구사하면서 세월호 희생자 유가족들의 슬픔을 자기네 정략에 이용하려는 얄팍한 생각들도 버려야 합니다.

나라와 국민은 어떻게 되든 아랑곳 않고 국민의 인기도가 10% 대 이하로 곤두박질쳐도 개의치 않고, 지금처럼 운동권 식 밀어붙이기와 계파 싸움에만 몰입하는 한 새정치민주연합은 국민들의 싸늘한 냉대 속에서 재집권의 꿈은 점점 멀어져 갈 것이고 계속 이대로 나가다간 영영 생존경쟁에서 도태당하여 후세를 가르치는 역사책에서 한갓 교훈거리가 되고 말 것입니다.

세월호법 때문에 정국이 경색되어 꼭 필요한 법안들이 통과되지 못하여, 박근혜 정부의 야심적인 경제활성화 정책도 꽁꽁 묶여서 아무 일도 못하고 있습니다.

이럴 때는 국민들이 일 안 하는 국회의원들은 세비를 반납하라고 몰아세우기만 할 것이 아니라, 아예 현재의 식물 국회를 해산하고 국회의원 선거를 다시 하여 국회를 새로 만드는 것이 확실한 해법이 될 수 있을 것입니다."

"현행 헌법에는 국회 해산 규정이 없지 않습니까?"

"그렇긴 하지만 비상사태를 선포하여 국민투표에 붙여서라도 국민의 뜻에 따라 차라리 무능해진 현 국회를 해산하고 새 국회를 구성하는 것이야말로 지금처럼 언제 끝날지 모르는 야당의 운동권 식 거리 투쟁과 계파 싸움으로 나라를 파국으로 몰아가는 것보다 국가와 국민을 위해서는 훨씬 더 확실한 대안이 될 수 있을 것입니다.

국회의원이니 정당이니 계파니 하는 것들을 위해서 국민과 국가가 존재하는 것이 아니라 그들도 국민과 국가를 위해서 존재하는 것이기 때문입니다. 정당과 계파는 국민의 하인이고 국민은 그들을 부리는 주인입니다. 하인이 주인을 위해서 희생되어야지 주인이 하인을 위해서 희생될 수는 없는 일입니다.

이런 때 정부와 여당, 언론, 애국단체들은 국가와 국민을 살리기 위해서 앞장서서 국회 해산과 새 국회의원 선거에 앞장서야 할 것입니다.

이러한 획기적인 대책도 없이 지금처럼 진흙탕 속에서 계속 이전투우(泥田鬪牛)만 하다가는 언제 제2의 4.19나 5.16이 일어날지도 모르고, 북한의 조종을 받는 종북파들의 이석기 식 RO가 실제로 가동되어 북한의 제2의 6.25 남침을 유도할지도 모릅니다."

"그럼 도대체 지금의 세월호 정국을 만들어 놓은 장본인은 누굽니까?"

"새정치민주연합을 실질적으로 움직이는 친노강경파입니다."

"그들의 기본 전략은 도대체 무엇입니까?"

"그들은 80년대에 군부독재를 무너뜨리고 민주화와 현행 대통령 직선제 확립에 기여한 공로가 있는 것은 사실이지만 노무현 정부의 주도 세력으로서, 집권 기간에 전세계가 20년 전에 폐기처분해 버린 사회주의 경제 정책을 미증유의 약진을 거듭하던 한국의 시장 경제 제도에 강요한 결과 경제 성장의 동력을 잃게 만들었습니다.

지나치게 친북 정책을 추구한 결과 노무현 전대통령으로 하여금 북방한계선인 NLL까지 북한의 요구대로 폐지하여 국가를 위기로 몰아갈 뻔한 정치세력입니다.

18대 대통령 선거에서 이 위기를 알아챈 유권자들이 열린우리당의 정동영 후보를 5백 40만 표의 압도적인 표차로 낙선시키고 이명박 대통령이 등장하게 만들었습니다. 그렇게 하지 않았더라면 약진 대한민국 호는 벌써 39년 전의 월남공화국처럼 적화되거나 침몰당했을지 모릅니다.

그러나 이들 친노강경파는 자기들의 잘못은 추호도 반성할 줄 모르고 이명박 정부에 대하여 초기에 기선을 제압하려고 미국산 광우병 쇠고기 소동을 날조하여 한동안 국내를 소란스럽게 했지만 미구에 광우병 소동은 허위날조였다는 진상이 밝혀지자 꼬리를 감추어버렸습니다.

이명박 정부 5년이 끝나고 19대 대선에서 박근혜, 문재인 양 후보의 대결에서는 불과 3% 차이인 48% 득표를 하고도 문재인 후보가 낙선되었습니다. 그러나 그 48%의 득표 중 반 이상은 안철수 표였다는 것은 누구나 다 아는 사실입니다.

그러나 친노강경파는 지금도 패배를 인정하지 않고, 무슨 수를 쓰든지 자기네 초지를 관철하려고 국정원 댓글 파동과 NLL 기록 사태를 끈질기게 밀어붙였지만 역부족이었습니다.

그러다가 금년 4월에 세월호 참사가 벌어지자 얼씨구나 하고 희생자유가족 대책위원회에 침투하여 이 조직으로 하여금 수사권과 기소권을 갖게 함으로써 정부를 무력화시키려고 시도하고 있습니다.

그러나 이것은 피해자 자력구제 불가 원칙에 위배되는 것으로서 삼권분립이라는 국가의 기간조직망을 뒤흔드는 헌법을 무시하는 처사가 아닐 수 없습니다.

이처럼 친노강경파의 시대착오적인 운동권 식 밀어 붙이기는 지금도 계속되고 있습니다. 이것이 바로 그들의 변함없는 기본 전략입니다."

"그들의 이러한 기본 전략에 대한 국민의 여론은 어떻습니까?"

"이미 박근혜 정부 들어 두 번에 걸쳐 실시된 재보궐선거에서 보여준 바와 같이 새정치민주연합은 참패에 참패를 거듭하여 국민 지지도가 새누리당에 비하여 반 토막 이하인 10% 대로 추락했습니다.

게다가 설상가상으로 요즘은 세월호 유족회와 심야에 회식을 하던 새정치민주연합의 김 현 의원이 국회의원의 갑질 특권을 과시하여 대리운전 기사 폭행 사건의 빌미를 제공한 것이 드러나 거듭 국민의 불신을 사고 있습니다."

"얼굴은 포청천이나 장비처럼 생겼지만 지혜는 조조나 제갈량을 닮았다는 새민연의 중도개혁파인 문희상 의원이 박영선 의원 대신에 새 비대위원장으로 선출되었는데, 그의 능력으로 어쩌면 이 꽉 막힌 정국에 무슨 돌파구가 생기지 않을까요?"

"제발 그렇게 되었으면 오죽 좋겠습니까? 그러나 국민은 이미 친노강경파를 버린 지 오래다는 것을 깨달아야 할 것입니다. 그들은 과거의 영광에만 사로잡혀 새 시대에 적응하여 진화(進化)할 때를 놓쳐버린 글라스파고 섬의 동물들처럼 도태당할 때만을 기다리는 가련한 존재가 되어버렸습니다."

"그들이 도태당하지 않고 살아남을 수 있는 길이 있을까요?"

"있고 말고요. 공룡과 도마뱀은 몸 크기에는 엄청난 차이가 있어도 똑같은 모습을 한 파충류에 속합니다. 중생대 주라기에 거대한 공룡은 급격한 환경 변화에 적응하지 못하고 멸종되었지만, 그 일부는 재빨리 도마뱀으로 탈바꿈하여 적자생존(適者生存) 하는 데 성공했습니다. 친노강경파도 그렇게 환경 변화에 유연하고 겸손하게 적응만 한다면 능히 살아남을 수 있을 것입니다.

이 환경 변화가 바로 민심과 천심의 추이를 수용하는 것입니다. 모든 생물은 환경에 순응하면 살아남고 거역하면 멸망하게 되어 있습니다.

'순천자(順天者)는 흥하고 역천자(逆天者)는 망한다'고 명심보감(明心寶鑑)에도 나와 있습니다. 천(天), 하늘이 바로 환경이고 민심입니다. 이것이 우주의 변함없는 법칙입니다. 이 법칙은 우주가 존재하는 한 변하지 않습니다."

북한이 살아남는 길

2014년 10월 6일 월요일

우창석 씨가 말했다.

"지난 4일에 아시안 게임 폐막식 참석차 북한의 실세인 황병서 인민군 총정치국장, 최룡해 노동당비서, 김양건 대남비서 일행이 전격적으로 인천을 방문했습니다.

그들이 이렇게 갑자기 다녀간 진짜 이유가 무엇이든 간에 북한은 지금 미국과 중국을 비롯한 유엔에 의해 계속 조여드는 각종 제재로 평양 외에는 전기와 수돗물 공급이 거의 단절될 정도로 심한 압박을 받고 있는데, 핵무기 개발을 중단하지 않는 한 이러한 국제사회의 통제는 점점 더 가중될 전망입니다.

이러한 북한이 이 난관을 뚫고 살아나갈 수 있는 길이 과연 있을 것이라고 선생님께서는 생각하십니까?"

"물론 있습니다."

"그게 무엇입니까?"

"핵개발을 포기하면 만사가 다 해결됩니다."

"그럼 만약이 만약에 핵이 없는 보통 국가라고 생각해 볼 때는 어떨까요?"

"그건 지금 북한과 비슷한 지정학적 처지에 놓여있는 동서고금의 여러 나라들의 생존 방법을 살펴보면 저절로 답이 나오게 될 것입니다."

"그럼 그걸 좀 실례를 들어 말씀해 주시겠습니까?"

"그렇게 하죠. 지금 중국과 국경을 나누고 있는 베트남을 주시해볼 필요가 있습니다. 베트남은 과거 프랑스, 미국과의 전쟁 중에 같은 공산국인 중국의 막대한 군사 및 경제 지원을 받아왔습니다.

그러나 베트남이 프랑스를 이기고, 뒤이어 월남전쟁에서 미국까지 물리친 후 어떻게 되었습니까? 한때는 중국과의 충돌로 전쟁까지 치렀습니다. 그러한 베트남은 지금 중국의 남침에 대비하여 과거 적국이었던 미국과 동맹을 맺고 있습니다.

이처럼 국제관계는 무상하여 영원한 우방도 영원한 적국도 없고 있는 것이란 오직 국익이 있을 뿐입니다. 베트남의 대중국 전략을 일컬어 전형적인 원교근공책(遠交近攻策)이라고 합니다. 가까이 있는 적을 제압하기 위해서는 멀리 떨어져 있는 강력한 우방과 손을 잡는 전략입니다.

100년 전 서구식 신흥국 일본이 대국인 청국과 러시아와의 전쟁에서 차례로 승리할 수 있었던 것도 멀리 떨어져있는 강대국인 미국 및 영국과 동맹을 맺고 각종 정보와 첨단 무기를 지원받기 때문이었습니다.

지금도 대국인 러시아와 붙어있는 우크라이나가 러시아와의 국경 분쟁에서 완강하게 버티면서도 영토를 보전할 수 있는 것도 초강대국 미국 및 유럽 연방국들과의 동맹 때문입니다. 이것 역시 원교근공책(遠交近攻策)이 성공한 사례입니다."

"그러나 아무리 그렇다 해도 북한이 미국과 동맹을 맺고, 육이오 때 수많은 중공군을 희생시키면서까지 다 망해가는 북한 정권을 살려낸 혈맹으로 맺어진 중국과 맞서기는 어렵지 않을까요?"

"북한이 장차 중국에 흡수되어 동북의 네 번째 성(省)이 되지 않으려면 그 길밖에는 다른 대안이 없습니다."

"그건 그렇다 치고, 미국이 북한을 베트남처럼 선뜻 동맹국으로 받아들일까요?"

"그럼요. 미국이야 북한이 핵만 포기한다면 얼씨구나 웬 떡이냐 하고 받아들일 것입니다. 동아시아에서 미국의 초미의 관심사는 어떻게 하면 신흥 강대국 중국을 견제하느냐 하는 겁니다."

"그러한 미국이 핵을 가진 북한을 동맹국으로 받아들일까요?"

"북한은 현 체제가 살아남기 위해서는 미국과 과거의 우크라이나처럼 협상을 해서라도 핵을 포기하는 결단을 내리지 않을 수 없을 것입니다.

왜냐하면 핵을 끝까지 고집할 경우 어차피 북한은 외압으로부터 살아남기 어려울 것이기 때문입니다. 그리고 핵을 포기할 경우 미국과 같은 동맹국을 갖지 않는 한 북한은 언제든지 중국에 흡수당할 위기를 맞게 되어 있습니다."

"그럴까요?"

"그럼요. 중국은 지금도 동북공정으로 당나라와 자웅을 겨루었던 7세기의 고구려제국을 중국의 한낱 지방정권으로 왜곡 날조 폄하함으로써 북한에 대한 영토적 야심을 점차 노골화하고 있지만 미국은 그런 종류의 영토적 야심이 전연 없다는 것을 명심하여야 할 것입니다."

"미국이 해외 영토에 대한 야심이 없다는 것을 어떻게 보증할 수 있습니까?"

"미국은 100년 전에 스페인과의 전쟁에서 승리했을 때 획득했던 필리핀까지도 2차 대전 후 자발적으로 포기할 정도로 해외 영토에 대한 야심이 없는 나라입니다. 지금 미국은 오직 신흥 중국이 태평양으로 뻗어 나오는 것을 어떻게 견제하느냐에 온통 관심이 쏠려 있을 뿐입니다.

북한의 김정은이 현명한 지도자라면 핵을 포기하고 베트남이나 우크라이나처럼 원교근공책을 채택하여 벌써 미국과 동맹을 맺었을 것입니다."

"그렇게 되면 한국과 북한은 어떻게 되죠?"

"친구의 친구 역시 친구라는 말은 진실입니다. 한반도 분단에 원초적 책임이 있는 미국은 남북한을 화해 통일시키는 데 주도적인 역할을 함으로써, 두고두고 한국인과 세계인의 지탄을 받아 온 무거운 분단의 책임에서도 벗어날 수 있게 될 것입니다."

"그러나 김정은이 유훈 통치의 습성에서 벗어나지 못하고 핵개발을 고집하여 지금처럼 되지도 않을 핵 경제 병진 정책을 고집한다면 어떻게 될까요?"

"그렇게 되면 북한은 중국, 미국, 한국 사이에 끼어서 무척 고전하다가 마침내 깨어져버릴 것이고 결국은 한국에 흡수 통일되고 말 것입니다."

"깨어져 버리다니요?"

"과거의 폴란드가 그와 비슷한 나라입니다. 원교근공책을 구사하지 못했던 폴란드는 한때 독일과 러시아 그리고 오스트리아에 의해 3분되어 무려 3백년 이상이나 이들 세 강대국의 식민지가 되어 착실히 고생께나 했습니다.

김정은이 역사를 아는 지도자라면 폴란드의 전철을 밟는 어리석음은 무슨 일이 있어도 피하고 보아야 할 것입니다."

"북한이 미국과 동맹을 맺고 중국과 맞선다면 아무래도 중국으로부터 배은망덕한(背恩忘德漢)이라는 비난을 면하기 어렵지 않을까요?"

"그런 비난을 피하려면 베트남이 한국과 국교를 트고 자유무역 협정을 맺고 수많은 한국 기업들이 지금 베트남에 진출하여 경제, 정치, 문화 협력을 강화해 나가는 것과 같은 획기적인 개방 정책을 추진한다면 남북한은 저절로 평화 통일의 길이 열리게 될 것입니다.

그 쓰잘데기없는 핵과 미사일 개발로 김씨 왕조를 끝까지 유지하겠다는 탐욕만 버린다면 살길은 얼마든지 열려 있습니다. 북한으로서는 같은 공산국가인 베트남이 한국과의 협조로 지금 경제를 눈부시게 발전시키는 방법을 본뜬다면, 근 70년 동안 '철천지원수'로 저주만 해 온 미국과 동맹을 맺는 것보다는 훨씬 더 자연스럽게 한국과 공생 공존하는 평화 통일의 길을 택할 수 있게 될 것입니다."

통일에 대한 전망

2014년 10월 14일 화

우창석씨가 말했다.

"김정은이 40일 동안이나 카메라 앞에 나타나지 않아서 한국은 물론이고 동북아와 전 세계가 촉각을 곤두세우고 있었는데 오늘 마침내 지팡이를 짚은 채 한 위성 과학자 아파트 단지 건축 현장을 배경으로 하여 모습을 나타냈습니다.

북한과 가장 이해관계가 깊은 한국, 미국, 중국의 최첨단 정보통들에 따르면 김정일은 프랑스 외과의사가 찾아온 가운데 발목 인대 수술을 받고 평양 북쪽에 있는 한 별장에서 치료 중이라고 했고 전문의들은 회복하는 데 100일은 걸릴 것이며, 쿠데타니 실각이니 중병이니 하는 구구하게 나돌던 각종 억측과는 달리 그동안 정국을 제대로 장악하고 있었다는 것이 드러났습니다.

그리고 지난 4일 이른바 북한 삼인방이 다녀간 뒤 북의 경비정이 북방한계선을 넘어와 우리 군과 교전을 벌이다가 철수했고, 탈북자 단체에서 날려 보낸 전단 풍선에 고사기관총을 발사하자 아군이 보복 사격을 하는 등 사건이 있었지만 기왕에 약속된 고위급 회담은 열릴 것이라는 예측이 지배적이지만 혹시 궁지에 몰린 김정은이 핵 전쟁을 벌이는 어리석은 짓은 저지르지 않을까요?"

"그런 일을 일어나지 않을 겁니다."

"그걸 어떻게 믿을 수 있겠습니까?"

"아무리 김정은이 고모부인 장성택을 재판도 없이 참살한 예측 불허의 젊은 독재자라고 해도 핵을 사용하는 즉시 자기 자신도 무사하지 못할 것이라는 것을 너무도 잘 알고 있기 때문입니다."

"혹시 선생님께서 읽으신 예언서들 중에 한국의 통일과 미래 대하여 언급한 것은 없습니까?"

"격암유록(格菴遺錄)에는 2015년 이후에 남북교류가 시작되어 2025년 전후에 마침내 우리가 꿈에 그리던 통일이 온다고 했습니다. 만약에 지금 예정된 고위급 회담이 성과를 낸다면 남북교류가 이루어져 잘하면 2025년에는 통일이 될 수도 있을 것입니다."

"격암유록 외에 다른 예언서는 없습니까?"

"그 외에는 증산도 도전(道典)이 있을 뿐입니다."

"그 도전에는 어떻게 나와 있습니까?"

"1901년에 천지공사 때 강증산 상제(1871~1909)님이 한 말이 도전에 상세히 기록되어 있습니다. 도전에는 현재의 세계정세를 오선위기(五仙圍碁)로 표현하고 있고 만국활계남조선(萬國活計南朝鮮)이라 하여 만국이 살아날 비결은 남쪽 조선에 있고, 청풍명월금산사(淸風明月金山寺)라 하여 맑은 바람 밝은 달이 비치는 금산사가 그 핵심임을 암시함으로써 한국이 크게 번영할 것이라고 내다보았습니다. 증산 상제는 이미 20세기 초 천지공사 때 이미 남조선 북조선으로 갈라놓았습니다."

"천지공사(天地公事)란 도대체 무엇입니까?"

"천지공사란 우주의 통치자인 증산 상제님이 인간으로 1871년 남한 땅 전라도 고부에 태어나, 지금 황도대(黃道帶)에 대하여 23.5도 기울어진 지축(地軸)이 똑 바로 서는 대격변 즉 대개벽 전후에 지구상에서 일어날 일을, 건축 설계서처럼 미리 설계해 놓는 것을 말합니다.

도전을 비롯하여 대원출판사에서 나온 '춘생추살(春生秋殺)' '개벽 실제상황' 같은 책들에는 그 천지공사 내용이 상세히 나오는데 지난 백년 동안 지구상에서 일어나는 일들이 모두 다 천지공사 내용대로 진행되지 않는 것이 없다는 것을 읽어본 사람은 누구나 알 수 있게 되어 있습니다. 여자의 지위가 획기적으로 향상될 것이라든가 한국이 비약적으로 발전한다는 것이 모두 다 천지공사 내용에 들어 있습니다."

"그럼 오선위기(五仙圍碁)란 도대체 무엇입니까?"

"다섯 신선이 바둑을 두는 것을 말합니다. 다섯 신선은 미국 일본, 중국, 러시아 그리고 한국을 말합니다. 이들이 한반도를 둘러싼 씨름판을 벌이는 것으로 비유하여 미성년들의 애기씨름, 머리 땋은 청년들의 총각씨름, 상투쟁이들의 상씨름으로 구분했습니다.

애기씨름은 제1차 세계대전, 총각씨름은 중일전쟁으로부터 시작된 제2차 세계대전, 상씨름은 제3차 세계대전인 6.25를 말합니다.

6.25전쟁은 전세계 20개국이 참여한 그 이전에 있었던 세계의 어느 전쟁보다 규모가 큰 세계적 규모의 전쟁이었습니다.

도전에 따르면 1953년의 휴전은 상씨름이 사살상 끝난 것이고, 상씨름판이 끝날 무렵에 소가 등장하듯, 한반도에 소가 등장한다고 했습니다. 그런데 막상 1998년부터 정주영 현대그룹 명예회장이 2회에 걸쳐 1천여 마리의 소를 몰고 휴전선을 넘어 북한으로 들어갔습니다.

도전에 따르면 그 후 병란(兵亂)과 병란(病亂)을 거쳐 남북한이 하나로 통일이 되고 개벽이 온다고 되어 있습니다. 우리는 지금 소가 휴전선을 넘어가고 나서 병란(兵亂)과 병란(病亂)이 일어나기 전의 과도기에 살고 있습니다.

한국의 미래에 대한 가장 구체적이고 체계적인 예언서로는 이 지구상에 격암유록과 도전(道典)이 있을 뿐입니다. 조지 프리드먼 같은 세계적인 석학이요 예언가도 한국이 단지 2030년 전후에 통일이 될 것이라고만 막연히 말했을 뿐 도전이나 격암유록 같은 구체적이고 상세한 예언은 하지 않았습니다.

이런 관점에서 볼 때 북한 삼인방이 다녀간 이후 남북 고위급 회담 전망이 농후해지고 있는 것은 심상한 일이 결코 아닙니다. 남북은 다 같이 서로 교류를 간절히 원하는 시점이 오지 않았나 하는 생각이 듭니다. 박근혜 대통령의 말 그대로 통일은 과연 대박이 될지 지켜보아야 할 것입니다."

"어떤 사람은 북한이 갑자기 와해되어 버리면 한국에는 천문학적인 통일 비용 때문에 엄청난 재난이 올 수도 있다고 말합니다. 어떻게 생각하십니까?"

"그건 서독이 아무런 준비도 없이 동독인들이 서독으로 몰려올 수 있게 일시에 완전 개방했기 때문에 벌어진 재난이었습니다. 그래서 우리는 지금 당장 북한이 붕괴되어도 북한 주민들을 남한에 일시에 몰려들어오도록 완전 개방하지 않고 향후 10년 동안은 왕래를 통제하고 남한의 자본과 기술이 북한에 들어가 사회간접자본 시설과 공장을 세워 북한 주민들의 소득 수준이 적어도 지금의 중국 수준인, 5천 달러 선에 도달하기까지 적어도 10년 동안은 기다려야 합니다.

그렇게 되면 서독이 겪은 것과 같은 엄청난 통일 비용으로 경제가 휘청거리지 않아도 될 것이며 오히려 남북통일이 가져온 시너지 효과로 한국은 제2의 도약기를 맞이할 수 있게 될 뿐만 아니라 동아시아와 전 세계에 대박을 안겨줄 수 있게 될 것입니다."

"혹 북한이 핵을 사용한다든가 하는 예언은 없습니까?"

"그런 말은 일체 없습니다. 북한이 핵을 사용하는 일은 없을 것입니다."

"도전(道典)에는 어떻게 나와 있습니까?"

"도전에는 증산 상제님이 천지공사(1901년부터 1909년까지 시행됨) 때 화둔(火遁)이라고 하여 핵무기 사용을 봉쇄하는 공사를 하는 장면이 분명히 나옵니다.

'하루는 상제님께서 천지에 변산처럼 커다란 불덩이가 있으니 그 불덩이가 나타나 구르면 너희들은 어떻게 살 것이냐 하시며 수식남방매화가(誰識南方埋火家)라 글을 쓰신 뒤에 … 만일 변산 같은 불덩이를 그냥 두면 전 세계가 재가 될 것이니라. 그러므로 이제 내가

그 불을 묻었노라 하시니라.'(도전 5:227:4 - 5, 5:229:12 - 13)

이것은 천지공사 때 증산 상제님이 북한이 핵무기를 사용할 수 없도록 아예 처음부터 틀을 짜 놓으신 것을 말합니다. 도전은 2차 대전 때 일본에서 원자탄이 폭발할 것도 예언했습니다.

'서양 사람들에게 재주를 배워 다시 그들에게 대항하는 것은 배은망덕(背恩忘德) 줄에 걸리나니 이제 판 밖에서 남에게 의뢰함이 없이 남모르게 일을 꾸미노라.

일본 사람이 미국과 싸우는 것은 배사율을 범하는 것이므로 장광(長廣) 팔십 리가 불바다가 되어 참혹히 망하리라.'(도전 5:119:1-3)

1945년 8월 6일에 미국은 일본의 히로시마에 원자탄 '리틀보이'를, 그리고 3일 후에 나가사끼에 '팻맨'을 투하했습니다. 이때 15만 명이 죽고 14만 명이 후유증으로 5년 안에 사망했습니다.

히로시마(廣島), 나가사끼(長崎)를 장광(長廣) 80리라고 표현한 것을 알 수 있습니다. 도전(道典)에 나오는 증상 상제의 예언은 이 사건이 일어나기 45년 전인 1909년 이전에 나왔음을 알아야 할 것입니다."

아수라장 된 '종북 토크 쇼'

2014년 12월 11일 목요일

우창석 씨가 말했다.

"북한의 김씨 왕조를 직간접으로 긍정 평가하고 북한을 인권 복지 국가인 것처럼 선전한 혐의로 활빈당과 반국가교육척결국민교육연합 등 시민단체들로부터 고발당한 53세의 재미교포 신은미 씨를 알고 계시죠?"

"그 여자가 친북 발언으로 말썽을 부리고 있다는 것은 알고 있지만 어떤 배경을 가진 인물인지는 자세히 모릅니다."

"외할아버지가 제헌국회에서 국가보안법 제정을 주도한 국회의원이었고 아버지는 국군장교로서 육이오 때 한만 국경까지 진격한 바 있는 보수성향의 집안 출신인데, 전태일이라는 재혼한 남자가 종북 성향이 있다고 합니다. 그의 영향을 받아 여섯 차례에 걸쳐 북한을 다녀오고 나서 친북으로 돌아선 후, 본격적인 북한 찬양에 발 벗고 나섰다고 합니다.

그러한 신은미 씨가 지난 10월 10일의 북한 노동당 창건 기념일을 축하는 의미에서 그날에 맞추어 평양의 한 산원(産院)에서 제왕절개수술로 딸을 분만한, 전 민주노동당부대변인 황선(40세) 씨와 함께 한달 전에 느닷없이 서울에 나타나, '(북한은) 사람들이 젊은 지도자(김정은)에 대한 기대감과 희망에 차 있는 게 보였다'고 말했습니다.

그런가 하면 '탈북자의 80~90%는 조국 북녘땅이 받아준다면 다시 돌아가고 싶다고 한다'는 등 북한 김씨 일가를 직간접으로 긍정 평가하고, 북한을 인권, 복지 국가인 것처럼 묘사한 혐의로 시민단체로부터 고발을 당했습니다.

그러자 신현미 씨는 자기는 '북한을 고무 찬양한 적이 단 한번도 없다'고 말했는데, 이번에 또 그러한 발언을 하려다가 18세의 한 고교생이 던진 폭죽 연료로 만든 사제 폭탄으로 10일 오후 7시 30분쯤 강연장인 익산 신동성당 예배실이 졸지에 아수라장이 되었습니다."

"신은미 씨가 한국에 와서 어디서 몇 번이나 종북 토크쇼를 가졌죠?"

"신문 보도에 따르면 신은미 씨가 황선 씨와 함께 지난 11월 19일 서울 조계사에서 첫 번째 '종북 토크쇼'를 가진 것을 필두로 11월 21일에는 광주에서, 12월 8일에는 대전에서 가지려 했으나 장소 대행업체의 반대로 무산되었습니다.

12월 9일의 대구행사는 무사히 끝났고 12월 익산에서는 고교생의 폭죽 연료 사제폭탄 투척으로 무산되었으며 12월 11일에는 부산에서 가질 예정이었으나 무산되었습니다.

그러니까 서울, 광주, 대구 등 세 군데서만 토크쇼가 겨우 치러졌습니다. 그런데 선생님, 신은미 씨가 미국 국민이면서 무엇 때문에 자기 나라인 미국에서는 종북 토크쇼를 갖지 않고, 18세 고교생이 사제폭탄을 던지면서까지 온 대한민국 국민이 극력 싫어하는, 한국에서만 굳이 가지려 할까요?"

"미국은 흔히 언론 자유와 자본주의와 민주주의와 인권이 최고도로 발달된 선진국으로 알려져 있지만 공산주의와 사이비종교가 생존할 수 없는 나라입니다. 실례로 영국, 프랑스, 독일, 일본 같은 나라들에서도 존재하는 공산당이 미국에서만은 국민들의 철두철미한 반대로 생존 자체가 불가능합니다. 그러니 신은미 씨가 그러한 미국에서 공산독재왕국을 찬양하는 종북 콘서트를 감히 가지려고 하겠습니까?

그건 그렇다 치고 겨우 여섯 번 북한 여행을 해 보고 그들이 관광객들에게 보여주려고 의도적으로 만들어 놓은 시설에서 벌이는 연기만 둘러보고 나서 하는 그녀의 북한 찬양을, 북한과 아직도 전쟁 상태에 있는 한국 국민들이 과연 달갑게 여기겠습니까?

지난 69년 동안 6.25 남침, 울진삼척 공비침투, 김신조 일당의 124군 부대의 청와대 기습, 김현희의 대한항공기 격추, 아웅산 테러, 천안함 폭침, 연평도 포격 등 굵직굵직한 대남 도발로 시달릴 만큼 시달리면서 잔뜩 신경이 곤두서 있는 한국 국민들 앞에서, 탈북 여성들이 제안한 끝장 토론마저 한사코 거절한 채, 북한을 찬양하고 선전해주려고 감히 나서는 것 자체가 남북한 관계의 실상에 대한 무지에서 비롯된 어리석기 짝이 없는 성급한 철부지 행위입니다.

더욱이 한심한 것은 1945년 해방 당시 대륙을 침략하려는 일제에 의해 중공업이 발달한 북한 지역 주민은 남한 주민들보다 생활수준도 높고 체격도 컸었습니다.

그런데 69년이 지난 지금 전세계가 입을 모아 규탄하는 세계 최악의 인권 사각지대인 북한의 김씨 왕조의 3대에 걸친 철권 통치를 겪은 현재의 북한 주민의 국민소득은 겨우 한국의 20분의 1, 평균 신장은 10센티나 낮아져 새로운 후진국 인종으로 바뀌어 가고 있습니다.

그렇건만 북한 여행 중에 이러한 실상을 끝내 살펴보지 않았는지, 아니면 북한 당국이 보여주고 싶어하는 쇼에만 홀려 헛개비만을 보고 왔는지 신은미, 황선 씨에게 묻고 싶습니다.

다른 건 몰라도 북한 군인들의 평균 키는 한국의 중학생 키보다도 작은 것은 한중 국경지대인 두만강 연안에서 촬영 보도되는 동영상에도 금방 확 눈에 들어오건만 신은미, 황선 씨의 눈에는 그것이 과연 보이지 않았을까요?"

"그런 것에는 처음부터 관심이 없으니까 눈에 띄지 않았을 것입니다. 선생님 혹시 신은미 황선 씨가 노리는 것은 현 한국 정부가 김대중 노무현 시대의 친북 햇볕 및 퍼주기 정책으로 복귀할 것을 은밀히 바라는 것이 아닐까 하는 생각이 듭니다. 어떻게 생각하십니까?"

"만약 그들 두 여자가 그런 것을 원하고 있다면 우리 국민의 정치의식 수준을 한참 잘못 짚었다고 보아야 할 것입니다."

"왜요?"

"친북 좌파 정부 10년 동안에 약 30억 달러 상당의 현금과 물자가 퍼주기로 북한에 넘어갔지만 탈북자들에 따르면 북한 주민의 복지를 위해서는 땡전 한 푼도 사용되지 않았고, 오직 남침 적화 통일용 핵 미사일 등 군사력 증강에만 투입되었습니다.

이에 넌더리를 낸 우리 국민들은 노무현의 뒤를 이은 정동영 후보를 이명박 후보와의 대결에서 무려 5백 40만 표의 엄청난 표차로 완패시켰고, 지난 대선에서도 안철수 표까지 가세한 문재인 후보를 박근혜 후보와의 대결에서 연속 패배시키고 말았습니다.

2회 연속 집권했던 좌파 정부들이 다른 실패도 있지만 유독 안보에 불안을 느낀 대다수 국민들은 그들의 대북 퍼주기 실패에 유독더 큰 불만을 품게 된 것을 알 수 있습니다. 그렇다고 해서 다음 대선 때는 새정치연합이 이길 승산이 보이는가 하면 전연 그렇지 않다는 데 문제의 심각성이 도사리고 있습니다.

게다가 요즘 '정윤회 문건 파동' 때문에 박근혜 대통령의 인기가 50% 대에서 30% 대까지 추락했건만 새정치연합의 인기도는 오르기는커녕 계속 내리막 길만을 걷고 있습니다."

"그건 새정치연합이 헌법재판소 판결을 앞두고 있는 반국가단체 혐의를 받은 통진당의 해산을 반대한 데 대한 국민들의 반발이 반영되었기 때문입니다."

"결론적으로 말해서 새정치연합이 선진국 좌파 정당들처럼 다수 국민과 소통하여 그들의 뜻을 따르는 실용주의 정당으로 거듭나지 않고는 국민으로부터 재신임을 받아 집권 정당이 되기는 어려울 것입니다."

"그건 그렇고 자신의 모국인 대한민국을 무력 적화하겠다고 지금도 시종일관 날뛰는 북한을 맥 모르고 찬양 고무하다가 18세의 고교생에게 폭탄 세례로 톡톡히 봉변을 당한 신은미 씨는 어떻게 될까요?"

"지금 민간단체들로부터 국가보안법 위반 혐의로 고소를 당했으니 사법당국은 재미교포라고 해서 미국 눈치 볼 것 없이 당당하게 법대로 처리해야 할 것입니다.

그렇게 하지 못하고 미국시민권자라 하여 미국 눈치 보느라고 우물쭈물한다면 대한민국은 제대로 된 나라라고 할 수도 없을 것이고, 남한은 지금도 미국의 식민지라는 북한의 악선전을 옹호해 주는 꼴이 되고 말 것입니다."

"제가 생각하기에는 북한을 악의 축으로 보고 핵무기를 포기할 때까지 계속 각종 대북 제재를 강화하고 있는 미국이 북한의 남침을 한국과 공동으로 저지하기 위해 주한 미군을 한반도 남부에 유지하고 있는 이상, 무지와 환상 때문에 북한을 찬양 고무하는 자국민인 신은미 씨가 한국에서 정당한 법 절차에 따라 처벌받는 것을 반대하기는커녕 도리어 찬성을 하리라고 생각합니다."

사람은 왜 살아야 합니까?

2014년 12월 27일 토요일

우창석 씨가 삼공재에서 다른 구도자들과 함께 수련을 하다가 느닷없이 말했다.

"선생님 사람은 왜 살아야 합니까?"

"너무 철학적인 질문이라 어렵게 생각될 수도 있지만 우리 주변에 사는 사람 이외의 동물들은 왜 살아가고 있는가를 잘 살펴보면 해답이 나올 것입니다."

"그럼 사람이 동물들과 같다는 말씀입니까?"

"그렇지는 않습니다. 동물과 사람은 같은 점도 있지만 다른 점도 분명 있습니다. 그 같은 점과 다른 점을 비교해서 관찰하다 보면 어떤 해답이 나오게 되어 있습니다."

"그럼 사람과 동물이 같은 점은 무엇이고 다른 점은 무엇입니까?"

"사람과 동물을 비교해서 관찰하기 전에 동물과 식물의 차이점을 먼저 관찰해 보는 것이 동물과 사람의 차이를 관찰하는 데 도움이 될 것입니다."

"그럼 동물과 식물은 무엇이 같고 무엇이 다릅니까?"

"우선 식물부터 살펴보도록 합시다. 식물이 생존하는 목적은 무엇일까요?"

"글쎄요."

"자연 상태에서 모든 식물들은 지난 가을에 뿌려졌던 씨가 동면을 끝내고 이듬해 봄에 싹트고 여름에 성장합니다. 그리고 가을에 땅 위에 자연적으로 뿌려졌던 씨가 추운 겨울 동안 땅 위나 땅 속에서 겨울을 나고 이듬해 봄이 찾아오면 다시 싹이 트고 여름에 성장하여 가을에 열매를 맺고 다시 긴 동면 상태에 돌아갔다가 이듬해 봄에 싹이 트고, 그 전해와 같은 과정을 계속 밟게 됩니다.

이것으로 볼 때 식물이 살아가는 목적은 각기 자기 종자를 유지하는 것이라고 생각됩니다."

"그럼 식물이 그렇게 자기 종자를 계속 유지하는 목적은 무엇일까요?"

"그 식물들 중에서 인간을 포함한 동물들이 먹고 살 수 있는 열매를 맺는 수도 있습니다. 그렇다면 식물이 살아가는 목적은 동물에게 식량을 공급하는 것이라고 할 수 있을 것입니다."

"그럼 동물에게 먹을 것을 제공해주지 못하는 식물들도 있는데 그러한 식물의 존재 이유는 무엇일까요?"

"식물 이외에 각종 약재로도 존재 가치가 있습니다. 그 밖에 인간을 위해서는 각종 도구, 가구, 건축 자재로도 이용 가치가 있습니다. 또 식물은 지구 생태계를 유지하는 중요한 고리로서의 역할을 다한다고 할 수 있습니다."

"그럼 동물 중에서 사람을 제외한 모든 동물들의 존재 이유는 무엇일까요?"

"동물 역시 식물 못지않게 지구 생태계를 유지하는 중요한 고리로서의 역할을 다하고 있습니다. 그리고 인간에게는 먹거리와 약재와 신약 개발을 위한 시험용으로 이용되고 있습니다. 결론적으로 말해서 식물과 동물은 인간의 생존과 편리를 위해서 생존하고 있다고 말할 수 있습니다."

"그렇다면 인간은 무엇을 위해서 생존하고 있을까요?"

"우선 남녀의 비율이 서로 비슷한 것을 보면 동식물과 마찬가지로 인종의 번식을 위해서 생존하고 있는 것이 하늘의 섭리가 아닌가 생각됩니다."

"그건 누가 보아도 수긍할 것입니다. 그렇다면 인간의 생존 목적이 고작 종족 유지가 전부일까요?"

"어쩐지 그렇지는 않을 것이라는 생각이 듭니다. 그러나 그것이 무엇인지 확실히 포착되지 않습니다."

"그것은 지식이나 사색만으로 알 수 있는 분야가 아니고 구도와 수행을 통한 깨달음으로만이 알아낼 수 있는 분야입니다."

"선생님께서는 그곳에 가보셨을 것입니다. 우리가 비록 깨달음에 도달은 하지 못했을망정 인솔자가 자기가 인솔하는 등산객들에게 도달 지점을 미리 가르쳐주듯이 선생님께서는 제자들에게 그 목적지를 가르쳐 주실 수는 있지 않겠습니까?"

"그거야 어려울 것 없죠."

"그럼 말씀해주시기 바랍니다. 그것이 바로 인간의 생존하는 이유가 될 것이니까요."

"이 우주를 주재하시는 하느님과 인간이 하나가 되어 하느님께서 하시고자 하시는 일을 돕는 겁니다."

"그것을 지식으로 아는 것과 깨닫는 것과는 어떤 차이가 있습니까?"

"하느님의 기운이 720개 경혈을 통하여 우리 몸 구석구석을 순환하는 것을 직감하는 것입니다. 이것을 우아일체(宇我一體) 또는 신인합발(神人合發)이라고 합니다."

"그런 사람은 현실적으로 그렇지 않은 사람과 어떻게 다릅니까?"

"실례를 들면 전 세계 예언가들과 지구물리학자 그리고 천문학자들이 이구동성으로 말하는, 가까운 장래에 닥쳐올 지축정립(地軸正立) 시에 어떻게 해야 될지 스스로 알아서 처신하게 됩니다."

"지축정립이란 무엇입니까?"

"천문학자들이 말하는 대로 지구라는 천체가 450억 년쯤 전에 하나의 행성으로 운행을 하기 시작한 이래 12만 9천 6백년마다 규칙적으로 황도대(黃道帶)에 비해 23.5도 기울어져 타원형(楕圓形) 궤도로 삐딱하게 운행하다가 정구형(正球形)으로 바뀌는 자정작용(自淨作用)으로, 바다가 육지가 되고 육지가 바다가 되는 엄청난 대격변을 말합니다.

지축이 정립되면 지구는 1년 365일 대신에 360일이 되고 봄 여름 가을 겨울의 사계절 대신에 1년 내내 봄과 같은 기후로 바뀌게 됩니다."

"그럼 그 지축정립은 언제 옵니까?"

"아주 가까운 미래에 옵니다. 4백여 년 전 1509년 중종 때 태어나 1571년에 63세로 세상을 떠난 선도수행가인 남사고(南師古) 선생이 쓴 『격암유록(格菴遺錄)』에는 2025년에 조선과 만국이 통합된다고 나와 있습니다. 『격암유록』은 임진왜란, 병자호란, 을사늑약, 경술국치, 8.15 해방, 남북 분단, 6.25, 휴전 등을 정확하게 예언한 것으로 유명합니다.

『격암유록』뿐만 아니라, 『정감록(鄭鑑錄)』, 노스트라다무스, 『요한계시록』, 불경 등에서도 대개벽을 소상하게 예언하고 있습니다. 세계 기상학자들은 2023년과 2050년 사이에 지축이 정립될 것으로 예언하고 있습니다.

증산도에서는 지축정립 전을 억음존양(抑陰尊陽)의 상극(相剋)의 선천(先天) 시대, 지축정립 후를 정음정양(正陰正陽)의 상생(相生)의 후천(後天) 시대로 구분하고 있습니다."

"2050년이면 내일 모래가 2015년이니까 겨우 35년 후가 아닙니까?"

"그렇습니다."

"그렇다면 지금부터라도 정부 차원에서 전국민에 대한 구체적인 생존 전략과 대책이 벌써 나왔어야 하는 거 아닙니까?"

"당연히 그래야 합니다. 그러나 세계의 각국 정부는 말할 것도 없고 4대 기존 종교인 불교, 기독교, 유교, 회교에서조차 이상할 정도로 이렇다 할 대책이 전무한 상태로 묵묵부답입니다. 그러나 뜻밖에도 한국의 자생 종교인 증산도만은 미구에 닥쳐올 대개벽을 앞두고 각종 대비책을 서두르고 있습니다."

"그렇다면 세계 각국 정부들과 이른바 4대 종교에서는 지축정립이라는 것 자체를 인정하지 않는 것이 아닐까요?"

"그러나 지축정립은 12만 9천 6백년마다 어김없이 찾아온다는 것이 지구물리학자들의 남극 지층 조사결과 과학적으로 입증되고 있습니다.

이것을 입증하듯 근래에 각지에서 일어나는 지진과 지진해일(地震海溢) 즉 쓰나미와 이상기후 현상으로 일본, 중국의 쓰촨성, 태평양, 태국, 방글라데시, 인도네시아, 태평양, 중남미 등지에서는 갑자기 바다가 육지가 되고 육지가 바다로 변하는 현상이 점점 자주 일어나면서 인명피해가 급증하고 있습니다.

이것이야말로 지축정립이 점점 현실화되고 있다는 뚜렷한 증좌가 아닌가 생각됩니다. 이러한 증거들을 살펴볼 때 나는 지구상에서 유일하게 대개벽에 적극 대비하는 증산도에 주목하지 않을 수 없습니다."

인내천(人乃天) 사상의 양 측면

이때 우창석 씨와 나와의 대화에 유심히 귀를 기울이고 있던 하원식 수련생이 말했다.

"저는 일전에 선생님께서 '도전(道典)'과 '개벽실제상황'이라는 책을 읽어보라고 권하시는 말씀을 듣고 그 책들을 구해서 다 읽어보았습니다. 그런데 '개벽실제상황' 274쪽을 읽다가 뜻밖의 대목을 발견했습니다."

"그게 뭐죠?"

그는 서가에서 그 책을 꺼내어 들었다.

"그럼 제가 바로 그 문제의 대목을 읽어드리겠습니다.

'동학의 가르침에서 가장 중요한 사실은 수운(水雲) 최제우(崔濟愚) 대선사(大禪師)가 상제님을 인간과 천지신명, 만백성의 아버지로 인식해다는 것이다.

그러나 수운의 근본 가르침은 2대 교주 해월 최시형의 양천주(養天主) 사상을 거쳐 3대 교주인 의암(義菴) 손병희(孫秉熙)에 이르러서는 상제관(上帝觀)을 완전히 상실하고 '사람이 곧 하늘'이라는 인내천(人乃天) 사상으로 철저히 왜곡 변질되었다. '사람을 섬기되 한울님같이 하라'는 식의 시천주 교리를 설파하여 인격신으로서의 천주의 의미를 희석시키고 말았던 것이다.'

여기까지만 읽겠습니다. 여기서 문제가 되는 것은 인내천(人乃天) 사상에 대해서입니다. 이 책의 저자는 '천(天)은 천이요 인(人)은 인이니 인내천(人乃天)이 아니니라'고 하신 증산 상제님의 말씀을 인용했습니다.

그렇다면 천부경에 나오는 인중천지일(人中天地一) 즉 사람 속에 우주가 하나되어 들어 있다는 진리까지도 부인하는 것이 아닌지 알고 싶습니다."

"여기서 상제님께서 '천(天)은 천이고 인(人)은 인이니 인내천(人乃天)이 아니니라' 하고 말씀하신 것은 '대통령은 어디까지나 대통령이지 동장(洞長)은 아니니라' 하고 말씀하신 것과 같다고 보면 됩니다.

사람은 개개인으로 볼 때 대통령이나 일개 평범한 서민이나 신분은 똑같지만 대통령과 동장은 공직자로서 직책이나 위계 질서로 볼 때는 하늘과 땅의 차이가 있다는 얘기입니다.

동학의 최수운 1대 교주는 상제님을 우주 전체를 주관하시는 하느님 즉 상제(上帝)님으로 제대로 알고 모셨지만, 최시형 2대 교주는 사람을 '사람 위에 사람 없고 사람 밑에 사람 없다'는 신분 평등사상을 적용하여 상제님과 보통사람의 지위를 같은 것으로 잘못 해석하고 있습니다.

다시 말해서 사인여천(事人如天) 즉 평범한 사람이라도 하늘처럼 모시듯 상제(上帝)님을 모시라는 식으로 엉뚱한 해석을 했고, 손병희 3대 교주는 여기서 한걸음 더 나아가 사람이 곧 하늘이므로 사람은 상제님과 같다고 말했습니다. 이것은 대통령과 동장은 신분도 직책도 같다는 말과 다름이 없습니다."

"왜 그렇게 변질되었다고 보십니까?"

"최시형 2대 교주와 손병희 3대 교주는 최수은 1대 교주에 비하여 내공(內功)이 휠씬 못 미친다는 것을 말해 주고 있습니다. 솔직히 말해서 최수운 교주는 진정으로 깨달음을 얻었으므로 영안이 열려서, 차원이 다른 구천(九天)의 도솔천에 가서 상제님을 직접 만나 보았습니다.

그러나 최시형과 손병희 교주는 아직도 천부경의 일묘연만왕만래(一妙衍萬往萬來) 용변부동본(用變不動本)의 참뜻을 깨닫지 못하여 이분법적흑백논리(二分法的黑白論理)를 못 벗어나고 있음을 말해주고 있습니다.

요컨대 삼라만상은 하나이면서 전체이고 전체이면서 하나이며 부분이면서 전부이고 전부이면서도 부분이고 극소(極小) 속에도 극대(極大)가 공존하고, 공즉시색(空卽是色)이요 색즉시공(色卽是空)이라는 진리를 깨닫지 못했으므로 그런 오해를 산 것 같습니다.

하느님과 대통령과 국민 개개인과 만물만생은 다 같이 하나에서 출발하지만 내공 정도에 따라 발전에 발전을 거듭하여 그의 덕성과 지혜와 능력 면에서는 천차만별이라는 것을 이해하지 못한 것입니다."

"그럼 하느님은 하느님이고 사람은 사람이므로 사람이 곧 하느님은 아니라는 말은 어떻게 됩니까?"

"그 말은 사람과 하느님은 같을 수도 있지만 같지 않을 수도 있다고 말하면 그때의 상제님 제자들의 의식 수준으로는 이해를 할 수 없을 테니까 그들이 당장 알아들을 수 있도록 사람은 하느님이 아니라는 한가지 측면만을 강조한 것입니다."

"그럼 그때의 제자들의 의식 수준은 어느 정도였습니까?"

"그 대부분이 겨우 자기 이름자나 쓸 수 있는 핍박받는 농민들이었습니다. 그런 사람들에게 인중천지일(人中天地一)이니 일묘연만왕만래(一妙衍萬往萬來) 용변부동본(用變不動本)은 말할 것도 없고, 공즉시색(空卽是色), 색즉시공(色卽是空), 몽환포영로전(夢幻泡影露電), 애인여기(愛人如己), 여인방편자기방편(與人方便自己方便), 역지사지(易地思之), 방하착(放下着), 생사일여(生死一如)니 하는 심오한 이치가 무엇인지 들어본 일이나 있겠습니까?

그들의 의식 수준이 격암(格菴) 남사고(南師古), 북창(北窓) 정렴(鄭濂), 화담(花潭) 서경덕(徐敬德), 토정(土亭) 이지함(李之函) 수준만 되었어도 그런 일은 결코 벌어지지 않았을 것입니다.

진리를 추구하는 구도자와는 거리가 먼, 한갓 농부로서 양반 계급의 오랜 핍박에서 벗어나 상제님을 모시다가 요행 잘되면 벼슬이나 하여 부귀영화나 누려보자는 정도의 의식을 가진 제자들에게 인내천 문제를 말하자니 그렇게 말할 수밖에 없었을 것입니다."

을미년 통일 예언 실현되려면

2015년 1월 5일 월요일

우창석 씨가 말했다.

"선생님, 오늘 아침 조선일보 조용헌 살롱(971)을 읽어보니 충북에 있는 월악산(月岳山) 일대에 전해져 내려오는 다음과 같은 통일 예언이 실려있었습니다.

'월악산(月岳山) 영봉(靈峯) 위로 달이 뜨고 이 달빛이 물에 비치고 나서 30년쯤 후에 여자 임금이 나타난다. 여자 임금이 나오고, 3~4년 있다가 통일이 된다.'

1975년경 탄허(呑虛) 스님(1913~1983)이 월악산 자락에 있는 덕주사(德周寺)에 들렀을 때 그 절의 주지로 있던 월남(月南) 스님과 얘기를 나누다가 역경(易經), 정감록(鄭鑑錄)을 비롯한 각종 비결(秘訣), 풍수도참(風水圖讖) 등에 바탕을 둔 이러한 통일 예언이 나왔다고 합니다.

이 예언은 한동안 이 일대 사람들의 입에 오르내렸었지만 이 고장에는 밤에 달빛을 비추어 줄 만한 호수 같은 것이 없어서 허황된 한낱 괴담 정도로 폄하되어 흐지부지 잊혀져버리고 말았다고 합니다.

그러나 박정희 시대 말기인 1970년대 후반에 이 지방에서 댐 공사가 시작되어 1983년에 드디어 충주댐이 완성되었습니다. 충주댐에 물이 고이기 시작하자, 월악산에 뜬 달이 곧바로 충주댐 호수에 영롱하게 비치기 시작한 것입니다.

예언에 따르면 1983년 댐 공사가 끝나고 달빛이 물에 비치기 시작한 지 30년쯤 후인 2013년에 여자 임금이 나오고 그로부터 3-4년 있다가 통일이 된다고 했으니까 2015년인 을미년인 올해에 바로 통일이 된다는 것입니다.

자칫하면 한갓 괴담으로 끝나고 말았을 이 예언이 1983년의 충주댐 완공과 2013년에 여자 임금인 박근혜 대통령의 취임으로 마침내 다시 활기를 띠게 되었습니다. 과연 이 예언의 적중 시리즈가 통일로까지 연장될 수 있을까요? 선생님께서는 어떻게 생각하십니까?"

"내 직감으로는 금년에 통일의 완성까지는 몰라도 그 길로 가는 현실적인 단초는 열리게 되지 않을까 생각됩니다."

"그럴 만한 이유라도 있습니까?"

"그럼요. 우선 요즘 북한과 미국 사이가 심상치 않습니다. 김정은의 암살을 다룬 추리 오락물인 '인터뷰'라는 영화로 인해 북한이 먼저 감행한 사이버 공격에 대한 미국의 초전박살식 대응으로 북한은 되로 주고 말로 받는 격이 되었습니다. 김정은이 고모부인 장성택을 처형한 이후 계속되는 중국과의 관계 악화에다가 이번 사건은 엎친 데 덮친 격이 되고 말았습니다.

일본과 러시아에 돌파구를 마련하려 했지만 그것도 여의치 않은 차에 김정은은 왕조 체재가 죽지 않고 살아남기 위해서라도 한국에 구원을 요청하지 않을 수 없는 그야말로 진퇴양난의 절박한 처지가 되었습니다.

바로 이런 때에 박근혜 대통령이 북한에 대화를 요청했으니 김정은으로서는 삼 년 가뭄에 단비를 만난 격이 아닐 수 없었을 것입니다. 그는 남북 최고위급 회담도 못할 이유가 없다고 신년사에서 화답했습니다."

"그건 그렇고요. 미국의 오바마 대통령이 북한에 전에 없이 강력한 역공(逆攻)을 가하는가 하면, 테러 지원국으로 재지정을 추진하는 등 전에 없이 강경책으로 나오게 된 이유가 무엇일까요?"

"1990년대에 북한의 핵개발이 본격화된 이후 미국의 역대 대통령들이 북미 회담에서 이루어진 약속을 북한이 번번이 위반함으로써 배신을 당하는 치욕을 겪었지만, 오바마 자신만은 다시는 그런 실수를 저지르지 않겠다는 결의에 차 있는 것 같습니다."

"아무래도 여러 가지 여건들이 남북 대화를 재촉하는 것 같기는 하지만 환갑이 넘은 박근혜 대통령이 과연 서른 살밖에 안 된 포악한 김정은과의 정상회담이 막상 성사될 수 있을지, 비록 성사된다 해도 김대중 노무현, 양 친북 성향의 대통령들까지도 그렇게 열심히 퍼주기를 하고도 보기 좋게 연속 배신만 당한 정상회담을 제대로 이끌어나갈 수 있을지 은근히 걱정이 됩니다."

"일전에 티브이 조선의 장성민의 시사탱크에 출연한, 김일성과 김정일의 사망 일자를 예언하여 적중시킨바 있는, 한 유명 역술인의 말에 따르면 중국의 시진핑, 러시아의 푸틴, 미국의 오바마와의 김정은의 역학(易學) 상의 궁합은 최악이라고 할 정도지만 박근혜 대통령과는 모자지간의 궁합처럼 잘 맞는다고 했습니다. 그 역술인이 그렇게 말했다고 해서 그것을 곧이곧대로 믿을 수는 없겠지만, 참고는 될 것입니다.

남북의 최고위급 회담이 성사된다 해도 박근혜 대통령이 민주당 정부 10년 동안 두 대통령들이 저지른 전철만 밟지 않고 한반도 신뢰 프로세스의 길을 걷는다면 틀림없이 통일이 그야말로 대박이 되고 또 현실로 만드는 새로운 이정표를 세울 수도 있게 될 것입니다."

"그 점을 좀 더 구체적으로 말씀해 주시겠습니까?"

"그러죠. 어떻게 하든지 임기 안에 통일을 성취한 대통령으로 역사에 남고 말겠다는 조급증 때문에, 금강산 관광을 하던 박왕자 주부 피살, 천안함 폭침, 연평도 포격에 대한 사과를 받아내지 못한 채 5.24 조치를 해제하는 일은 없어야 한다는 말입니다.

만약에 새정치연합이 주장하는 대로 사과도 못 받아내고 5.24 조치부터 해제한다면 덮어놓고 퍼주기부터 해준 김대중, 노무현 양 전직 대통령들의 과오를 되풀이하는 것밖에는 되지 않을 것이기 때문입니다.

우리는 비록 당장 남북 대화가 안 되어도 별 일이 없지만, 북한은 미국과 중국 그리고 전 세계가 계속 제재를 가지고 지금처럼 계속 조여 들어 오는 한 견디어내기 어려울 것입니다.

다급한 쪽은 북한이지 우리가 아닙니다. 그러한 북한이 지금도 남한을 무력으로 적화 통일하겠다는 노동당 강령을 움켜쥔 채 한국과 대화를 하겠다는 건방진 자세부터 이번 기회에 바꾸어 놓지 못한다면 지금과 같은 호기(好機)가 다시는 찾아 온다 하여도 별 성과를 내기 어려울 것입니다. 북한의 노동당은 북한 정부 위에 군림하고 있기 때문입니다.

박근혜 대통령은 북한 노동당의 무력 적화 통일 강령을 평화 통일 강령으로 바꾸어 놓아야 합니다. 그렇게 하지 못하는 한 남북간의 어떠한 합의도, 지금까지 그래 왔던 것처럼 결국은 한갓 휴지 조각이 되어버리고 말 것입니다."

실패했을 때의 대안들

"만약 이번 기회에도 남북 대화에 실패한다면 어떠한 대안이 있을 수 있을까요?"

"우선 생각나는 것이 우리도 북한처럼 핵무기를 갖게 되면 대북 문제에 관한 한 만사는 간단히 해결되겠지만, 기존 핵무기까지도 축소하자는 것이 세계적인 추세이고 우리도 지금까지 그 대세에 잘 호응해 오다가 북한이 핵무기를 개발한다고 해서 우리도 핵을 갖는다면 지금까지 한국처럼 핵개발 능력과 기술이 있으면서도 개발을 자제하여 온 일본, 독일, 캐나다, 호주, 남아공, 대만, 스웨덴, 네덜란드 같은 나라들은 우리를 어떻게 생각하겠습니까? 까딱하면 한국이 핵 도미노 현상을 야기할 수도 있습니다."

"그렇다면 핵무기 외에 다른 첨단무기 경쟁을 선택하면 어떨까요?"

"한국의 경제력이 북한보다 막강하니까 그것은 승산이 있습니다. 1991년에 레이건 미국 대통령이 총 한방 쏘지 않고도 소련을 창건 74년 만에 간단히 공중분해해버린 군비경쟁 방식이 바로 그겁니다."

"그때 레이건 대통령은 어떻게 라이벌 강대국인 소련을 그렇게 손쉽게 아주 평화적으로 굴복시켜 버릴 수 있었죠?"

"그때 소련은 사회주의 중앙통제 경제제도의 비능률로 인한 경제 난으로 거의 숨넘어가기 직전의 빈사 상태로 허덕이고 있었습니다.

이를 간파한 레이건 대통령은 '스타워즈'라는 고비용 군비경쟁으로 소련을 압박하기 시작했습니다.

소련은 이에 맞서 혼신의 힘을 기울였지만 결국은 경제파탄으로 미국에 백기를 들었고, 스스로 공산주의 체재를 포기하고 시장경제와 자유민주주의를 채택함으로써 2차 세계대전 이후 지속되어 온 미소 양극대립 체제는 무너지고 서구식 보통 국가로 새롭게 거듭나게 되었습니다.

우리나라 국민소득은 북한의 20배, 경제 규모는 40배로서 1991년의 미국 대 소련에 비해 한국이 북한보다 훨씬 더 경제적으로 강합니다. 이러한 한국이 북한의 핵개발에 맞서 최첨단장비로 북한과 군비경쟁을 벌인다면 북한 스스로 소련처럼 경제난으로 붕괴되지 않을 수 없게 될 것입니다."

"그럼 왜 한국은 진즉 그런 레이건 식 군비경쟁 방식을 택하지 않았을까요?"

"한국 국회 내의 전통적으로 친북 성향의 야당을 비롯한 소위 진보 종북 세력들이 결사반대하는데다가, 여야 합의로 만든 국회 선진화법 때문에 여당은 다수 의석을 갖고도 번번이 야당에 발목을 잡히지 않을 수 없게 되었으니 자유민주주의 국가로서는 기상천외의 일이 아닐 수 없습니다.

동서고금을 통하여 자유 민주주의 국가에서는 도저히 있을 수 없는 그야말로 괴상망측한 일이 벌어진 것입니다. 이 때문에 한국의 국방 예산을 지금 수준 이상으로 증액한다는 것은 사실상 꿈도 꾸어 볼 수 없는 상태가 되어버렸습니다."

"그럼 지금 세계 중요 국가들의 연간 총예산에 대한 국방 예산 비율은 어떤지 알 수 없을까요?"

"미국과 중국의 7%, 이스라엘 8%, 일본의 6%에 비해 한국은 겨우 2.8%에 지나지 않습니다. 유비무환(有備無患)입니다. 적의 침입을 막는 길은 쳐들어오는 어떠한 적도 막아낼 수 있는 전쟁 준비를 빈틈없이 하는 길밖에 없습니다.

임진왜란은 집권자인 선조 임금이 왜군이 침입한다는 정보를 무시한 채 전쟁 준비를 하지 않아서 벌어진 국란이었습니다. 육이오 남침 역시 무방비한 상태로 맞이하기는 마찬가지였습니다.

지금도 휴전상태일 뿐 전쟁이 끝나지 않았고 북한이 계속 무력 적화남침을 노리고 있는데도, 직접적인 전쟁 위협이 없는 일본의 6%, 중국의 7% 국방 예산에 비해 턱 없이 낮은 겨우 2.8%에 지나지 않는 국방 예산을 책정하고 있는 것은 주한 미군을 감안한다 해도 그들이 영원히 한국 방위를 책임지고 있는 것도 아닌 이상 아무리 생각해 보아도 무책임한 일이 아닐 수 없습니다.

더구나 북한은 김정일 집권 시절부터 선군 정치로 총 예산의 60% 이상을 전쟁 준비에 온통 경주하고 있는데도 말입니다. 만약에 국회 내의 친북 세력의 반대만 없었고 우리도 미국이나 중국처럼 7%의 국방 예산만 확보할 수 있었어도, 1991년 소련 붕괴에 이어 북한도 벌써 스스로 공중분해되고 말았을 것입니다.

그럼 북핵, 천안함 폭침, 영평도 포격 같은 것도 없었을 것이고,

통일된 독일처럼 우리도 분단시대를 옛이야기하고 있었을 것입니다."

"군비경쟁 방식 말고 다른 방법은 또 없을까요?"

"그것 외에는 남한과 북한의 평화공존 말고는 무슨 다른 방법이 또 있을 수 있겠습니까?"

"한갓 짐승인 개 소 말 돼지 같은 동물들도 구석기(舊石器) 시대 이후 지금까지 수 만년 동안 사람과 상호 신뢰하고 자기 직분을 다 하면서 평화 공존해 오건만 언어와 문화를 공유하고 피를 나눈 같은 동포인 남한과 북한 사이에는 그것이 불가능하다는 것을 저는 도저히 납득할 수 없습니다."

"제 아무리 납득을 할 수 없다고 도리질을 해도 북한 주민을 김씨 왕조 식 공산당이 장악하고 무력 남침을 호시탐탐(虎視眈眈) 노리고 있는 한 남북의 평화 공존은 도저히 불가능한 일입니다."

"도대체 그 이유가 무엇입니까?"

"왜냐하면 북한 노동당(공산당) 강령이 남한을 무력 적화통일하겠다고 잔뜩 벼르고 있는 한 어쩔 수 없는 일이기 때문입니다. 그래서 박근혜 대통령과 김정은과의 정상회담이 실현된다고 해도 핵무기와 함께 노동당 강령을 그대로 내버려 둔다면 평화 통일은 말짱 다 헛일이 되고 말 것입니다."

"그럼 분단 독일은 어떻게 해서 통일이 되었습니까?"

"레이건 대통령과의 군비경쟁에서 소련이 스스로 무너져버리자 공산국가의 약점을 스스로 간파한 고르바초프 소련 수상이 자발적으로 시장경제와 자유민주주의를 채택하자 동유럽 공산 위성국들도 모조리 다 소련의 뒤를 따랐습니다.

　그러자 이 틈에 서독이 자기네보다 3배나 잘 산다는 것을 잘 알고 있던 동독 주민들은 스스로 봉기하여 서독으로 대량 탈출을 감행하면서 동독에 인재의 공동(空洞) 현상이 일어나자 동독은 어쩔 수 없이 스스로 항복해버리고 말았습니다. 그러자 미국의 주선에 의해 서독은 동독을 흡수 통일할 수 있었습니다."

　"그러니까 북한 주민들도 공산당 세습 왕조 치하에서 벗어나기 위해서는 스스로 들고 일어나는 길이 남아 있긴 하군요."

　"그렇습니다. 그러나 북한 주민들이 봉기하기 전에 김씨 왕조가 소련 공산당처럼 스스로 시장경제와 자유민주주의를 수용하고 역사의 무대에서 조용히 사라져버리는 평화적인 방법도 있을 수 있습니다.

　그렇게 한다면 김정은은 자기 자신과 일족의 생명의 안전을 보장받고 전 세계로부터 용기 있는 영웅으로 추대될 것이며, 스위스에 유학한 대가를 톡톡히 치르게 될 것입니다. 그리고 북한은 세계에서 제일 마지막으로 시장경제와 자유민주주의를 받아들인 나라로 역사에 오래도록 남게 될 것입니다."

　"그러나 김씨 왕조가 끝까지 저항한다면 어떻게 될까요?"

　"만약에 북한이 무모하게도 핵을 앞세워 두 번째 전쟁을 일으킨다면 백두(白頭) 왕족이 온전히 살아남기는 고사하고 한반도 전체가 잿더미로 변하는 참화를 면할 수 없게 될 수도 있을 것입니다."

개벽은 어떻게 오는가

"혹시 전쟁에 대한 예언 같은 것은 없습니까?"

"예언들이 있긴 있습니다. 그 중에서 가장 구체적인 것은 증산도 도전에 나와 있습니다.

아무리 세상이 꽉 찼다 하더라도 북쪽에서 넘어와야 끝판이 난다.(5:415:3)

난은 병란(病亂)이 크니라.(7:34:4)

그때는 삼팔선이 무너질 것이요, 살 사람이 별로 없으리라.(11: 263:2)

서울은 사문방(死門方)이요, 충청도는 생문방(生門方)이요, 전라도는 둔문방(遁門方)이니 태전으로 내려서야 살리라. 00은 불바다요 무인지경(無人之境)이 되리라."(5:406:4 - 5)

다시 말해서 남북 대치상태는 북쪽에서 넘어와야 끝이 나는데, 전란(戰亂)보다는 병란(病亂) 즉 유행병으로 난리는 끝나지만 살아남을 사람이 별로 없을 것이란 얘기입니다.

더구나 서울에서는 살아남을 사람이 거의 없을 것이고 충청도에서는 사람들이 온전히 살아남을 것이고 전라도에서는 숨어 있을 만하며, ○○은 불바다요 무인지경(無人之境)이 될 것이라는 얘기입니다.”

“○○은 불바다요 하는 ○○은 어디를 말합니까?”

“○○은 아무래도 서울을 말하는 것 같고 태전은 지금의 대전을 말하고 있습니다. 원래의 지명은 태전(太田)이었는데 일본 총독인 이또오히로부미(이등방문)가 대전(大田)으로 고쳤답니다. 그렇게 일본 총독이 제멋대로 고친 지명을 광복된 지 70년이 되도록 아직도 고치지 않는 것도 이상합니다만.”

“그런 예언을 들으니 선뜻한 느낌입니다. 신빙성이 있는 것일까요?”

“예언을 믿고 안 믿고는 어디까지나 듣는 사람의 자유입니다. 아무래도 이 땅에서 벌어지는 사건들은 신명계(神明界)에서 이미 벌어진 후에, 현생에서는 그 복사판이 재연될 뿐이라는 말이 옳은 것 같습니다.

그럼 지구 차원에서는 아무리 애써 보아야 헛일이고 신명계에서 원판이 만들어지기 전에 손을 써야 한다는 얘기군요. 그래서 빨리 서두르라는 얘기 같습니다.”

“뭘 서두르라는 말인데요?”

“마음을 바르고 착하게 먹고 나보다 남을 먼저 배려하는 지혜로운 사람이 되어야 한다는 겁니다. 다시 말해서 어진 사람이 되어야 후천 시대에 살 가망이 있다는 얘기입니다.”

“그러니까 과연 사람다운 사람 즉, 성경신(誠敬信)의 내공이 깊어져 시종일관된 일심(一心)으로 우아일체(宇我一體)를 깨달아, 하느님의 일꾼이 되어 후천시대를 열어갈 사람이 되어야 살 수 있다는 말씀 같습니다."

"제대로 짚었습니다. 그렇게 병란(兵亂)에 뒤이어 병란(病亂)이 지나고, 지축정립(地軸正立)으로 70억 지구인들 중에서 1억 4천 4백 명만 살아남게 되고, 23.5도 기울어졌던 지구가 바로 섬으로써, 타원형(楕圓形)이 정구형(正球形)이 되어, 1년 365일이 360일이 되고, 봄 여름 가을 겨울의 4계절이 없어지고 1년 내내 봄 같은 기온이 계속되는 지상선경(地上仙境)이 열리게 된다는 얘기입니다.

그렇게 되면 지구상에 건설될 지상선경(地上仙境)은 지금까지 5만년 동안 억음존양(抑陰尊陽)의 타원형 지구의 운행으로 지속되어 온 남존여비(男尊女卑)와 억압과 전쟁으로 축적된 원한으로 인한 상극의 3차원 세계에서 벗어나, 해원(解冤) 정음정양(正陰正陽)의 남녀평등 보은(報恩) 상생(相生)이 실현되어 마침내 도솔천 같은 4차원이나 5차원의 세계로 격상하게 됩니다.

도전(道典)에 따르면 이러한 지상선경은 병란(兵亂)을 제압하는 병란(病亂) 도수에 의해 선천 상극의 역사가 마무리되고, 동방 문명의 종주(宗主)였던 간방(艮方) 한국은 진정한 인류 역사의 주인 자리를 원시반본(元始返本)에 의해 되찾게 됩니다. 그리하여 한국어와 한글은 세계의 공통어와 문자로서 지금의 영어와 영자 알파벳과 같은 지위를 확보하게 됩니다.

동시에 큰 달 작은 달이 없어지고 음력과 양력이 없어지게 되어 하나의 역(曆)으로 단일화됩니다. 여자는 월경이 없어지고 남녀의

키도 같아지는 정음정양(正陰正陽)의 시대가 되고 사람들의 수명도 획기적으로 연장되어 오래 사는 사람은 1200세, 중간은 900세, 가장 일찍 죽는 사람은 700세가 된다고 도전(道典)은 말하고 있습니다.

그리고 후천에서는 선천과는 달리 신명(神明)이 사람을 부리는 것이 아니라 사람이 신명을 부리게 됩니다."

"그럼 후천 5만 년이 끝나면 어떻게 됩니까?"

"도전에는 그런 것까지는 언급되어 있지 않습니다만 모든 천체는 5만년 후에도 계속 운행을 계속할 것이므로 2만 9천 6백 년 동안의 빙하기를 맞게 될 것입니다. 우리가 사는 운하계는 12만 9천 600년마다 한번씩 우주를 일주하므로 우리 우주에 큰 변동이 없는 한 지금과 같은 우주년(宇宙年)은 계속될 것입니다.

인류가 살 수 있는 조건을 갖춘 지구를 가진 태양계와 같은 조건을 구비한 일련의 천체들이 우리 은하계 안에는 1천억 개가 있다고 합니다.

우리 은하계를 포함한 대은하계 안에도 역시 지구와 유사한 조건을 갖춘 행성을 가진 태양계가 각각 1천억 개가 있다고 천문학자들은 말하고 있습니다. 그 무한한 우주에서 수많은 천체들은 질서정연한 운행을 계속하고 있습니다."

"언제까지 말입니까?"

"하나는 시작 없는 하나에서 시작되어 끝없는 하나로 끝난다는 천부경의 말처럼 시작도 끝도 없이 시공을 초월하여 무한정 계속될 것입니다."

하늘의 뜻을 실천하는 일꾼들

"그럼 사람은 왜 존재하는 것일까요?"

"수행을 통하여 인간은 하느님의 분신으로서 하느님의 무한한 사랑, 무한한 지혜, 무한 능력을 구사할 수 있습니다. 이 큰 깨달음을 통하여 인간은 뜬구름과 같은 오감의 세계를 벗어나 상부상조하는 대조화의 세계, 하느님과 나, 남과 나, 우주와 내가 하나로 합쳐지는 실상의 세계 속에 살고 있음을 자각하게 되어 있습니다.

대각경의 말처럼 인간은 하느님의 분신으로서 하늘의 뜻을 실천하는 일꾼이 되어 일하는 것이 존재 이유입니다. 밤하늘에 총총히 떠 있는 수많은 천체들이 천의(天意)에 따라 질서 있게 운행하는 이유는, 농부가 해마다 농사를 지어 알곡을 거두어 들이듯, 하느님의 뜻을 실천하는 일꾼들을 낳고 길러서 거두어들이기 위해서입니다.

지구의 1년이 365일이듯 우리가 속한 우주의 1년은 12만 9천 6백 년입니다. 그리고 지구의 수확기가 가을이듯 우주의 수확기는 우주의 여름과 가을이 교체되는 개벽기입니다. 지금이 바로 우주의 수확기이고 교체기입니다. 선천 5만 년이란 우주의 봄과 여름을 말하고 후천 5만년이란 우주의 가을과 겨울을 말합니다."

"그럼 우주 1년 12만 9천 6백 년 중에서 선천 5만 년 후천 5만 년 도합 10만 년을 빼고 그 나머지 2만 9천 6백 년은 어떻게 됩니까?"

"방금 전에도 말했지만 그것이 바로 우주년(宇宙年)마다 되풀이되는 빙하기입니다. 2만 9600년 약 3만 년 동안 지구가 빙하기에 접어들면 모든 생물은 사실상 생존이 불가능하게 됩니다.

지구가 생겨난 것이 45억 년 전이고 우주년 약 13만 년으로 나누면 약 34번 이상의 빙하기를 겪었다는 것을 알 수 있습니다. 그동안 지구는 적어도 34번 이상의 지축정립(地軸正立) 즉 개벽을 겪었다는 것을 알 수 있습니다.

이것은 12만 9천 6백 년의 우주년 마다 되풀이된 대개벽을 말하는 것이고 그 밖에도 지질학자들의 연구에 따르면 5천 년 또는 1만 년 마다 되풀이되는 소빙하기(小氷河期)가 있습니다.

이처럼 대소 빙하기가 지구를 얼음으로 뒤덮을 때마다 동식물은 생존할 수 없게 됩니다. 따라서 지금 지구상에 살고 있는 모든 동식물들은 약 1만 년 전부터 지구상에 살기 시작했다는 것을 알 수 있습니다.

'다윈의 점진적 진화론을 뒤엎은 하버드 대학의 S. J. 굴드 교수는 생물화석을 조사한 결과 자연계의 생물 종들이 일정한 시간이 되면 지구상에 폭발적으로 나타난다고 했다. 곧 진화의 중간 형태가 없이 처음부터 완벽한 형태로 나타나 쭉 평형적으로 가다가 멸종하고, 또 일정한 시간이 되면 다시 폭발적으로 나타난다는 것이다.

그리고 진화도 점진적으로 이루어지는 것이 아니라 단절된 채 휴면 상태에 들어갔다가 어느 순간에 갑자기 다른 종으로 발전한다고 한다. 이것이 [단속 평형 이론]이다. 굴드 교수가 말한 지구상에 인간과 만물이 폭발적으로 나타나는 때, 그때가 바로 우주의 봄철이다.

그리고 낮[사오미(巳午未)] 시간에 해당하는 우주의 여름철은 불[火] 기운이 강한 화왕지절(火旺之節)이다. 이때가 되면 인류도 수많은 종족으로 분화하고 인구가 증가하며 다양한 종교와 사상, 예술과 학문이 생겨난다. 창조의 경쟁을 함으로써 물질문명 또한 극치로 발달한다. (안경전 저, 『생존의 비밀』, 113 - 114쪽)

이것은 지구상에서 현존하는 가장 오래된 사서(史書)인 『환단고기』도 입증하고 있습니다. 『환단고기』보다 더 오래된 역사서가 없으니 그 사서를 기록한 한국인들이 현 지구 문명의 주인공이 아닐 수 없게 됩니다.

『환단고기』에 따르면 배달족은 약 7천 년 동안 동아시아에서 선주민이요 인류문화의 전파자로서 찬란한 문화의 꽃을 피우는 한편 한족(漢族)과 왜족(倭族)을 비롯한 이웃 족속들을 개화시켜 왔지만, 지금으로부터 약 2천 년 전부터 한족(漢族)의 득세로 배달족은 그들의 침탈에 시달리기 시작했습니다.

그러다가 그 후 지금으로부터 약 4백 년 전부터는 1592년의 임진왜란으로 왜족(倭族)의 침략을 받았고 1876년 일본과의 강화도 조약이 체결되면서 일본의 본격적인 침략이 시작되면서 점차 국력이 피폐해지기 시작하다가 드디어 일본이 식민지가 되었습니다.

한국이 지구촌의 주도국이 될 수 있을까?

그러나 광복이 된 지도 어언 70년이 되었습니다. 광복 이후 한국은 공산 세력의 그 끔찍한 육이오 남침을 당하고도 휴전 이후 1962년부터 급격한 국력 신장으로 세계를 경악하게 한 한강의 기적을 창출해냈습니다.

이제 대한민국은 분단 시대를 극복하고 원시반본(元始返本) 시대의 새 전기를 맞아 해원(解寃), 보은(報恩), 상생(相生)의 후천시대에 지구촌을 이끌어갈 주도 세력으로 점차 힘을 키워나가고 있습니다."

"동아시아에서 초강대국 미국의 바통을 이어받으려고 군비경쟁을 벌이고 있는 중국이나 일본을 제치고 한국이 과연 지구촌을 이끌어나갈 리더로 등장할 수 있을까요? 선생님께서는 어떻게 생각하십니까?"

"지금은 세계의 대부분의 식자들이 중국이 곧 미국을 앞질러 2050년대 이후에는 초강대국으로 등장할 것이라고 이구동성으로 예언하고 있는 것이 사실입니다.

그러나 러일전쟁, 제1차 세계대전, 제2차 세계대전, 6.25 이후의 사태들이 하나같이 증산 상제님의 천지공사 그대로 현실화되어 나가고 있는 것이 사실입니다.

145

그뿐 아니라 증산 상제님의 예언에 따르면 중국과 일본은 세계를 이끌어갈 리더의 재목은 분명 아니고, 그분의 어떠한 예정에도 그러한 내용은 전연 들어있지 않습니다.

그뿐 아니라 일본은 지축정립 때 열도의 3분의 2가 바다 속으로 들어가고, 중국은 오호 16국 시대처럼 산산조각이 나서 3천개의 나라가 됩니다. 그 대신 한국은 세계를 이끌어갈 지도국으로 될 예정에 분명 들어 있습니다.

지난 50년 동안 한국의 발전상을 유심히 지켜 본 한 외국 기자는 다음과 같은 인상적인 말을 남겼습니다.

'한국은 그저 발전한 것이 아니라 로켓처럼 치솟았다.'

그리고 세계 경영학의 대부로 알려진 피터 드러커도 다음과 같이 말했습니다.

'제2차 세계대전 이후 인류가 이룩한 성과 중 가장 놀라운 것은 바로 사우스 코리아(South Korea)라고 말하고 싶다.'

이와 비슷한 예언은 벌써 남조선(南朝鮮)이라는 말이 생겨나지도 않는 백여 년 전의 사실을 기록한 도전(道典)에도 다음과 같이 나와 있습니다.

만국활계남조선(萬國活計南朝鮮), 청풍명월금산사(淸風明月金山寺)

만국활계남조선(萬國活計南朝鮮)이란 지구상의 모든 나라들이 살아나갈 방도가 남조선에서 나온다는 뜻입니다.

오늘날 이미 수많은 나라들이 한국을 자기네 롤 모델로 벤치마킹하고 있을 뿐만 아니라 미국과 같은 선진국의 버락 오바마 대통령마저 미국은 한국인의 교육열을 본받아야 한다고 자국민들에게 자주역설하고 있을 정도입니다.

그리고 전라남도 모악산(母岳山) 남쪽 기슭에 있는 금산사(金山寺)에는 신기하게도 예부터 증산 상제님의 미륵불상이 모셔져 있는 것으로 유명한 절입니다. 인류사에서 이러한 기적 같은 일은 하늘의 뜻이 아니라면 결코 이루어질 수 없습니다."

"만약에 후세에 한국의 약진이 역사적 사실로 입증된다면 그 이유가 무엇이라고 말할 수 있을까요?"

"단 한 마디로 말해서 한국인에게는 지금까지 등장했던 그 어떠한 세계적인 패권국(覇權國) 예컨대 그리스, 로마, 몽골, 네덜란드, 스페인, 영국, 미국까지도 갖지 못했던 인의(仁義)가 있기 때문입니다."

"인의가 무엇입니까?"

"인성(人性) 속에 유전자로 체질화된 상부상조(相扶相助) 정신, 다시 말해서 우리 민족의 전통적인 상생정신(相生精神)입니다. 이 정신이야 말로 후천 지상선경 건설에 꼭 필요한 요소가 아닐 수 없습니다. 하늘은 그것을 알아보고는 한국으로 하여금 로켓처럼 치솟게 만든 것입니다.

그 상생정신을 단적으로 말해 주는 일화 한 토막이 전해져 내려오고 있습니다. 옛날에 한 시골 선비가 과거를 보려고 서울을 향해 먼 길을 가다가 날이 저물어 한 시골 마을 촌장 집에서 유숙하게 되었습니다.

그는 그 집의 한 사랑방에서 짐을 풀고 나서 우연히 밖을 내다보다가 그 집의 큰 수탉 한 마리가 마당에 굴러다니던 구슬을 쪼아 삼키는 것을 목격했습니다.

그날 저녁 때 그 집에서는 큰 소동이 벌어졌습니다. 그 집 장손이 애지중지하던 값비싼 구슬이 감쪽같이 사라졌다는 것입니다. 온 집 안사람들이 샅샅이 뒤져보았지만 구슬은 끝내 나타나지 않았습니다.

그 집 주인인 촌장은 외부 사람은 그 선비밖에 없으므로 그를 의심했습니다. 그러나 그는 자신의 소지품을 모조리 꺼내 보이면서 결백을 주장했지만 그 집 수탉이 구슬을 삼켜버린 사실은 끝내 밝히지 않고 억울한 누명을 쓴 채 하룻밤을 지샜습니다.

이튿날 아침 일찍 눈을 뜬 선비는 잠자리에서 일어나자마자 그 수탉의 동정을 유심히 살펴보았습니다. 마침내 그 닭이 눈 닭똥 속에서 구슬이 나왔습니다. 그러자 선비는 그 구술을 주어 들고 주인 영감에게 갖다 주면서 이 구슬이 혹 잃어버린 구슬이 아니냐고 물어보았습니다. 촌장은 당장 얼굴에 환한 웃음을 띠고 그렇다고 하면서 어떻게 된 거냐고 묻기에 자초지종을 사실대로 말해주었습니다.

그러자 주인 영감은 그럼 왜 진즉 그 말을 하지 않고 도둑 누명을 뒤집어 쓴 채 하룻밤을 새웠느냐고 핀잔을 하자, 선비는 닭도 생명인데 내가 그 말을 하면 그 당장에 그 닭의 배를 갈랐을 것이고 그렇게 되면 애꿎은 살생을 했을 테니 그걸 피하기 위해서라도 차라리 하룻밤 누명을 참아내기로 했다고 말했습니다. 말하자면 그 선비는 비록 하룻밤의 굴욕을 견딜지언정 상생(相生)의 길을 택한 것입니다.

이것이 아득한 옛날부터 한국인의 유전자 속에 전해져 내려오는 상생의 정신입니다. 한국인의 심성 속에 깃들어 있는 이 정신이야말로 후천 5만 년 지상선경(地上仙境) 시대의 주도국에 부합되는 심성(心性)이 아닐 수 없습니다. 하늘은 다른 무엇보다도 한국인의 바로 이 점을 높이 산 것입니다."

도인이 되라는 뜻

2015년 2월 4일 수요일

오후 3시, 사십대 부부가 11세의 아들을 데리고 나를 찾아왔다. 그들이 나를 찾은 표면적 이유는 오행생식에 대한 상담이라고 하지만 실은 아들 때문이었다.

여자가 말했다.

"선생님, 실은 이 애가 11세 된 저희 아들인데요. 지적장애아(知的障碍兒)입니다."

"그렇군요. 지금 초등학교에 다니고 있습니까?"

"네, 4학년인데요. 그냥 의무적으로 학교에 다니고 있을 뿐 아무것도 모릅니다. 선생님께서 보시기에는 어떻게 좀 좋아질 무슨 방법이 없을까요?"

나는 대답 대신 그 아이를 보고

"네 이름이 뭐니?"

하고 묻자 이이는 내 물음에 대답은 하지 않고, 갑자기 유리문 쪽으로 손가락질을 하면서 쉭쉭 소리를 지르고 있었다. 그리고 나와는 눈길을 마주치지 않으려고 했다. 심하게 접신이 되었을 때의 증상이었다.

"야, 너 내 눈을 좀 볼래?"

내가 이렇게 말하자, 아이는 내 말이 귀에 들어오지 않는 듯 계속 유리문을 손가락질하면서 쉭쉭 소리만 힘차게 내뱉고 있을 뿐이었다. 중증 접신이었다.

"물론 정신과 의사를 다 찾아가 보셨겠지만 현대 의학으로는 치료 방법이 없다는 것을 잘 알고 계실 것입니다."

"그럼요. 그래서 이렇게 염치없이 선생님을 불쑥 찾아오는 실례를 범했습니다. 혹시 선생님의 능력으로 이 아이에게 들어와 있는 영가(靈駕)를 천도시킬 수는 없을까요?"

이번에는 남자가 말했다.

"나는 단지 한 사람의 구도자일 뿐 아직 그럴 능력은 가지고 있지 않습니다. 단지 접신이 된 사람들 중에서 선도체험기라는 내 저서를 읽고 자기에게 접신된 영가를 천도하는 데 도와달라고 나를 찾아와서 몇 해 동안 열심히 그리고 꾸준히 수련한 끝에 병세가 다소 호전된 사람은 있었지만 아드님처럼 자신이 접신되었다는 사실 자체를 모르는 어린이의 경우는 저로서는 손쓸 방법이 없습니다."

"그럼 선생님 저희 부부가 아들을 위해서 할 수 있는 일이 무엇일까요?"

"내가 보기엔 두 분은 아들을 위해서 지금부터라도 열심히 수련을 하여 신령스러운 도인(道人)이 되라는 것이 하늘의 뜻인 것 같습니다."

"우리 부부가 도인이 되면 아들의 병을 완치할 수 있을까요?"

"완치까지는 몰라도 아드님에게 큰 도움이 될 것입니다. 그런데 두 분은 나를 어떻게 알고 찾아오셨습니까?"

"제가 우연히 마을 도서관에 비치되어 있는 선도체험기를 20권까지 읽고 수소문 끝에 이렇게 찾아왔습니다."

"그렇군요."

"그럼 어떻게 하면 우리가 도인이 될 수 있습니까?"

남자가 물었다.

"도인이 되는 길은 지금 부인께서 20권까지 읽고 계시다는 『선도체험기』에도 자세히 나와 있습니다. 혹시 부인께서 읽으신 그 책을 읽어 보신 일이 있습니까?"

"아뇨."

"부인께서 읽으셨다는 그 책을 읽어보시면 도인이 될 수 있는 방법이 소상하게 나와 있습니다."

"그럼 그 책만 읽으면 선생님께서도 못 하시는 저희 아들에게 접신되어 있는 영가를 천도할 수 있을까요?"

"만약에 두 분이 열심히 수행을 하여 그야말로 영능력(靈能力)이 있는 도인이 된다면 그럴 수 있습니다. 그 이유는 부모와 자식 사이와 같은 혈족간에는 유전자와 비슷한 특이한 기운을 공유하고 있기 때문입니다.

아이들은 사춘기 전에는 부모를 무조건 따르는 경향이 있으므로 부모의 능력으로 접신령(接神靈)까지도 자연스럽게 천도할 수 있습니다.

요컨대 중요한 것은 부모가 얼마나 유능한 도인이 될 수 있는가에 달려 있습니다. 나는 그처럼 도인이 되려고 열심히 수련을 하는 수행자들을 도와주는 사람일 뿐입니다. 그것이 제 전문 분야입니다."

"만약에 우리 부부가 열심히 수련을 하여 그야말로 유능한 도인이 되었는데도 아들의 접신령을 천도시킬 수 없다면 어떻게 됩니까?"

"그런 비관적인 일은 그때 가서 생각해 보아도 늦지 않습니다. 무슨 일을 시작할 때 꼭 된다는 확고한 의지를 갖고 시작해도 사람이 하는 일이라 100% 성공을 장담할 수 없는데, 그처럼 처음부터 실패할 것을 가상하고 착수한다면 더욱 실패할 확률이 높을 수밖에 없습니다.

그러나 비록 아들의 접신령을 천도하는 데 실패한다 해도 구도자로서 한 소식 한 것만으로도 만족하게 될 것입니다."

"그게 무슨 말씀이십니까?"

"도인쯤 되면 적어도 인과응보가 무엇인가를 깨닫게 될 것이므로 자신들의 처지를 스스로 알고 감수할지언정 구차하게 누구에게 하소연한다든가 하는 일은 없게 될 것입니다.

다시 말해서 기쁨, 두려움, 슬픔, 노여움, 탐욕, 사랑, 증오, 행복, 불행 따위에 일희일비(一喜一悲)하는 일은 없을 정도로 마음이 평화와 안정을 찾을 수 있게 될 것이라는 얘기입니다."

"그렇게 된다 해도 무슨 이익이 있겠습니까?"

"아들 때문에 지금처럼 근심걱정에 휘말리지는 않게 될 것입니다. 그렇게 된 마음을 일컬어 부동심을 얻었다고 말합니다. 이쯤 되면 아들 때문에 진리를 깨닫게 된 것을 도리어 고마워하게 될 것입니다.

　　그처럼 매사에 감사하는 생활을 하다가 보면 어느덧 아들의 접신령도 이에 감화되어 영격(靈格)이 높아져 남에게 접신된 자기 잘못을 깨닫고 자기 갈 길을 찾아 떠나게 될 것입니다."

[이메일 문답]

잘 나가는 두 아들

선생님 죄송합니다.

수련도 못 가고 바뀐 전화번호도 바로 알려 드리지 못하였습니다. 문자 메시지로 번호 변경내용을 모두 보내긴 하였는데 선생님 폰은 핸드폰이 아니라 도착하지 못했다는 것을 미처 생각지 못했습니다. 다시 한번 죄송하고 송구합니다.

엊그제는 저로 하여금 한문 공부를 하게 해주신, 초서로 쓰인 『조선왕조실록』과 『승정원 일기』 부분을 국사편찬위원회에서 모두 번역하신 수당 선생님이 소천(召天)하시어 기도를 많이 하고 왔습니다.

오늘이 발인입니다. 어제도 가서 제자로서 할 도리를 하고 왔습니다.

전에 알즈너를 했던 작은 아들도, 『학어집』, 『명심보감』, 『격몽요결』, 『대학』을 서당식 일대일 수업을 수당 선생님으로부터 받았으며, 수당 선생님의 마지막 제자로 오늘 장지(전북 임실)까지 따라 갔습니다.

작은 아들은 지난주 부산 국립 부경대학교에서 실시한 전국 고등학생 일본어 경시대회에서 1등을 했습니다. 지금은 고3인데 일본어 특기자로 대학을 가기 위해 열심히 노력합니다. 방향을 잡고 나니 스스로 알아서 잘하고 있습니다.

현재 일본에서 주관하는 일본어 능력시험은 1급을 따놓았고 JPT
(한국에서 실시하는 일본어 능력시험)는 990점 만점에 930을 받아
놓은 상태입니다.

조금 더 올려서 원하는 대학을 가려고 준비하고 있습니다. 가출도
여러 번하고 아빠의 지원 없이 가슴 끓이며 뒷바라지 하였는데 이제는
바라만 보면서 격려와 지원만 하면 되는 모습으로 성장하였습니다.

큰 아들도 제대하고 다시 복학하여 취업을 염두에 두고 학교생활
에 전념하고 있습니다. 흔들리고 힘들 때 선생님의 가르침이 큰 나
침반이 되었습니다. 다시 한번 감사드립니다.

내년에 작은 아들이 대학에 가고 나면 좀 더 제 삶에 충실할 수
있을 거 같습니다.

저는 2주전에 설악산 대청봉을 등산하고 백두대간 죽령에서 싸리
재까지 주파하였습니다.

지난주는 지리산 노고단에서 세석 대피소까지 다녀왔습니다. 종주
를 하려 하였으나 새로 산 등산화가 적응이 안 되어 너무 아파서 탈
락하였습니다.

이번 주 다시 도전하려 하였으나 수당 선생님 애도기간을 갖고자
인근 산을 가려 합니다.

작년 울트라 마라톤 이후 몸이 아파서 심한 운동을 안 하였더니
몸이 자꾸 불어 백두대간 종주를 다시 시작하였습니다. 조만간 건강
한 모습으로 찾아뵙겠습니다.

쉬는 틈을 이용하여 산을 열심히 다니고 있습니다.

제게 주신 메일을 새로운 각성의 메시지로 받아들이고 열심히 수련해보겠습니다.

다음 주 월요일에 뵙겠습니다.

안녕히 계세요.

2014년 6월 9일 엄지현 올림

[회답]

그 어려움 속에서도 두 아드님이 잘 나가고 있으니 참으로 다행한 일이고 진정으로 축하할 일입니다.

그러나 그들에게 너무 큰 기대를 가지면 실망도 크게 마련이니 자중 자애하시고, 수많은 우리나라 어머니들처럼, 아들의 성공을 인생의 유일한 보람으로 여기는 어리석음을 범하는 일은 없기 바랍니다.

두 아들은 어차피 결혼하면 그들 자신들의 길을 가게 될 것입니다. 그러니까 때가 되면 나그네처럼 떠나보내고, 엄지현 씨 자신의 길을 스스로 찾아가는 참다운 구도자가 되시기 바랍니다. 몸이 불어난다는 것은 과식 아니면 운동 부족이 그 원인입니다. 부디 몸 관리에 빈틈이 없기 바랍니다.

그래야 어떠한 난관이 닥쳐와도 바위처럼 흔들리지 않게 될 것입니다. 앞으로 시간 나는 대로 삼공재에도 자주 들러 수련도 점검받기 바랍니다.

많은 일들이 새롭게 찾아오고 있습니다

선생님 강화 김영애입니다. 5월초에 뵈었는데 기억하시는지요. 건강하신지요. 그날 선생님을 뵐 때 30권을 보고 있었는데 지금은 60권을 다 읽어가고 있습니다. 생식도 세 번째 시도라 거부감 없이 자연스럽고 체중은 약 3kg 정도 더 빠졌으며 만보기를 사서 열심히 이용하고 있습니다.

여러 가지 상황들 때문에 수련에 전념하지는 못하지만 마음 기대고 찾아 뵐 수 있는 선생님이 계시다는 것만으로 위로와 힘이 됩니다.

선생님을 만난 그 하루 동안 평생에 한번도 경험하지 못할 여러 가지 일들이 있어 혹여 제가 선생님께 예를 다하지 못하진 않았나 하는 생각이 나중에 들었습니다.

누구에게 한번도 털어놓지 못한 가족 얘기를 앉은 자리에서 술술 얘기하고 눈물 콧물 다 보이고 내가 왜 그랬지 했는데 선생님 앞에 앉아있는 동안만큼은 뭐라 말할 수 없이 좋았습니다. 마치 응석받이 어린아이가 된 것 같았습니다.

그래서 선생님을 참 정신없게 했지요. 희한하게도 의문이 생기고 답답한 부분은 책 속에 순서대로 쓰여진 걸 보며 놀라고 기쁩니다. 많은 일들이 새롭게 찾아오고 있습니다.

정신을 차리고 관하는 자세로 다가오는 것들에 당당히 맞서려고 노력하고 있습니다.

생식 다 먹으면 선생님 뵈러 가야지 했는데 생각보다 빨리 줄어들지를 않아 아직 한 달은 더 먹어야 할 것 같습니다.

뵈러 갔을 때 된장 안 먹는 사람도 있냐고 하시기에 다음에 갈 때 가져다 드리려고 했는데 빨리 드셔주셨으면 하는 마음에 오늘 우체국 택배로 보냈습니다.

5년 된 거라 좀 짜다 싶어도 좋은 재료로 마음을 담은 된장이니 꼭 맛보아 주셨으면 저에게 큰 기쁨이겠습니다.

그리고 선생님 책 속에 백석 선생님의 참선입문 인용한 곳을 분명히 봤는데 못 찾아서 참선입문책과 백석 선생님의 다른 책(세 마리 토끼잡기) 한 권이랑 같이 보냈습니다. 다음에 또 메일 보내겠습니다.

2014년 6월 18일 강화에서 김영애 올림

추신

선생님 강화에서 5월 13일에 뵈러 갔던 김영애입니다. 그동안 안녕하신지요. 바쁜 시간 방해가 될까 하여 어제 메일을 보냈는데 아직 보지 않으신 것 같아 다시 글을 올립니다.

어제 된장을 보내드렸는데 잘 도착되었는지요? 찾아뵙고 드리고 싶었는데 찾아 뵐 날이 자꾸 늦어져 약속드린 된장을 먼저 보냈습니다.

아직 수행이 많이 부족해 선생님을 언짢으시게 한 것은 아닌지 조심스럽습니다. 너무 늦게 보내드린 건 아니었는지.

선도체험기를 읽으면 읽을수록 생각이 맑아지고 편안해져서 감사한 마음으로 보내드렸으니 기쁘게 받아주셨으면 너무 감사하겠습니다.

2014년 6월 19일 강화에서 김영애 올림

[회답]

어제(4월 19일) 된장과 책 2권 잘 받았습니다. 된장은 맛있게 잘 먹고 있습니다. 선도체험기를 열심히 읽고 도움을 받았다니 참으로 다행입니다.

생식을 다 들지 않아도 시간만 나면 언제든지 전화하고 찾아오시기 바랍니다.

김영애 씨가 나를 불편하게 했거나 언짢게 한 일은 추호도 없으니 안심하시기 바랍니다.

마음이 편안해집니다

선생님께

메일 잘 받았습니다. 한달 전에 책을 받자마자 메일을 보내면서 계속 여러 번 메일을 보냈는데 한번도 제가 메일을 못 받아봤습니다. 선생님께서 답장이 계속 오지 않아 많은 생각이 오갔습니다.

아무튼 메일이 중간에 미싱(missing)해서 그렇게 되었으니 정말 다행입니다. 다른 어떤 일보다도 아무것도 아닌 일이 아닙니까?

그동안 선생님 메일을 못 받아 본 건 그래도 너무 아깝고 아쉽긴 합니다. 힘든 일이 있다가도 선생님 메일만 보면 내용에 상관없이 마음이 편안해집니다. 혹시 또 메일이 전달 안 될까 봐 오늘은 이만 적겠습니다. 답장이 없으시면 올 때까지 계속 보내겠습니다.

2014년 6월 10일 미국에서 이도원 올림

[회답]

큰 사고가 일어난 것도 아니고 매일이 중간에서 미싱(분실) 되었다니 그나마 다행입니다.

수술은 잘되었습니다

선생님께

도해는 수술은 잘되었다는 쪽인 것 같습니다. 아직 확실한 경과는 하루를 더 지나봐야 안심할 수 있다니 일단 기다리는 중입니다. 수술이 예정 없이 길어지니까 집사람이 너무 걱정이 되어 선생님을 많이 불렀다는군요.

다행이 큰 탈 없이 수술이 끝나니 선생님께 고맙다는 인사를 전해 드립니다. 출판사는 '생존의 비밀'이 없다길래 따로 제본을 부탁하니 3~4일 정도 걸려 제본 후에 다시 값을 뽑아 연락하기로 했습니다. 그리고 선생님께서 태을주를 다시 한번 확인하겠습니다.

훔치 훔치

태을천 상원군

흠리치야도래

흠리함리사파하.

2014년 6월 20일 미국에서 이도원 올림

[회답]

도해가 속히 회복되기를 기원합니다. 올바른 태을주를 보냅니다.

태을주

훔치 훔치
태을천 상원군
훔리치야도래 훔리함리사파하.

훔리가 아니고 훔리입니다. 그리고 세 번째와 네 번째 줄은 한 줄입니다.

도해의 퇴원

선생님께

도해는 염려 덕분에 현재 별 이상 없이 오늘 퇴원하기로 했습니다. 완치가 되었는지 아닌지는 아직 진통제를 복용하고 있기 때문에 좀 더 지켜보아야 알겠습니다.

2014년 6월 22일 미국에서 이도원 올림

[회답]

도해가 의식이 돌아오고 건강이 웬만해지면 태을주를 외우게 해주면 회복이 빠를 것입니다. 우선 시험 삼아 한번 시도해보시기 바랍니다.

WWW.stb.co.kr에 들어가서 문의하면 영문판 태을주를 다운받을 수 있을 것입니다.

태을주 읽히기

선생님께.

메일 잘 받았습니다. 정신은 말짱한데 뒷머리 부분에 수술한 후유증 때문에 통증이 심하여 계속 2시간 간격으로 약을 바꿔가면서 먹이고 있습니다. 일주일을 넘게 계속 먹으면 마약 중독에 걸릴 수도 있다는데 퇴원 후 이틀이 지났건만 아직까지 약 먹는 시간을 통증때문에 줄일 수가 없습니다.

수술은 잘되었다는데 통증이 멈출 때까지는 지켜봐야겠습니다. 주문은 계속 외우라고 하는데 아직까지 성의가 부족해 보입니다. 좀 더 다그쳐 보겠습니다.

2014년 6월 24일 미국에서 이도원 올림

[회답]

수술로 인한 통증에서 아직 회복도 되지 못하고 있는 도해에게 혼자서, 뜻도 모르는, 난데없는 태을주를 외우라고 하는 것은 아무래도 무리일 것 같습니다. 살살 달래서 도원 씨가 먼저 한 구절씩 읽고 따라 외우도록 하는 것이 효과적일 겁니다.

태을주는 통증도 완화시켜준다고 체험자들은 말하고 있으니 진지하게 실험해 보시기 바랍니다. 태을주를 외우면 첫째로 기분이 좋아지고 운기가 강화되고 병도 낫는 것은 틀림없습니다. 적어도 백 번 이상은 읽어야 효과를 알 수 있을 것입니다.

태을주 암송

선생님께

도해는 오늘부터 나름 열심히 태을주를 암송하고 있습니다. 그리고 '생존의 비밀'이란 책은 출판사 창고에도 없어서 복사를 할 수 없기에 나머지 3권만 보내기로 했습니다.

혹시라도 나중에 선생님께서 구하실 수 있으면 부탁드립니다.

2014년 6월 25일 미국에서 이도원 올림

[회답]

출판사에서 3권의 책이 도착하면 무슨 책이 왔는지 알려주시기 바랍니다. 태을주는 한번 암송하는데 6초 정도 걸리니까, 1분이면 10번, 10분이면 100번, 한 시간이면 6백번을 외울 수 있으니 보지 않아도 암송할 수 있을 것입니다.

일단 암기해버리면 마음만 있으면 계속 자동적으로 암송이 될 것입니다. 그렇게 될 수 있도록 잘 지도하시기 바랍니다. 무슨 변화가 반드시 있을 것입니다.

선도가 단전호흡으로 시작해서 단전호흡으로 끝나는 것과 같이, 증산도는 태을주 암송으로 시작하여 태을주 암송으로 끝난다고 합니다. 실체험으로 단전호흡과 태을주 암송의 우열을 가려보시기 바랍니다.

수련에 많은 진전이 있었습니다

스승님께,

그간 별고 없이 잘 지내셨는지요?

이사 후, 여러 가지 문제로 사방으로 뛰다 보니 어느덧 시간이 이렇게 지나갔습니다. 너무 늦게 연락을 드려 죄송합니다.

그간 여러 가지 일들이 있었고 수련에도 많은 진전이 있었습니다. 선도체험기는 다시 처음부터 계속 읽고 있습니다. 언제나 그렇듯 마음의 중심을 잡는 데 많은 도움을 주고 있습니다.

그리고 권오중 선생님께서도 흔들리지 않게 끊임없는 도움을 주시고 계십니다. 두 분의 은혜에 정말 감사드립니다.

그 은혜를 항상 잊지 않고 매일 수련에 정진하여 흔들림 없이 마지막 목표까지 가겠습니다.

현재 저는 달리기까지는 못 하여도 하루에 한번 103배와 한 차례 이상의 단전호흡은 하고 있습니다.

항상 역지사지(易地思之) 방하착(放下着)하려는 마음가짐으로 매사에 임하고 있습니다. 최근 선도체험기를 권유할 만한 분이 있어서 권유하고 도반으로 대하며 수련을 두어 달 같이 하였습니다.

하지만 점차 그분의 본성이 수많은 빙의령에 잠식되어 그 어떠한 말도 진리도 듣지 못하고 선도체험기의 선생님 사진을 보고 있으면

괴물의 형상으로 변한다고 하였고 급기야 알아들을 수 없는 영가의 흐느낌 같은 도저히 일반 사람으로는 이해할 수 없는 행동들을 하여 그분이 본성을 찾을 수 있도록 제 선에서 수많은 노력을 하였습니다.

그렇지만 그분의 본성이 받아들이지 않고 또한 그렇게 노력하는 저의 마음이 욕심과 집착이 되어 저의 수련에 많은 문제를 유발하였고 또한 허상을 많이 만들어내는 것을 보고 어쩔 수 없이 중단하였습니다.

지금도 제 자신이 만드는 그 욕심과 집착이 약간은 느껴집니다만 많이 내려놓았습니다.

선도체험기 내에서 스승은 제자를 이끌 수는 있지만 해탈은 시킬 수 없다라는 내용이 40권에서 나오는데 하마터면 제 자신이 그런 교만과 오만의 전철을 밟을 뻔하였지만 제 자신 즉 자성을 다시 볼 수 있는 소중한 계기가 되었습니다.

저의 본성이 많이 흔들릴 뻔했는데도 변함없이 중심을 잡게 해주신 삼공 선생님, 권오중 선생님, 그리고 선계 스승님들께 다시 한번 감사드립니다. 어떻게 하는 것이 보답하는 길인지 알고 있습니다.

2달 전부터, 선계 스승님들께서 많이 도와주고 계십니다. 아주 편안하고 부드럽고 인자한 미소로 저를 바라보시면서 수련 열심히 하라고 많이 독려해주십니다.

그럴 때면 정말 마음이 편안하고 따뜻해지며 더욱 수련에 박차를 가하고 싶어집니다.

백회의 움직임은 가끔은 아주 강할 정도로 등판까지 싸늘하게 폭포 맞는 듯한 느낌의 기운이 느껴지고 평소엔 박하처럼 시원한 느낌이 있습니다.

그리고 가끔 인당이 어떠한 물질이 찬 것처럼 단단하고 움직일 때도 있고 콕콕거릴 때도 있습니다.

호흡의 기운은 들숨 때는 백회에서 회음으로, 날숨 때는 회음에서 백회로 이동됩니다.

그분과 수련을 같이 할 때는 그분의 빙의령도 보이곤 하였는데 지금은 그냥 원래 있던 것처럼 의식을 하지 않습니다.

단전호흡을 시작하면 몸의 움직임은 선도체험기에 나오듯 현묘지도 호흡처럼 그런 단계로 일정한 간격을 두고 변해갑니다. 가끔 단전이 견고해져 가는 느낌이 느껴지도록 안에서 움직이는 경우도 있습니다.

제가 한의사로서 사람들의 병을 치료하면서 현재까지 90%가 넘는 완치율을 보여주고 있습니다.

어느 순간 제가 환자를 대하면서 병을 치료하고 싶은 욕심 즉 욕망이 집착을 낳게 된다는 사실을 알게 되었고 제가 앞으로 중심을 잡고 조심해야 한다고 여러 번 다짐을 했던 부분입니다.

이번에 새로운 도반을 통해 빙의령이 쉽게 들어올 수 있는 분이라는 것을 감지하였음에도 저의 욕심과 욕망 그리고 집착이 변하지 않은 것을 보고 수많은 생각과 느낌을 통해 깨달음을 얻게 되었습니다.

아직은 해결해야 할 부분이 남아있지만 저의 본성 안에 내려놓고 열심히 관을 할 생각입니다.

항상 건강하시고 서재에서 수련받을 날을 기다리겠습니다.

2014년 7월 3일 미국에서 김종완 드림

[회답]

상대가 강할 때는 피하고 상대가 약해졌을 때 공격하는 것이 병법의 변함없는 원칙입니다. 상대의 빙의령과 접신령을 공략할 때도 똑같은 원칙이 적용된다는 것을 잊지 말아야 할 것입니다. 비록 상대가 강해졌을 때라도 내 능력이 상대를 압도할 때까지 기다려야 합니다. 잘 하셨습니다.

참고로 손자병법을 이용한 모택동의 십육자전법을 적어 봅니다.

십육자전법(十六字戰法)

적진아퇴(敵進我退)

적주아요(敵駐我擾)

적피아타(敵疲我打)

적퇴아진(敵退我進)

앞으로도 이 원칙만은 꼭 지켜야 할 것입니다.

김종원 씨는 나와는 너무 멀리 떨어져 있는데다가 이메일까지도 오랫동안 끊어지다가 보니 그동안 지속되던 사제간의 교류의 리듬까지도 흩어져버렸습니다. 자주 메일 보내시기 바랍니다.

즐기는 사람

오래 간만에 뵙습니다. 그동안 건강하셨는지요? 1만 시간의 법칙을 읽고 나서 오랫동안 머릿속에 남는 내용이 있습니다.

어떤 일을 하다 보면 세 부류의 사람이 나오는데 머리가 좋은 사람, 부지런한 사람, 즐기는 사람이 있다고 합니다.

이 세 사람 중에서 즐기는 사람이 끝까지 일을 해내고 결국에 가서는 성공한다고 합니다.

즐기는 사람은 자기가 좋아하는 일을 하기 때문이라고 합니다. 그래서 제가 가장 좋아하는 일이 무엇일까 생각해 보았습니다. 무엇을 할 때 가장 행복하고 마음이 편안했는지 곰곰이 지난날을 회상해 보았는데 그것은 바로 수련을 할 때였습니다.

수련을 할 때 무엇보다도 치밀어 오르는 화(분노)를 다스릴 수 있었고, 마음이 편안하여 행복했습니다. 그 행복을 찾아 다시 수련을 해야겠습니다.

먼저 108배와 생식, 『선도체험기』를 읽으면서 수련을 다시 시작하고자 합니다.

108배는 현재 19일째 하고 있습니다. 주말에는 등산도 다시 시작하려고 합니다.

매일 아침마다 하는 108배는 시작을 하기가 싫어서 그렇지 막상

하고 나면 잘됩니다.

아직 기운은 못 느끼지만 조만간 단전이 따뜻해지고 축기도 되고 세포 하나하나가 기운으로 충만해질 것이라고 믿고 있습니다.

멀리 있지만 지속적인 관심 부탁드립니다. 감사합니다. 건강하십시오.

2014년 7월 15일 구례 오주현 올림

추신 :『선도체험기』106권~107권과 생식을 보내주십시오.

- 주소 : 전남 구례군 구례읍 ○○○
- 책과 생식 값, 그리고 계좌번호를 메일로 보내주시면 송금하겠습니다.

[회답]

부디 금생이 다하는 그날까지 선도수련을 즐기는 사람이 되어 주시기 바랍니다. 생식 값 24만원, 책값 3만원 책 우편 배달료 2,600원 도합 27만 2,600원.

계좌번호 국민은행 431802 - 91 - 103970 (예금주 김태영)

지금의 체중을 꼭 알려주시기 바랍니다.

귀가 이상합니다

안녕하세요? 선생님. 조성용입니다.

도전 704쪽에 칠성경과 개벽주가 나와 하루 2~3회 정도 읽고 있습니다만 효과는 잘 알 수 없어서 여쭙니다. 혹여 강신술 같은 것은 아닌가요?

스승님께서 실험해 보시고 어떤 현상이 일어나는지 알려주시면 감사하겠습니다.

삼공재를 다녀온 후에도 여전히 귀가 이상한 것이 아직도 빙의령 (제가 심하게 부린 종이라 하였습니다)이 남아 있는 것인지 아니면 다른 원인이 있는 것인지 알 수가 없네요. 귀에 뭔가를 걸어놓은 것 같습니다. 크게 불편하진 않지만 궁금하기도 하고 원인을 알면 좀 더 빨리 해결할 수 있지 않을까 싶습니다.

더운 날씨에 건강 조심하세요.

2014년 7월 15일 조성용 올림

[회답]

아직은 칠성경과 개벽주는 읽지 마시고 태을주만을 열심히 염송하기 바랍니다.

지금 조성용 씨에게 필요한 것은 오직 태을주 염송입니다.

그리고 귀가 이상하면 그것을 지속적으로 관하면 그 원인이 밝혀질 것입니다. 귀에서 전생에 조성용 씨가 심하게 부리던 종이라는 소리가 들리면 그럴 가능성이 있습니다. 그럴 때는 그 빙의령이 천도될 때까지 계속 관해야 합니다.

도전에는 사이비 종교의 강신술 같은 것은 없으니 안심해도 됩니다. 그리고 건강이 완전히 회복될 때까지 태을주 이외의 주문은 읽지 마시기 바랍니다.

한국에 온 지 1년 되었습니다

며칠 전 주문한 생식이랑 생강 배송 잘 받았습니다. 저는 김지선이라 합니다. 김기현으로 되어 있어서요. 제 발음에 문제가 있나 봅니다.

미국에서 살다가 개인적인 일로 한국에서 살게 된 지 1년이 넘어갑니다. 오후에는 일을 하고 있어서, 직접 가지 못하고, 이렇게 인사드리게 되어 죄송합니다.

조만간, 생식도 더 사야 하구 해서 찾아 뵙겠습니다.

감사합니다. 항상, 건강하세요.

2014년 7월 16일 청담동에서 김지선 올림

[회답]

반갑습니다. 서울에서 사시는 줄도 모르고 미국 주소로 선도체험기를 세 번쯤 부쳤는데 아무 회답도 없어서 이상하게 생각했습니다.

『선도체험기』 발간이 위기에 처했을 때 1백만 원이나 선뜻 출판사에 기부해 주신 것을 잘 알고 있습니다. 언젠가 전화하셨을 때 금방 알아 뵙지 못한 일 두고두고 미안하게 생각하고 있습니다.

삼공재 주소가 바뀌었으니 다음에 오시기 전에 전화로 꼭 알려주시기 바랍니다.

남을 원망하지 않는 삶

선생님 더운 날씨에 안녕하신지요. 강화에 김영애입니다. 뵈러 가기 전에 어떻게 수련을 하고 있는지 메일로 말씀드립니다.

『선도체험기』는 현재 76권을 읽고 있으며 신장 167cm에 체중은 이제 60kg으로 내려갔고 세끼 생식을 하고 있으며 식후 2시간 후에 물먹는 것은 아직 정확히 지키지는 못하지만 주의하고 있습니다.

5월 13일에 선생님을 뵙고 와서 제 주변의 많은 것들을 바꾸었고 또 몸과 마음 주변 환경도 바꾸고 있습니다.

아이들과 함께 할 미래를 꿈꾸며 욕심을 부리며 살았는데, 가장 기대하고 믿었던 중간 아이를 여의고, 하늘이 무너지는 아픔에 중심을 잃었습니다.

구석진 곳에 한 권 남아있던 책이 눈에 들어왔고 또 어떻게 선생님을 뵈러 갈 용기를 냈는지 꿈만 같습니다.

아직 수행이라고 하기에 많이 부족하지만 조금씩 길을 찾아가고 있는 것 같습니다. 아이들 하나하나가 수행자로 이 생에 온 목적을 이루려면 나도 좋고 남도 좋은 서로 도움이 되는 일을 해야 한다고 생각했기에 발효식품을 만들어 팔면 남에게도 아이들에게도 좋은 일이 되겠다고 생각했습니다.

그리하여 10년 동안 철마다 때마다 제 나름대로 젓갈 된장 고추장 김치 장아찌 등을 만드는 노하우를 익혔는데 앞으로 어떻게 아이들을 키우고 또 나는 어떻게 살 것인가 다시 돌아보는 시간을 가져야겠다는 생각을 하게 되었습니다.

오로지 한 곳만 보며 살다가 선생님 만나 뵙고 와서 세상 속으로 들어갈 준비를 하고 무사히 한 달을 채워가고 있습니다.

저는 현재 하던 일들을 내려놓고 신생아와 산모를 돌보는 산모 신생아 건강관리사로 일을 하고 있습니다.

앞으로의 삶에 대한 계획이 내 안에서 정리가 될 때까지 당분간은 매일 만나는 산모와 신생아에게 정성을 다할 것입니다.

그런데 요즘 엄마들은 모성애보다는 여성으로서의 자신의 몸매 가꾸기에 더 강한 것 같습니다.

모유를 먹일 수 있는데도 분유를 먹이고 좀 더 안아주고 품어주면 편안해 하는데 그렇게 하지 않으려 합니다.

내 생각을 산모에게 말하진 않지만 좀 안타깝습니다. 아기를 안고, 먼저 보낸 아이 생각에 눈물이 나지만 그럴수록 더 많이 안아줍니다.

제가 열심히 살면 다음에 먼저 떠난 우리 덕원이 만날 때는 더 잘해 줄 수 있겠지요.

덕원이 낳고 일하느라 너무 힘들어서 애기 때 잘 돌봤어야 했는데 태어난 지 한 달도 안 된 애기를 어린이 집에 맡기고 시장에서 일을 했습니다. 그때만 잘 키웠어도 좋았을 텐데. 다 제 탓입니다.

도저히 세 아이를 데리고 먹고 살길이 막막해 독신주의자인 애들 아버지에게 도와달라고 했다가 욕만 먹었습니다.

가슴에 한이 되어 그 다음부터는 도와달란 소리 절대로 안 했는데 아이가 목에 혹이 계속 커져서 연락하면 그냥 두면 낫는다고 역정부터 냈습니다.

결국 이런 것마저 놓아야 마음공부가 될 텐데 아직은 서럽고 아프고 그렇습니다.

그리고 둘째 아이가 어느날 잠자리에서 조심스럽게 말을 합니다. 엄마 5월달부터는 덕원이가 꿈에 안 나와, 매일 꿈에 나와서 가슴이 너무 아팠는데 이제 안 나와. 그래서 제가 선생님 뵈면서 천도가 되어 좋은 곳으로 가 있다고 말해 주었고 말없이 들어주었습니다.

다른 아이들도 얼굴과 표정들이 많이 밝아졌습니다.

어디에도 빠지지 않던 형이고 오빠고 동생이어서 우리 가족의 대화에서는 덕원이가 빠질 수가 없어서 문득 덕원이 얘기가 나오면 나중에 또 만나면 그때는 지금 받은 거 다 갚자고 말합니다.

다음에 우리 중 누구에게 찾아와도 잘해 줄 꺼라고 말합니다. 아침 5시에 일어나 걷기와 참선을 하고 7시에 집을 나와 30분을 걸어서 버스를 탑니다.

걸으며 행주좌와어묵동정염염불망의수단전(行住坐臥語默動靜念念不忘意守丹田)을 외우고 버스 기다리며 차안에서 선도체험기를 읽고 아기를 재우며 틈틈이 또 책을 읽습니다. 학교 다니는 학생들보다 제가 더 열심히 책에 빠져 공부합니다.

출산한 지 얼마 되지 않은 산모와 신생아를 돌보는 일은 바쁘긴

하지만 공부다 생각하면 이보다 더 좋을 수 없다 생각합니다.

강화에서 또 배를 타고 들어가는 섬들이 있는데 기회가 되면 그런 곳에서 출산한 산모와 신생아도 돌보게 해 달라고 미리 말해두었습니다.

이제 나 혼자 먹을 생식비도 해결했습니다. 그리고 아이들 아버지 20년을 전부라 생각하며 잡고 있던 것을 이제 조금씩 내려놓고 있습니다.

전생에 내가 그분을 많이 아프게 해서 내가 응보를 받고 있다는 생각과 원망을 하여 또 다음 생에 그 업보가 반복되지 않으려면 지금이 중요하다는 생각을 하며 앞서 가지 않으려고 합니다.

그분은 여전한데 저는 휩쓸리지 않고 조금씩 나름의 중심을 잡아가고 있습니다.

선생님 앞에 앉기에 아직 많이 부족하고 모자라 선생님 힘드실 걸 생각하면 몸 둘 바를 모르겠으나 다녀와서 몸도 마음도 변해가는 걸 느끼니 염치 차리지 않고 가고 또 가고 싶습니다.

모자라고 부족한 걸 알면서도 선생님 앞에 그냥 앉아만 있고 싶습니다.

좀 잘 포장을 하고 선생님 뵈어도 부족한데 초라하기 짝이 없는 몰골로 매번 선생님을 뵈러 가서 죄송합니다.

지금 현재 있는 위치에서 바꾸고 또 바꾸며 조금씩 나아가겠습니다. 매번 말없이 받아주시고 품어주셔서 너무너무 감사합니다. 이번 주 일요일에 또 가 선생님 앞에 앉겠습니다.

2014년 7월 21일 김영애 드림

[회답]

육아에는 전연 관심이 없는 애들 아버지를 조금도 원망하지 않고 20년 동안 스스로 돈을 벌어 1남 3녀를 키워나가면서도, 갓난아기 돌보는 봉사활동까지 하시는 김영애 씨의 모습이 내 눈에는 중세 프랑스의 구국 영웅 잔 다르크보다도 더 거룩해 보입니다.

남들은 그럴 경우 상대를 미워하고 저주하고 원망할 터인데도 모든 것을 자신의 탓으로 돌리는 겸손이야말로 다음 생애는 내공을 몇 등급 향상시킬 수 있을 것입니다.

어떤 경우에도 남을 원망하면 그 원망 자체가 독이 되어 자신을 먼저 해친다는 진리를 깨닫고 일상생활화하는 김영애 씨에게 반드시 하느님의 축복이 있을 것입니다. 또한 남을 도와주면 도와줄수록 하늘로부터 그에게 더 큰 능력과 지혜가 주어진다는 것도 잊지 마시기 바랍니다.

7월 27일 오후 3시에 기다리겠습니다. 부득이 못 오실 경우가 생기면 미리 연락 주시기 바랍니다.

방황과 시행착오

선생님께.

안녕하십니까? 선생님. 전화를 바로 드리는 것보다 메일을 드리는 게 순서다 싶어서 이렇게 보냅니다. 저는 선생님의 책을 통해 공부하고 있는 독자입니다. 최명진이라고 합니다.

올해 34세이고 수년 전에 본격적으로 구도자의 길을 걷게 되었습니다. 여기 저기서 수행하다가 인연 따라 현재는 서울에서 지내면서 공부 중입니다.

늘 마음 속에 '성명쌍수'를 생각해 오면서 공부를 해왔는데 안타깝게도 스승을 만나 뵙지 못해 많은 방황과 시행착오를 거듭하고 있었습니다.

다행히도 작년에 우연히 지인으로부터 선생님의 책을 추천받았습니다. 그때 이후로 인연이 되어 선생님의 선도체험기 시리즈를 꾸준히 읽어오고 있습니다. 읽으면서 '몸-기-마음 공부'의 '삼공'을 주장하시는 선생님의 수행법에 절절히 동의했습니다.

그래서 눈물을 흘리면서 기뻐하고, 전율을 느낀 적이 한두 번이 아닙니다. 다만 하루 생활이 늘 참선 중심이어서 선도체험기를 아직 40여권 정도밖에 읽지 못했습니다. 해서 원래는 준비가 좀 되는대로 선생님께 연락을 드리려 했는데, 부득불 서둘러 메일을 남기게 되었습니다.

물론 아직은 자격이 미달이라 감히 선생님으로부터 수행 지도를 청하고자 하는 것은 아닙니다. 단지 선생님으로부터 체질을 감별받고 오행생식을 해볼까 해서입니다.

지금 사상체질-오행에 근거해서 스스로 곡식을 사다가 불려서 생식을 하고 있기는 합니다만, 수행 진전에 아쉬움을 많이 느끼고 있는 터라, 아무래도 하루라도 더 빨리 선생님을 만나 뵈었으면 하는 바람입니다.

선생님, 허락해 주실런지요? 간곡히 부탁드립니다. 혹 연락처를 남겨주시면 선생님께서 가능한 시간대에 제가 전화드리겠습니다. 감사합니다.

2014년 7월 22일 삼각산 정인당에서 해월 삼가 합장.

P.S

몸 공부 쪽으로는 20대 후반부터 대체의학에 관심을 가지면서 틈틈이 해 왔습니다.

기본적으로 물 따로 밥 따로 방식을 지키면서 식사한 지도 2년이 좀 넘었습니다. 낮에는 뛰기가 여의치가 않아서 새벽 일찍 일어나서 조금씩 뛰고 있습니다.

산속에서 참선에 집중할 때는 요가도 매일 했었는데 요즘은 조금 게을러져서 부끄럽습니다.

다시 부지런히 하겠습니다. 호흡 공부는 과거에 단식을 통해 너무나 중요하다는 것을 절절히 깨달았습니다만, 스승 없이 서둘러 하다가 상기가 되어서 일단 쉬고 있었습니다.

인연 처를 기다리고 있던 중에 선생님 책을 보며 다시 했더니 약간의 진도가 있었습니다.

최근에는 답보 상태인 듯합니다.

제도권에서는 주로 문학(고전문학, 동양학 / 유학)을 전공했고 현재는 불경을 비롯해서 꾸준히 마음공부와 관련된 서적들을 보고 있습니다. 육식, 오신채(五辛菜), 술, 담배 등은 전혀 하지 않습니다.

[회답]

오행생식부터 하시겠다니 찾아오기 바랍니다. 그러나 생식 값이 문제입니다. 한달용 비용이 최소한 26만 2천원입니다. 이것만 준비되시면 다시 연락해주시기 바랍니다. 내가 보기에 해월 스님은 지금 빙의가 되어 있습니다. 빙의령만 제때에 천도되면 수련은 급진전 될 것입니다.

빙의 증상들

선생님, 해월입니다. 허락해주셔서 감사합니다. 다행히 경제적인 부분은 준비가 되어 있습니다. 선생님께서 시간을 내어주신다면 곧바로 찾아뵙도록 하겠습니다.

다만 선생님 계신 곳 주소를 몰라서 그럽니다만 전화번호를 남겨주신다면 제가 연락을 드리겠습니다.

2014년 7월 23일 삼각산에서 해월 삼가 합장.

PS.

과거에 이따금씩 무엇인가(영체)가 쑥 몸속으로 들어오는 느낌이나 빙의의 전형적인 증상들을 조금씩 느끼기도 했습니다. 그때는 몰랐는데 선생님 책을 통해 그런 현상들이 빙의 현상들임을 알았습니다.

이후 올해 초에도 선원에서 같이 공부하는 사람의 빙의령을 받아서 하루 정도 고생한 적이 있습니다.

그 후에도 절에서 제사를 지내거나 영가천도 법문을 해주면 이 따금씩 갑자기 머리가 꽉 잡히고 무거웠던 적은 종종 있었습니다. 그러다 제사나 법문이 끝나면 다시 개운해지곤 했습니다.

요즘은 제가 좀 탁해졌는지 그런 영가 느낌은 별로 없었습니다만…

혹 지금 누군가 천도받으러 들어와 있다면 열심히 관찰하고 법을 설해주어 천도해줄 수 있도록 노력하겠습니다.

선생님의 배려에 다시 한번 감사드립니다.

[회답]

아무래도 빙의에 대해서는 직접 만나서 얘기하는 것이 좋겠습니다.

인생의 길잡이

김태영 선생님께, 선생님 안녕하십니까?

저는 『선도체험기』 애독자이며 이름은 공병구이고, 나이는 56세이며 직업은 용달업을 하고 있습니다.

1991년도에 『선도체험기』를 처음 접하고부터 107권까지 읽었습니다. 이 책은 제 인생의 길잡이가 되었고 여러 고비가 있었을 때 큰 힘이 되었으며 저를 이끌어 주었습니다.

이 책을 만나지 못했더라면 저는 아마 지금보다 더 먼 길을 돌고 돌아가고 있었을 거라 생각하고 있습니다. 제가 미련하였고, 먹고 사는 데 바빠 제대로 수행도 하지 못하고 그저 책만 보고 그 끈을 잡고 왔습니다.

그리고 오래전 『선도체험기』 8~10권을 읽을 때는 오행생식의 창시자 김춘식 원장님께 직접 가르침을 받고 싶었으나 여건상 시간만 보내다가 1998년 (음)9월 11일에 돌아가시는 바람에 그 충격과 아쉬움이 엄청 컸었다는 생각이 듭니다. 인명은 재천이라 더 늦기 전에 선생님의 가르침을 받고 싶습니다.

6개월 전부터 현재까지 저의 수련 상태는 하루에 마음 공부 1시간 정도, 기 공부 1시간 정도, 몸 공부는 매일 도인법체조, 걷기 6km, 조깅은 일주일에 3번 정도 5km 완주 정도입니다.

생식은 오래 전부터 경동시장에 가서 제가 직접 만들어 하루에 한 끼 정도 하고 있습니다만 이제 선생님께 체질 점검도 받고 오행생식을 할 준비가 되었습니다.

선생님, 날짜와 시간 알려 주시면 찾아뵙도록 하겠습니다.

2014년 7월 28일 풍납동에서 공병구 올림

[회답]

월요일에서 토요일까지 오후 3시에 찾아오시면 됩니다. 주소는 ○○구 ○○동 ○○아파트 ○○○입니다. 면접 시간은 ○○시에서 ○○시까지입니다. 생식비용은 27만원을 준비하시면 됩니다. 전화 ○○○에 연락하여 미리 방문 예약을 해주시기 바랍니다.

삼공재 수련 소감

선생님, 안녕하십니까?

공병구입니다. 며칠간 선생님 앞에서 수련한 소감입니다. 한마디로 실망 그 자체였습니다. 제가 1990년도 초 단학 붐이 한창 일어날 때 수련 시에는 지극히 편안한 상태였고, 배꼽 주변에 흰 구름 같은 것이 모이는 것을 느꼈습니다.

그때 밀고 나아갔어야 했었는데 일이 있어 수련을 계속하지 못했지만 그 기감은 알고 있습니다.

선생님 앞에서 수련을 하면 단전이 달아오를 줄 알았는데 아니었습니다. 제가 집에서 혼자 단전호흡을 할 때에는 단전이 조금 따뜻하든지 좀 더 따뜻하든지 하였는데 선생님 앞에서는 오히려 단전에 아무런 느낌도 없었습니다.

제가 아직 기를 확실히 터득하지 못하고 있지만 선생님과 집과 서재에서는 뭐라고 할까 편안하고 따뜻한 느낌이라고 할까? 아무튼 기가 센 사람에게서 나오는 그런 느낌은 없었습니다.

그러다 보니 107권까지 읽은 『선도체험기』가 다른 각도로 보이는 겁니다. 체험기라는 명목 아래 죄다 남의 것을 가져다가 선생님 의견, 생각을 추가한 것에 지나지 않는다는 생각이 드는 겁니다.

예를 들어 『선도체험기』의 글체와 대각경은 『생명의 실상』의 저자 다니구찌 마사하루의 영향이며, (저는 『생명의 실상』 40권을 읽었으며 책 내용 중에 우리나라를 안 좋게 적은 부분이 있어 없애버렸습니다.)

오행생식, 음양식사법, 몸살림 운동, 불교, 기독교, 대행스님(한마음요전), 성명쌍수 현묘지도 수련법, 삼대경전, 격암유록, 역사 문제, 대륙사관 책들, 빙의 책, 그리고 신문의 시사 문제 등등

오행생식 강의 소개하고 오랜 기간 동안 생식 팔아먹고 (선생님은 인영, 촌구맥도 제대로 짚지 않으셨습니다), 남의 책을 가져다가 선생님 의견, 생각 추가하여 권수만 늘려 책 팔아먹고, 그리고 『한국사 진실찾기』 1은 『선도체험기』에 있는 내용 그대로 모아 또 책으로 엮고, 요즘 같은 불경기에 선생님은 상장사꾼 같습니다. 장사꾼들도 상도가 있는데, 글 쓰는 사람은 그런 도는 없는 겁니까? 죄다 남의 것을 가져다 썼으므로 저자의 저를 빼든지 엮음이라고 해야 되지 않나 생각합니다.

밥 먹고 하루 종일 남의 글 짜깁기하여 만드는 책이라면 누군들 못 하겠습니까? 제 인생의 길잡이가 되었고, 가장 아끼던 책이었지만 이제 내려놓고 갑니다. 선생님도 체험기 마무리하심이 어떠하실는지요? 저의 무례 용서하시고 읽으신 소감 보내 주시기 바랍니다. 제가 잘못한 부분은 고치겠습니다.

2014년 8월 5일 공병구 올림

두 번째 메일

　공병구입니다. 선생님이 보내신 메일을 제 실수로 지워버려 못 읽었습니다. 평소 안 읽는 메일은 휴지통에 넣어 지워버리는데 그만 잘못 넣었습니다. 죄송하지만 다시 메일 보내주시기 바랍니다. 그리고 선생님에게서 산 『한국사 진실 찾기』 2권을 현금으로 돌려줄 수 있는지요? 왜냐하면 그 내용들은 『선도체험기』에 다 실렸으니까요. 똑같은 내용을 보려니 돈 아깝다는 생각입니다.

　그리고 선생님이 경주의 포석정, 첨성대 등을 보시고 느끼셨던 것들은 대부분의 사람들도 느꼈으리라 생각됩니다. 저도 국민학교 때 경주 수학여행 갔을 때가 생각납니다. 그때 포석정을 보고 친구들과 "어! 포석정이 왜 이리 조그맣고 볼품이 없지? 교과서에서 보던 것과 다르네 하고" 첨성대를 보고는 생각보다 너무 작아 친구들과 실망했던 기억들이 떠오릅니다.

　그럼, 안녕히 계십시오.

2014년 8월 6일, 공병구 올림

[회답]

나에 대한 공병구 씨의 실망 충분히 이해합니다. 23년을 기다리다가 잔뜩 부푼 기대를 안고 나를 찾아와 닷새 동안이나 다른 수련생들과 함께 내 앞에 앉아서 열심히 호흡을 해 보았으나 아무 보람도 없었으니 얼마나 허탈하고 실망이 컸을까 하고 내 가슴이 다 찡해 옵니다.

그러나 이럴 때 구도자는 냉정해야 합니다. 남을 탓하기 앞서 혹시 나 자신에게 무슨 결함이 있는 것은 아닌지 잘 살펴보았어야 합니다. 그것이 구도자와 보통 사람이 다른 점입니다.

잘못이 공병구 씨가 아니라 나에게 있었다면 삼공재에서 공병구 씨와 함께 5일 동안 수행한 다른 수련생들은 어떻게 설명해야 합니까?

그들은 왜 나를 찾아왔을까요? 그 사람들도 공병구 씨와 똑같은 느낌이었을까요? 그들에게 반드시 물어보았어야 하지 않았을까요? 공병구 씨와 같이 이곳에 찾아와서 아무런 도움도 받지 못했다면 그들이 정신병자가 아닌 이상 전국에서 적지 않은 교통비를 써 가면서 삼공재를 일주일에 한두 번씩 찾아 왔겠습니까?

혹시 공병구 씨는 수련 끝난 뒤에 삼공재에서 나갈 때, 같이 나가는 다른 수련생들을 붙잡고 허심탄회하게 대화를 나누어 보고 나서 나에게 글을 썼어야 합니다. 그러나 틀림없이 공병구 씨는 자신의 조급증 때문에 그렇게는 하지 않았을 것입니다.

다른 수련생들은 여기 와서 수련한 보람을 느끼는데, 공병구 씨만은 아무 보람도 못 느꼈다면 문제는 나에게 있는 것이 아니라 공병구 씨 자신에게 있는 것이 아닐까요?

그러게 내가 『선도체험기』에 뭐라고 수없이 말했습니까? 삼공재에와서 수련을 하려면 우선 기문(氣門)부터 열려야 한다고 숱하게 말하지 않았습니까?

『선도체험기』를 107권까지 읽어오면서 내가 그렇게도 강조한 말이 생각나지 않습니까? 기를 느껴야 그때부터 본격적인 선도 공부는 시작된다는 말입니다.

지난 닷새 동안 삼공재에서의 공병구 씨의 수련은, 대학에서 청각장애 학생이 한껏 기대를 품고 이름난 교수의 강의실에 들어간 것과 같았습니다. 남들은 다 잘 알아들었는데 공병구 씨만은 못 알아들은 것과 같습니다.

또 한가지는 구도자는 자기 자신을 관(觀)할 줄 알아야 한다는 것입니다. 만약에 공병구 씨가 자기 자신을 객관적으로 관하는 습관이 되어 있었더라면 위와 같은 수련 소감은 결코 나에게 써 보내지도 않았을 것입니다.

지성이면 감천이라고 했습니다. 지금부터라도 조급증을 버리고 마음을 느긋하게 먹고 꾸준히 그리고 열심히 기 공부를 하면 반드시 기문이 열리는 날이 있을 것입니다.

기운이 느껴지고 생각이 달라져서 다시 찾아오고 싶으면 그때 오시든지 말든지 하시기 바랍니다.

나는 가는 사람 잡지 않고 오는 사람 막지 않습니다. 그리고 나는 자기 소감을 기탄없이 솔직하게 털어놓을 줄 아는 사람을 좋아합니다.

내가 다니구찌 마사하루에게 한때 열중했던 것은 사실입니다. 그럼 다니구찌는 누구에게 열중했을까요? 공병구 씨는 압니까? 모릅니까? 그러나 나는 압니다. 그가 누구에게 열중했었는지.

남이 쓴 책을 읽는 가운데 자기 자신을 개발하고 깨닫는 것이 공부하는 이치입니다.

짜깁기 하면 개인의 이익을 위해서 부당한 목적을 위해서 남의 글을 여기저기서 인용하여 자기 의견을 가미하는 것을 말합니다. 그러나 그 짜깁기가 사익(私益)을 떠나서 진실을 추구할 때는 훌륭한 저술(著述)이 될 수 있습니다.

공자도 일찍이 자기의 저술을 술이부작(述而不作)이라고 하여 남의 글을 해석하거나 짜깁기한 것일 뿐 자신의 창작이 아니라고 솔직히 말했습니다. 그러니까 남이 저술한 책을 보고 함부로 짜깁기라고 하여 폄하하지 말아야 합니다.

진리에는 주인이 따로 없습니다. 진리는 그것을 느끼고 깨닫고 일상생활에 이용할 줄 아는 사람들의 것이기 때문입니다.

『한국사 진실 찾기』는 『선도체험기』를 안 읽거나 한국사에 관심이 많은 사람들을 위해서 엮은 책이고, 그 책의 서문에도 『선도체험기』 97, 98, 99, 101권에 실렸던 것들을 취합하여 정리한 것이라고 분명히 밝혔습니다.

일간지, 월간지와 같은 정기간행물에 실렸던 글들이 책으로 편집되어 간행된 서적들이 책방에 가보면 수두룩합니다. 이것을 문제 삼은 사람이 있다는 것이 나에게는 오히려 기이하게 보입니다.

계좌번호와 함께 그 책을 택배로 보내주십시오. 상품 가치를 그대로 유지하고 있다면 언제든지 책값을 송금해 드리겠습니다.

『선도체험기』와 그 저자를 혹평하고 헐뜯는 데 있어서, 공병구 씨는 『선도체험기』 80권 전후에 나오는 라즈니시의 제자라는 사람을 따라가려면 아직 멀었습니다. 그에게는 최소한 공병구 씨가 갖지 못한 지성과 남을 배려하는 품위와 예의가 있었습니다.

그러나 『선도체험기』를 1권서부터 107권까지 읽었으면 성격상 부정적이었던 사람이 긍정적으로, 비관적이었던 사람이 낙관적으로, 교만했던 사람이 겸손한 사람으로, 조급한 성격이 느긋하게 조금이라도 바뀌었어야 하는데 공병구 씨는 전연 그런 것 같지 않습니다. 그렇다면 『선도체험기』를 겉만 읽었지 그 속은 끝내 소화해내지 못한 것이 아닐까요?

그리고 『선도체험기』를 그만 쓰라고 했는데 전에도 그런 사람이 가끔 있을 때마다 말한 것과 같이 나는 시장의 수요 공급 원칙에 따를 뿐입니다. 공병구 씨가 수요공급의 원칙에 따라 용달업에 종사하듯 나는 저술업의 수요공급에 따라 종사할 뿐입니다.

공병구 씨는 또 '밥 먹고 하루 종일 남의 글 짜깁기하여 만드는 책이라면 누군들 못 하겠습니까? 제 인생의 길잡이가 되었고, 가장 아끼던 책이었지만 이제 내려놓고 갑니다'라고 말했습니다.

책 쓰는 일이 그렇게 쉬운 일이라면 이 세상에 책 못 쓰는 사람은 없을 것입니다. 그러나 실상은 그렇지 않습니다.

한국에는 수많은 소설가들이 저술가로 활동하고 있습니다. 그들은 신문사나 잡지사가 실시하는 공개경쟁에 전국에서 수천 또는 수만 명씩 응모하여 공평무사한 공개심사를 통하여 발탁된 인재들입니다. 고시 합격과는 비교도 안 될 정도로 어려운 것이 문인으로 공인받는 일입니다.

나 역시 1차로 '한국문학'이라는 문예지를 통하여 74년에 단편소설로 등단되었는데 문단에서 별로 대우를 못 받는 신세여서 82년에 삼성문학상 장편 공모에 재차 응모하여 당선되었고, 85년에도 장편으로 MBC 육이오 문학상을 수상하여 비로소 작가로서의 대접을 받을 수 있었습니다.

이 세상에 피나는 노력 없이 이룩되는 일은 아무것도 없다는 것을 알아야 합니다.

책 쓰는 일을 누군들 못하겠느냐고 했는데 공병구 씨는 책을 써보기나 하고 그런 말을 하는지 의문입니다.

작가들은 자신의 주장을 입증하기 위해서 다른 선배 작가들의 글을 흔히 인용하는데 그것을 보고 공병구 씨는 짜깁기라고 하는 것 같습니다. 그렇다면 그런 짜깁기 작업을 직접 해보고 그런 말을 하는 겁니까?

그렇게 짜깁기만 한 책들이 과연 공병구 씨의 인생의 길잡이가 될 수 있었을까요?

또 어떤 사람이 공병구 씨 앞에 불쑥 나타나 용달업을 그만 두라고 뜬금없이 요구하면 그 말에 순순히 따르겠습니까?

나는 내 책을 읽는 사람의 시장 수요가 있어서 출판사에서 적자가 나지 않는 한, 비록 소수의 불평자가 있다 해도, 이 세상을 마치는 날까지 작가로서의 내 소임을 중단하는 일은 없을 것입니다.

리듬에 맞추기

선생님, 안녕하십니까?

공병구입니다. 선생님의 충고 감사합니다. 제 자신을 객관적으로 관하고, 관이 잡히도록 수행하겠습니다. 답신 첫 글에서 선생님은 제 리듬에 맞춰 주시더군요. 이것을 보면 선생님도 교수 수준이 아니라 김상운 지음 리듬 책 보시고 공부하시는 학생 수준 같습니다. 진정한 도인이 아닌 것 같습니다.

이런 식으로 책 자꾸 만드시면 인터넷에 알리겠습니다.(국민 여러분, 『선도체험기』는 체험기라는 명목 아래 죄다 남의 책 글과 말들을 짜깁기한 책이며, 선생님을 만나보고 책을 사든지 말든지 하라고 말입니다.)

그리고 『선도체험기』가 체험기로서는 세계 최초로 100권을 넘었느니 그런 말씀하지도 마십시오. 다른 나라 사람들이 보면 웃습니다.

죄다 남의 책 글과 말들 짜깁기 하면, 누군들 100권 이상 못 넘겠냐고 말입니다. 한국 국민의 한 사람으로서, 그런 소리 듣기 싫습니다, 책은 107권까지 나왔는데 선생님의 수준은 정체 상태에서 죄다 남의 책 글과 말만 하고 계시니 선생님도 객관적으로 자신과 『선도체험기』를 바라보시기 바랍니다.

또 놀란 것은 차주영 님이 스승님이 내려주신 도육 도호까지 내려놓고 떠난 것을 보면, 나중에 선생님 주위에 몇 분이나 계실지 궁금해집니다.

그리고 중요한 역사 바로 찾기 문제도 책임감 없이 대책도 없이 나서지도 못하시면서 그런 식으로 기술하지 마시기 바랍니다.

성철 스님의 공부 5계 중에 책 보지 말라라는 글귀가 생각납니다. 저도 이제 감을 잡았으니 『선도체험기』 내려놓고 오로지 자성구자 하겠습니다.

선생님에게서 산 『한국사 진실찾기』 2권 보냅니다.(국민은행: 00000 - 01 - 00000 : 공병구) 이 계좌로 보내주시기 바랍니다. 그럼, 안녕히 계십시오.

[회답]

접신 상태로 횡설수설하고 있어 일일이 대답할 가치가 없지만 수련을 계속하겠다니까 끝으로 한마디 하겠습니다. 공병구 씨를 지금 사로잡고 있는 착각과 조급증으로 뭉쳐진 접신령으로부터 스스로 벗어나지 못하는 한, 수련은 단 한걸음도 앞으로 나아가기는커녕 계속 퇴보만 거듭하게 될 것입니다.

내공이 된 정상적인 구도자라면 스스로 이를 깨닫고 어떻게 해서든지 그 접신령을 천도시키는 데 전력을 기울여야 할 것입니다. 그러나 지금 도리어 그 접신령에게 조종당하는 공병구 씨는 접신령을 천도시키는 대신 엉뚱하게도 『선도체험기』 저자를 공격하고 있습니다.

공병구 씨는 처음에 나에게 분명 다음과 같이 써 보냈습니다.

'1991년도에 『선도체험기』를 처음 접하고부터 107권까지 읽었습니다. 이 책은 제 인생의 길잡이가 되었고 여러 고비가 있었을 때 큰 힘이 되었으며 저를 이끌어 주었습니다.

이 책을 만나지 못했더라면 저는 아마 지금보다 더 먼 길을 돌고 돌아가고 있었을 거라 생각하고 있습니다. 제가 미련하였고, 먹고 사는 데 바빠 제대로 수행도 하지 못하고 그저 책만 보고 그 끈을 잡고 왔습니다.'

그런데 겨우 삼공재에서 고작 닷새 동안 수련해 보고 나서, 23년 동안 자기 인생의 길잡이가 되었다던 그 책의 저자를 보고 갑자기 남의 책 짜깁기나 해서 팔아먹는 사기꾼으로 매도함으로써 자기가 23년 이상 마셔온 우물에 침을 뱉고 있습니다.

도대체 이렇게 일관성 없이 변덕이 죽 끓듯 해 가지고서야 어떻게 구도자의 반열에 낄 수 있겠습니까?

구도자는 항상 마음이 편안하고 느긋하고 여유로운 때만이 늘 한 소식 하게 되어 있건만, 공병구 씨는 전혀 그런 준비가 되지 않은 채 나를 찾아온 것입니다. 『선도체험기』를 107권이나 읽었다면서 그 책이 말하고자 했던 핵심을 단 한가지도 파악하지 못하고 있는 것이 심히 유감스러울 따름입니다.

책이 배달되는 즉시 책값은 지체 없이 보내드릴 것입니다.

10차 선도수련 체험기

신 성 욱

2014년 5월 7일 삼공재 수련 310번째

삼공재 수련 시 허리가 몹시 아팠다. 1년 전부터 눈에 염증이 자주 생기고 약 50년 전 오른쪽 엉덩이 염증 자리가 2년 전 재발하여 째고 긁어낸 곳을 어제 또 긁어내야 했다. 저혈압이 고혈압을 거쳐 다시 저혈압으로 돌아오는 과정을 지나며 수련은 조금씩 진전되고 있는 느낌이다.

2014년 5월 9일

삼공 선생님이 나의 9차 선도수련체험기를 보시고 수련 중에 일어나는 내과 계통의 병은 모두 명현현상(기 몸살)이며 의사들은 기 몸살과 질병을 구분하지 못하고, 이것이 자주 생기는 것은 수련이 잘되어가는 결과이며, 기간은 며칠에서 1년까지 가는 경우도 있다 하셨다.

2014년 5월 10일

29일간 카라코람 실크로드 여행을 위해 인천공항 대기 중 배가 몹시 아프더니 출발 10분 전부터 백회에서 지금까지 느껴보지 못한 제일 큰 기운이 들어와 수련을 시작했다. 비행기 이륙과 상관없이 아랫배가 심하게 아프고 큰 기운이 계속 들어왔다. 승무원이 저녁식사 때라 이것저것 물어보는 통에 기운줄이 끊겨 아쉬웠다.

2014년 5월 17일

파키스탄 수도 이스라마바드 출발 KARAKORAM HWY를 따라 2박 3일 만에 HUNZA에 도착했다. 이곳은 세계에서 두 번째로 높은 K2봉에서 약 100KM 지점, 비록 KARAKORAM 산맥 끝자락에 있으나 주위의 산은 모두 6,000M 이상으로 눈이 덮여 있었다. 우리는 버스로 주변 산길을 관광 중 운 좋게 난생 처음 해무리(해 둘레에 생긴 둥근 테두리)를 보았다.

HUNZA는 세계적인 관광명소로서, 공기도 맑아 장수촌으로 알려져 있으나 생활상은 우리나라 60년대같이 신문지에 음식을 싸주고 희미한 백열등에 자주 정전이 일어났다.

나는 이곳 해발 2,500M의 호텔 잔디밭에서 햇살을 받으며 수련했더니 용천이 바늘로 찌르는 듯한 느낌이 강하게 들었다.

이번 실크로드 여행 중 KARAKORAM HWY 구간은 파키스탄 북쪽 TAXILA 부근에서 중국 KASHGAR를 연결하는 길이 1,300KM (파키스탄＝887KM, 중국＝413KM)도로이며 HUNZA 남쪽에는 세계에서 가장 높은 정상 아래 3개 산맥이 만나는 지점에 큰 안내판이 있어 우리는 여기서 기념촬영을 했다.

- HIMALAYAS 산맥 길이 = 2,400KM, 최고봉 = 에베레스트 8,848M, 세계 1위
- KARAKORAM 산맥 길이 = 500KM, 최고봉 = K2봉 8,611M, 세계 2위
- HINDU KUSH 산맥 길이 = 800KM, 최고봉 = 티르치 미르, 7,690M

2014년 5월 20일

파키스탄 SOST를 출발 KUNJERAB 고개(해발 4,740M)가 이번 여행 중 가장 높은 곳, 이곳 정상에 입국 검문소(중국)가 있고 우리는 짐 검사에 1시간 30분이 걸려 고산지대(4,000M 이상)를 통과하는 데 4시간이 소요되었으나 수련으로 호흡이 깊고 길어진 덕분에 2012년 9월 중국 여행시 나타났던 고산병 증세는 없었다.

2014년 5월 23일

중국 KASHGAR를 출발 TORUGAT 고개(H = 3,752M)에 위치한 키르기스탄 국경 검문소를 통과 후 3시간을 달려 조용한 산골 카라반 사이에 도착했다. 이곳은 사람이 살지 않지만 늦은 봄부터 눈이 녹고 풀이 자라 가축을 몰고 와 텐트를 치고 살고 있는 원주민 한 가구가 있었다.

우리 일행은 이곳 유목민이 사용하는 이동식 텐트 하나에 4명씩 야영(해발 3,100M, 밤은 영하), 주변 산은 모두 눈이 쌓여 텐트 안은

썰렁했다.

짐을 정리하고 간이침대에 누어보니 마음이 설렌다. 태어난 지 72년 4개월 만에 이런 추운 고산지대에서 야영을 하다니… 싸리 문틈으로 찬바람이 들어와도 어머니 품속에 잠든 어린애같이 마음은 포근했다.

3년 전 남산을 계단으로 오르지 못하던 내가 백두산보다 더 높은 텐트에서 하룻밤을 잘 용기가 어떻게 나왔을까? 내가 선도를 모르고 삼공 김태영 선생님의 가르침이 없었다면 어디서 이런 용기와 힘이 솟아오르겠는가?

2014년 5월 29일

키르기스탄 OSH, 시내 중심 바위산(높이 약100m)에 있는 이슬람 성지를 관광 중 노인이 길을 막고 어디서 왔느냐고 묻는다. 나는 한국인이라 대답하니 그는 반가워하며 자기 친구 고려인 고씨를 소개해 주었다.

그는 우리말과 영어를 모르지만 수백 년이 지난 오늘까지 조상의 뿌리를 지키기 위해 우리의 성(姓)과 전통(김치 등)을 지키면서 자랑스럽게 살아온 것이 정말 고마워 굳은 악수를 나누었다. 오후 수련 시 오른쪽 무릎 아래위 10cm 부근에 강력한 통증이 생기더니 약 1분 뒤에 사라졌다.

2014년 5월 31일

우즈베키스탄 FERGANA, 시내 차량의 50%가 대우자동차(마티스, 다마스 등)이고 지금도 생산 중이었다. 자료를 보면 이 나라 총 수입액의 16.4%가 한국 제품이니 자동차 주요 부품은 모두 한국에서 수입하고 있었다.

우리의 여행 길잡이는 은행보다 환율이 좋은 시장에서 환전을 권하여 나는 미화 100$를 주고 298,000SUM(1,000SUM 지폐 100장, 500SUM 396장, 모두 496장)을 받으니 가방이 가득했고, 특히 100장 한 다발에 2~3장씩 부족하니 세어보지 않을 수 없었고, 슈퍼에서 콜라 1리터에 500 SUM 지폐 10장이 필요하니 번거롭기만 했다.

또 하나 놀라운 것은 호텔마다 여권을 제출하면 투숙 증명서를 만들어 주니 좀 불안했으나 출국 시 확인하지는 않았다.

2014년 6월 5일

파키스탄에서부터 아프리카에서와 같이 설사가 났다. 위생이 나쁜 지역에서는 병에 든 생수라도 믿지 말고 내가 직접 끓여먹든가 아니면 콜라를 사먹었다. 또 며칠 동안 계속 콜라만 먹어도 별탈은 없었다.

2014년 6월 11일 삼공재 수련 314번째

지난 6월 7일 귀국 후 두 번째 수련. 오른쪽 무릎 위 10cm에서 3번 통증이 심하다가 약 30분 후 오른쪽 다리 전체가 아팠다. 어제는

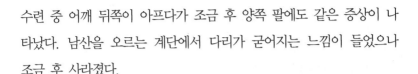

수련 중 어깨 뒤쪽이 아프다가 조금 후 양쪽 팔에도 같은 증상이 나
타났다. 남산을 오르는 계단에서 다리가 굳어지는 느낌이 들었으나
조금 후 사라졌다.

2014년 6월 29일

책상에 앉으면 목과 어깨를 조그마한 바늘로 찌르는 느낌이 들어
혹시 피부호흡을 하는가 의심이 되었다. 오후 수련 중 하늘에서 밤
송이가 날아와 백회에 꽂히고 그 사이로 기가 들어왔다.

2014년 7월 11일

오늘부터 붓다의 호흡법(아나빠나삿띠)에서 긴 호흡(숨을 들이쉴
때: 가슴을 최대한 팽창하고 복부는 최대한 수축, 숨을 내쉴 때: 복
부는 최대한 팽창, 가슴은 최대한 수축)을 시작했다. 힘이 조금 들었
지만 계속할 수 있을 것 같다. 이 호흡법은 2010년 9월 17일 1차 시
도하였으나 어렵고 힘들어 포기했었다.

수련 중 배꼽 우측 5cm에서 갑자기 통증이 심하다가 사라졌다.

2014년 7월 17일

서울대 입구 버스정류장에서 관악산 연주암(해발 629m)까지 4시간
20분 산행을 했다. 정상에 오르기 전 힘이 부족하였으나 내려올 때
는 다리가 풀려 시원한 느낌이 들었다. 다음날부터 가래가 전보다

적어졌다.

2014년 7월 25일

붓다의 긴 호흡이 1주일 지나면서 정착이 되었다. 이제 어디서나 수련 가능하며 (한 호흡 = 10분) 기는 전보다 더 잘 통하는 것 같다. 그러나 마음이 중단전과 하단전을 오고 가니 대맥으로 기가 돌기 전 임맥으로 돌까 걱정이 된다. 저녁 수련에는 중단전과 좌우 유중(젖꼭지)을 젓가락으로 단단하게 묶어놓은 느낌이 들었다.

2014년 8월 2일

자고 일어나면 어깨, 옆구리, 허리가 아프고 아침 수련 후에는 옆구리, 허리, 어깨가 일어날 때보다 더 많이 아픈 후 다리가 굳어지며 아프기 시작했다. 오후 남산을 오를 때에는 다리에 철삿줄이 박혀 있는 느낌이고 내려올 때는 엉덩이 살까지 아프니 이제 내 몸에서 아프지 않은 부위는 머리와 손과 발뿐이다.

요즈음 하루 수련 시간은 전과 같이 아침, 저녁 각 2시간(가부좌 = 1:30분 누워 30분)을 하고 있다. 누워서 수련하는 목적은 하단전과 용천 사이 기가 잘 통하므로 무릎이 좋아질 것으로 믿어서다.

요즈음 관악산에서 하산할 때 나도 모르게 계단을 뛰어 내려올 때도 있었으니 이것은 누워 수련한 덕분으로 생각된다.

2014년 8월 7일

1주일에 한 번씩 관악산 등산 4번째, 등산 전 다리가 굳어 걷기 어렵다고 생각했으나 걸을수록 다리가 풀리고 가벼워졌다.

삶이란 생, 장, 소, 병, 몰의 나룻배에 실려 계속 바다로 흘러가는 것, 그러나 나는 요즈음 뱃머리를 돌려 지나온 길을 되돌아가는 느낌이다.

감히 노쇠의 물결을 거슬러 올라가다니? 과연 그것이 실현 가능할까?

삼공 선생님께

이번 실크로드 여행에서 그동안 수련된 내 몸을 발견할 수 있는 기회를 가졌고 또 귀국 후에도 몸에 많은 변화가 계속되고 있습니다.

특히 관악산을 1주일에 한 번씩, 4번을 다닌 후부터 더욱 자신감을 얻었습니다. 요즈음 증세는 온몸이 다 아프며 특히 수련 후에는 더 심합니다.

며칠 전부터 시작한 붓다의 호흡법(아나빠나삿띠)에서 긴 호흡(숨을 들이쉴 때 가슴을 최대한 팽창하고 복부는 최대한 수축, 숨을 내쉴 때 복부는 최대한 팽창, 가슴은 최대한 수축)이 지금 제 수준에 맞는지요? 저의 체험기를 보시고 보완해야 할 사항에 대해 하교해 주시면 고맙겠습니다.

2014년 8월 8일 신도림에서 제자 성욱 올림

[필자의 논평]

붓다의 호흡법을 비롯하여 어떠한 수련 기법이든지 수행자 자신에게 적합하면 해도 좋습니다. 그러나 수련을 한 후에 온몸이나 특정 부위가 아프다면 주의해서 관찰해야 합니다. 통증이 금방 해소되지 않고 계속 아프면 일시 중단해야 합니다. 일단 중단했다가 일정한 시간이 흐른 뒤에 다시 시작했을 때 아프면 미련 없이 아예 중단해 버리는 것이 좋습니다.

관악산은 내가 20년 이상 일요일마다 구석구석 안 다녀 본 데가 없는 산입니다. 부디 정을 붙이고 오래 등반하시기 바랍니다.

태을주 읽기

선생님께

한동안 연락이 되질 않아 궁금했었습니다.

태을주 암송은 보통 사람들이 알아듣게 소리를 내면서 하는 건지 소리를 내지 않고 하는 것이 나은 것인지 궁금합니다.

2014년 8월 24일 미국에서 이도원 올림

[회답]

태을주는 편리한 대로 소리를 내어 읽어도 좋고 남이 알아듣지 못하게 암송을 해도 좋습니다.

호흡하는 단체

선생님 저는 전주에 사는 김환경입니다. 삼공수련을 하는 구도자로서 공부하는 도중 ○○재라는 ○○호흡 하는 단체를 접하게 되었습니다. 이곳 원장님께서 삼천 도계에 있는 단전을 가져와서 직접 제 단전에 넣어주십니다. 그 뒤로 그 때문인지 단전이 활발히 달아오릅니다.

이곳에서는 단전이 하늘의 도계에 있다고 하십니다. 이곳에서는 ○○합일이라 하여 신명으로서의 수행과 인간으로서의 수행을 구분하고 계시더군요. 자세한 것은 글로 말씀드리기가 어렵습니다. 죄송하지만 전화 한번 드려도 되겠는지요.

나름 몸 마음 기운 공부를 믿음으로 가는 저로서는 선생님 조언을 경청하고자 합니다. 감사합니다.

[회답]

○○호흡이 무엇인지 모르는 나에게 통화를 해 보았자 무슨 소용이 있겠습니까? 우선 ○○호흡에서 기준으로 삼고 있는 책이 있으면 그 책 이름과 구입방법을 알려주면 구해서 읽어볼 용의는 있습니다.

그런 다음에야 대화가 되지 않겠습니까?

그건 그렇고 얘기를 들어보니 김환경 씨는 지금 강신술(降神術)의 실험대상이 된 게 아닌가 생각됩니다. 이 세상에 공짜는 없다는 것은 철칙입니다. 이것을 어기면 반드시 대가를 치르게 되어 있다는 것을 선도체험기 독자라면 누구나 다 잘 알고 있을 것입니다.

수련은 수행자 자신의 내부의 자성이 싹 트고, 성장하여 꽃을 피우고 열매를 맺게 해야 합니다. 그 열매가 우주와 합일하고 신아일체(神我一體)가 되어야 합니다.

그래야 생사일여(生死一如)의 경지에 들 수 있습니다. 이러한 과정 이외에 외부에서 무엇을 받아들이는 일체의 방편은 강신술(降神術)에 지나지 않는다는 것을 명심하시기 바랍니다. 강신술에 빠져버리면 기껏 해야 사이비종교 교주가 될 뿐입니다.

사이비종교 교주의 특징은 잘못을 저지르고도 반성을 할 줄 모르는 겁니다. 왜냐하면 악령에게 접신되었기 때문입니다. 악령은 반성을 모릅니다. 히틀러, 스탈린, 김일성, 유병언 같은 사람들이 바로 그들입니다.

조선말의 역사에 부딪히면

선생님께

메일 잘 받았습니다. 증산도 도전의 내용 중에 서울 안암동에서 대공사를 진행한다고 했는데, 그 당시에 서울과 안암동이라는 지명이 한반도에 있었는지 그리고 김병욱의 선산 재실에서 하룻밤을 지냈다는데 지금 한국땅에 재실까지 있는 선산을 가진 집안은 거의 없는 걸로 아는데 조금 혼동이 됩니다.

그리고 각 지방의 관사나 청사 등의 유적지가 기록만큼 없는데 왜정 때도 관사로 재사용했다는 기록은 있어도 불태워 없앴다는 기록은 거의 없습니다. 조선 말엽의 역사에 부딪히면 당황스럽습니다.

2014년 8월 27일 미국에서 이도원 올림

[회답]

도전의 내용은 일일이 그때의 현장을 경험했던 사람이나 그 후손들의 증언을 채록한 것이므로 일단은 믿어주어야 도전의 내용을 제대로 파악할 수 있을 것입니다. 증산 상제님은 한반도를 세계의 중

심으로 파악하고 계시니까 일단 그 정신을 바탕으로 도전의 내용을
읽어야 할 것입니다.

역사 문제는 차후에 논의하는 것이 좋을 것입니다. 도전을 집필한
안경전 씨의 저서 『환단고기』를 읽어보면 그 역시 아직 반도사관에
서 벗어나지 못하고 있습니다. 한국인 쳐 놓고 반도사관에서 벗어난
사람이 도대체 몇 사람이나 되겠습니까? 한심한 일이지만 당분간 참
을 수밖에 없을 것입니다.

빙의령 천도에 효력이 있다

선생님께

메일 잘 받았습니다. 어차피 안경전 저자도 강증산 선생의 일대기의 증언만으로도 벅찬 일인데 대륙사관 문제를 잘못 언급하면 강증산 선생의 일대기까지 위증으로 오해받을 수 있으니 철저히 반도사관으로 일관할 수밖에 없었을 것이란 생각이 듭니다.

책에도 나왔듯이 어디서 공사를 하는 것보다 그 뿌리의 맥이 어디에 이어졌느냐에 달렸으니 그 문제는 숙제로 남기겠습니다.

태을주도 선생님 때문에 조금이라도 더 빛을 발하지 않을까 합니다. 저 같은 경우엔 빙의령 천도에 더 효력이 있습니다.

2014년 8월 28일 미국에서 이도원 올림

[회답]

태을주가 빙의령 천도에 도움이 되는 것은 그만큼 효력이 있다는 증거입니다.

도전을 끝까지 읽어보면 극동에서는 지축정립(地軸正立) 시에 일본은 3분의 2가 바다 밑에 가라앉고 중원 대륙은 산산이 쪼개져버리지만 한반도만은 몇 배로 영토가 늘어난다고 되어 있습니다. 그리고 일본의 미래학자를 비롯한 전세계 예언자들도 이와 비슷한 견해를 피력하고 있습니다.

만약에 우리 민족이 그 전처럼 반도로 이동하지 않고 그대로 대륙에 살다가 요즘 쓰촨성에서처럼 지진으로 한꺼번에 수만 명 또 수십만 명씩 몰살당하거나 지각변동으로 수장(水葬)된다면 대륙의 옛 땅을 되찾아보았다 한들 무슨 소용이 있겠습니까?

그런 것을 생각하면 우리가 한반도에 모여 살게 된 것이 결과적으로는 잘된 일인지도 모릅니다.

도전에 나오는 백 년 전에 있었던 천지공사들이 지금 그대로 하나하나 빠짐없이 현실화되고 있다는 것을 인정하지 않을 수 없습니다. 그야말로 우리는 지금 대개벽의 시기에 살고 있습니다.

『선도체험기』 108권을 28일에 우송했습니다.

몸 여기저기가 시원합니다

그동안 편안히 계셨는지요?

제 마음은 삼공선생님 앞에 가서 수련을 하고 싶습니다. 그러나 수련 정도가 미약하여 가지 못하고 있습니다. 현재 체중은 71.3kg입니다. 아직 6kg 정도는 더 **빼야** 합니다.

사무실 안 나가고 집에서 수련만 하면 정상적인 체중을 유지할 것 같으나 경제적 능력이 없으므로 현실에 적응하면서 살을 **빼야**겠습니다. 저의 수련은 단전이 따뜻하고 명문, 장심이 타오르고 있으나 지속적이지 않습니다.

언젠가 아침에는 오른쪽 장심과 왼쪽 머리 윗부분이 한동안 시원했습니다. 정강이가 시원하기도 하고 따뜻하기도 합니다. 가끔씩 머리가 조금씩 시원하기도 합니다. 새벽 3~5시 사이에 집중적으로 수련을 한 2주일 정도 했으나 수면 부족으로 그만두었습니다.

지금은 충분히 잠을 자고 난 후에 천부경, 하나님, 삼황천제님, 삼일신고 천훈~천궁훈 한자한자씩 외우면서 절을 하고 있습니다.

그리고 난 후 천부경 10번, 삼일신고 1번, 대각경 10번, 한, 한기운, 한마음, 한누리를 외웁니다. 그러면 몸이 저절로 도인체조를 하고 있습니다. 운기는 저절로 안 됩니다. 호흡은 편안하게 쉬어지는 대로 하고 있습니다. 아마도 때가 되면 저절로 되겠지요.

수련은 마음과 시간을 내면 저절로 되는 거 같습니다.

삼공선생님! 저는 나름대로 과거에 비해 열심히 수련을 했습니다. 그러나 하단전, 명문, 장심 등이 지속적으로 따뜻하지는 않습니다. 저는 하루 종일 계속해서 따뜻하고 싶습니다. 삼공선생님 지속적인 관심 부탁드립니다.

2014년 8월 28일 구례 오주현 올림

[회답]

몸 여기저기가 시원하다가 말았다 하는 것은 지금 수련이 한창 진행되고 있다는 것을 보여주고 있습니다. 시간 나는 대로 삼공재를 자주 찾아오면 수련에 도움이 될 것입니다. 삼공재 찾아올 때는 전화로 예약을 하여주시기 바랍니다.

친정에 가서 성묘하려고

아침저녁 일교차가 커지고 있는데 선생님 사모님 안녕하신지요. 선생님 서재에 빨리 가서 앉고 싶은 마음 가득하지만 참고 메일로 인사 올립니다.

2주전 사모님께 일요일은 수련생을 받지 않고 있다는 말씀에 너무나 죄송한 마음에 얼굴을 들지 못했습니다. 쉬는 줄도 모르고 꼬박꼬박 찾아뵈었으니 얄밉지는 않으셨는지요? 그런데 그런 생각은 잠시고 정신이 번쩍 났습니다.

정신 바짝 차리고 수련에 임해야겠다는 생각이 들었습니다. 선도체험기 안에 계신 선생님은 맑고 밝고 때로 날카롭기까지 하신데다가 직접 찾아 뵐 때는 늘 편안하고 따뜻하셔서 선생님 연세를 생각하지 못했습니다.

늘 삼공재에서 기다리고 계실 거라 생각했습니다. 그래서 2주에 한번 1시간만이라도 앉아있겠다는 생각을 수정하고 있습니다.

주중에 하던 산모 신생아 건강관리사는 2주에 한번씩만 하는 걸로 하고 막차에서 내려 외진 길을 걸어야 해서 서둘러 나왔었는데 지금은 중고차를 하나 샀습니다.

중심을 아이들과 수련에만 집중하겠습니다. 사모님께 그 말씀을 듣고 너무 죄송했는데 지금은 말할 수 없이 감사합니다.

올 추석은 처음으로 친정에 가서 성묘를 하려고 계획하고 있습니다.

음으로 양으로 저를 지켜주시고 계신 조상님들께 인사드리고 아이들도 인사시키고 돌아오겠습니다.

2014년 9월 1일 강화에서 김영애 올림

[회답]

주중에는 언제든지 오후 3시에 찾아오시면 됩니다.

일전에 선도체험기를 10년 이상 읽었다는 50대의 한 남성 독자가 찾아와서 오행생식을 하겠다면서 이제부터 삼공재에서 내 앞에 앉아서 수련을 하겠다고 하기에 기문이 열리지 않았으면 2시간씩 앉아있기가 어려울 것이라고 말했더니 아직 기문은 열리지 않았지만 5일 동안 만 삼공재에 오게 해 달라고 하기에 그러라고 했습니다.

5일 후에 그는 자기 집에서 수련하는 것보다도 삼공재에선 기운을 느낄 수 없다고 말하면서 나를 보고 남의 책 여기저기에서 짜깁기한 것을 팔아먹는 사기꾼이라고 했습니다.

내가 왜 이런 말을 하는가 하니 기문이 열리고 열리지 않는 것이 그 남자와 김영애 씨처럼 이렇게 차이가 난다는 것을 말하기 위해서입니다. 김영애 씨는 기문이 열렸으니 얼마나 다행이고 축복인지 모릅니다.

개벽하는 해

선생님께

메일 잘 받았습니다. 책은 받는 대로 연락드리겠습니다. 그리고 도전에 보니 강증산 선생께서 공사 중에 노랫말 가사에 병자중축 병자중축 병자개로야라는 대목에서 병자년이 두 번 지나고 다시 병자년이 오는 해가 2056년인데 그때 천지개벽이 이루어진다는 말인지 그 추측이 잘못된 것인지 잘 모르겠습니다.

이 책을 읽으면서 또 다른 많은 깨달음을 받는 것 같습니다.

2014년 9월 4일 미국에서 이도원 올림

[회답]

나는 두 번이나 도전을 읽어보았지만 그 대목은 주목을 하지 못했습니다. 개벽이 정확히 언제 일어나는지는 아무도 모른다고만 알고 있습니다. 그러나 격암유록에는 2025에 남북통일이 되고, 2023년부터 2050년 사이에 지축이 정립하는 대개벽이 일어난다고 분명히 기록되어 있습니다.

단전이 저절로 따듯해집니다

안녕하십니까? 선생님.

울산 사는 최성현입니다. 저번 겨울방학이 끝난 뒤로는 일주일 내내 일을 해야 했으므로 삼공재를 방문하지 못했습니다. 사실 꾸준히 방문해야 수련에 도움이 되는데도 불구하고 게으름 때문에 따로 시간을 내지를 못했습니다. 정말 죄송합니다.

현재 수련은 헬스장에서 달리기를 50분쯤 하고 기 공부는 3~40분 정도 가급적 매일하고 있습니다. 식사를 하고 출근해서 의자에 앉아 있으면 단전이 저절로 따듯해집니다. 식사는 웬만하면 생식으로 하고 있는데 가끔 과식을 해서 그런지 살은 전보다 2kg 정도 빠진 편입니다.

아 그리고 생식을 거의 다 먹어가서 다시 주문하려고 합니다. 계좌번호와 가격을 알려주시면 내일 바로 입금하겠습니다. 아무래도 고등학생들이 수능을 쳐야지 좀 여유가 생길 것 같습니다만 그전에라도 시간이 되면 꼭 찾아뵙겠습니다. 항상 감사합니다. 선생님.

2014년 9월 11일 최성현 올림

[회답]

단전이 저절로 따듯해졌다니 기문이 열린 것 같습니다. 선도의 첫 문턱을 넘는 것이 되므로 축하할 일입니다. 오행생식을 상식하면 수련은 가속이 붙게 될 것입니다. 신장 170cm에 체중이 66kg 정도면 표준생식을 하는 것이 좋습니다.

생식 값은 26만 2천원이고 계좌번호는 국민은행 431802 - 91 - 103970(예금주 김태영)입니다.

그리고 생식을 배달받을 정확한 주소와 휴대전화 번호를 꼭 알려주시기 바랍니다.

체질점검과 수련을 위하여

존경하는 삼공선생님께 삼가 문안인사 올립니다. 선생님 안녕하십니까? 저는 전주에 사는 유원근입니다. 찾아뵙지도 못하고, 잊어버릴 만하면 인사 올리게 되어 송구할 따름입니다.

부끄럽지만, 찾아뵙고 체질점검을 하여 생식(밀폐용기)을 구입하고 수련도 하고자 방문수락을 청하옵니다.

현재 저의 상황을 말씀드리겠습니다. 고혈압 약을 작년 8월부터 복용 중이며, 지난 4월부터 가끔씩 발생하는 심장 두근거림과 무력감, 어지럼증 등으로 정상적인 사회활동이 힘들어 집에서 쉬고 있습니다.

『선도체험기』를 다시 읽으며 (101권째) 생식을 하고, 하루 1시간 20분 정도 산행과 몸살림 숙제를 하고 있으며, 키 169cm, 체중 55kg입니다.

최근에는 108권에서 말씀하신 태을주도 염송하고 있습니다. 수련 정도는 장심과 단전에서 미약하게 기를 느끼는 정도입니다. 유달리 한 호흡이 매우 짧고(10초 정도) 기 감각이 둔합니다. 단전에 확실한 열감(熱感)을 느낀 후에 찾아뵈려 했으나 혼자 힘으로는 역부족인 듯합니다.

방문을 허락하시면 모레(6일) 찾아뵐까 합니다. 지난 7월부터 혈

압 약을 끊기 위해 절반으로 줄여서 복용 중인데, 체질점검에 지장
은 없는지요? 연락 기다리겠습니다.   안녕히 계십시오.

2014년 10 월 4일 전주에서 유원근 올림

[회답]

오래간만입니다. 아무래도 심하게 빙의가 된 것 같습니다. 10월 6일
오후 3시에 기다리겠습니다.

가족의 화두

삼공선생님, 안녕하십니까? 도율입니다. 선생님, 사모님 그 동안 별고 없으셨는지요? 자주 연락드리지 못하고 찾아뵙지도 못해 죄송합니다.

저는 올 2월 인천으로 근무지를 옮긴 후 8개월 정도 근무하고 있습니다. 법원 내 산악회 회장을 맡아 지지난 주에는 단체 산행을 다녀오기도 했습니다. 이렇듯 직장에서는 별 문제 없이 잘 지내고 있습니다.

그렇지만 가족 내부적으로는 큰 아이가 여전히 저와 우리 가족의 화두가 되어 하루하루 대응하고 있습니다. 이제 중 2인데 공부에는 흥미를 잃고 게임에만 몰두하고, 또 친구들과 어울려 자주 말썽을 피우고 있는 상황입니다.

기질적으로 그렇게 태어난 것인지 제가 자식 교육을 잘못 시킨 것인지 부모 말을 잘 듣지 않고 제멋대로 살려고 합니다.

타일러도 보고 혼도 내보기도 했지만 말을 잘 듣질 않습니다. 최근에는 새로운 휴대폰을 사달라며 사주지 않으면 공부를 다 때리 치우겠다고 엄마를 괴롭히고 있습니다.

벌써 선도위원회도 몇 번씩 열려 제가 학교에 가서 담임 선생님을 만나 상담을 하기도 했습니다.

공부가 문제가 아니라 반듯한 사람이 되어가질 못하는 것이 문제입니다. 더 이상 오냐 오냐 하지 않고 원칙을 정해 아이 말에 무조건 굴복하지 않기로 마음을 단단히 먹고 있습니다. 저의 자식 교육이 이전 정부의 햇볕정책처럼 상대방을 더 버릇없게 만들었다는 반성을 했습니다.

이것이 다 저의 전생의 업이겠지만 부모에게 막 대하고 버릇없이 구는 걸 보면 자주 화가 치밉니다.

이럴 때 관을 통해 평정을 찾고 있고, 항상 극한적으로 흐르다가도 마음을 비우며 아들이 저런 식으로 우리에게 전생의 원한을 푸는구나 생각하면 다시 안정을 찾곤 합니다.

제 자신을 다스리는 것보다 자식 교육을 제대로 시키는 것이 정말 어렵다는 것을 뼈저리게 느끼고 있고, 무자식 상팔자라는 것을 실감하기도 했습니다.

혼자 있을 때 운동도 하고, 수련도 하며 마음을 안정시킨 후 혼란스런 상황에 대응하는 나날이 계속되고 있습니다.

아마 이것이 현생에 저에게 주어진 가장 큰 숙제 중 하나일 것인데, 쉽게 운명적으로 받아들이지 못하는 아내를 보면 좀 안타깝기도 합니다. 좀 더 관찰하며 업이 해소되도록 노력하겠습니다.

아이 교육과 육아로 수련은 좀 정체되어 있지만 그럴수록 초발심으로 돌아가 열심히 해보자는 마음이 자주 듭니다. 몸공부, 마음공부, 기공부에 최선을 다하는 것이 모든 문제 해결의 첩경이 되겠지요.

최근 『선도체험기』 108권이 나왔다고 하는데 『선도체험기』 108권 (109권이 나왔다면 109권도 포함해서 보내 주십시오)과 『구도자요결』 을 다음 주소로 보내주시면 배송비 포함해서 입금해드리겠습니다.

하루하루 죽을 각오로 저에게 주어진 숙제를 풀며 살아가도록 하겠습니다. 항상 건강하시고 계속 좋은 책 오래도록 나올 수 있기를 간절히 기원합니다. 안녕히 계십시오.

2014년 10월 6일 도율 올림

[회답]

큰 아드님은 지금 한창 사춘기를 겪고 있어서 그러니 시간이 흐르면 곧 안정될 것입니다. 사춘기에 부모한테 실컷 심술을 부려보지 못하면 도리어 비뚤어지는 수도 있다는 것을 알아야 할 것입니다. 책 두 권 부쳤습니다. 책값하고 배송료 합해서 3만 4천원입니다.

도(道)냐 종교(宗教)냐

선생님 그동안 안녕하셨습니까. 사모님도 안녕하신지요. 기억하실지 모르지만 저는 유도운입니다.

선생님께서 일요일 방문수련 폐지 후 메일도 못 드리고 찾아 뵙지도 못한 불초 제자이옵니다.

어제 체험기 108권 잘 읽었습니다. 여전히 건재하신 것 같아 다행스럽습니다.

저는 수련에 있어 이렇다 할 뚜렷한 성과가 없어 별로 드릴 이야기는 없습니다.

하지만 몸 기 마음 공부는 나름 착실히 하고 있습니다.

108권에는 모 종단의 수행주문과 책에 대해서 쓰셨더군요. 그 종단에 대해서는 체험기에도 여러 번 언급되었던 것으로 알고 있습니다. 그런데 이번에는 많이 긍정적인 것 같았습니다.

저도 김일부, 최수운, 강증산 님의 생애와 사상과 주문에 관심이 많습니다. 하지만 그 종단이 선생님께서 늘 강조하시던 사이비종교 구별법에서 얼마나 벗어나 있는지 의심스럽습니다.

우상화, 엽색, 축재, 폭력 4대 감별법 말입니다. 유튜브에 그 종단의 최측근에 있었던 사람이 적나라하게 올린 동영상이 많이 있습니다.

천해와 너무 닮았더군요.

책의 제조 과정까지도요. 선생님도 한번 들어가 보세요.

물론 저는 그와 종단 사이 누가 진실인지 알지는 못합니다. 판단
은 현명한 독자의 몫이겠죠.

혹시 체험기를 읽고 선생님의 여러 독자가 그 단체로 향하지 않을
까 하는 노파심이 앞섭니다.

체험기에는 천해, 슈마 이, 라즈, 수 제, 모습, 파 궁 등 여러 인
물이나 조직 단체가 언급되어 있습니다.

많은 독자들이 그때마다 그들을 따라 다녔습니다. 물론 선생님은
체험기이기 때문에 여러 시행착오가 있을 수 있다고 일축했습니다.
아마도 더러 책임감도 느끼셨을 것이고 사려 깊지 못한 독자들의 어
리석음도 탓하셨으리라 봅니다.

이제 선생님도 팔순이 넘으셨고 좀 더 완숙하시며 옛날의 착오를
되풀이 하지 않아도 될 때가 되었다고 생각하기에 이렇게 글월 올리
는 것입니다.

자칫하면 선생님에 대한 독자들의 신뢰가 떨어질 수도 있습니다.
신이든 개벽이든 주문이든 스승이든 모두 내 마음 속에 있고 그 속
에서 생멸을 거듭하는 것 아니던가요.

바른 마음, 바른 생각, 바른 행동만 한다면 주문이나 개벽이나 병
겁이나 죽음이니 삶이니 무슨 의미가 있겠습니까?

선천이면 어떻고 후천이면 또 어떻습니까?

인연 따라 업보 따라 수행의 정도 따라 그 세계를 유주하겠죠. 오
늘 여기서 죽어 내일 미국에 태어날지 독일에 태어날지 모르는데 조

상이니 민족이니 뿌리니 하는 것도 우습습니다. 굳이 따진다면 한 뿌리이겠지요.

저 하늘의 흰구름처럼 이합집산을 되풀이하는 우리네 인생 한낱 꿈이 아니던가요.

다만 무상할 따름입니다.

오랜만에 선생님께 드리는 메일이 다소 냉랭해진 느낌입니다.

언제 다시 선생님을 찾아 뵐 수 있을지 기약도 못 드리겠습니다.

다만 이런 시건방진 독자도 있구나 하고 일소하시면 감사하겠습니다.

안녕히 계십시오.

갑오년 입추지절(2014년 10월 7일) 미거한 독자 올립니다.

[회답]

『선도체험기』 108권에서 언급한 대상을 나는 어디까지나 도로 보았지 흔해빠진 여느 종교로 보지 않습니다. 불경, 요한계시록, 노스트라다무스, 격암유록 같은 동서고금의 각종 예언서들은 말할 것도 없고 대부분의 미래학자들과 천문학자들도 미구에 23.5도 기울어진 타원형의 지구가 바로 서면서 정구형(正球形)이 되는 대격변이 일어나, 바다가 육지 되고 육지가 바다 되는 한편, 지상 인구의 10분의

9 이상이 사망한다고 예언하고 있습니다.

요즘 일어나는 전에 없는 기후변화와 지진, 화산 폭발 등으로 지구는 그러한 변화의 길을 이미 가고 있습니다.

생사를 초월한 구도자가 그런 것에 관심을 가져서는 안된다고 하면 할 말은 없지만 이타심(利他心)과 정의감이 있고 상생을 추구하는 구도자라면 최소한 이러한 지각변동을 앞두고 가능한 한 어떤 방법으로든 인류를 위해 기여해야 한다고 봅니다.

그런데 내가 알기에는, 동서고금에 증산도 도전(道典) 외에는 이러한 지구적 위기에 대한 대처 방법을 구체적으로 제시한 경우가 없다는 겁니다.

그러나 신기하게도 백 년 전에 이에 대한 대처방법으로 증산 상제님이 시행한 천지공사대로 이 지구는 움직여 가고 있는 것을 도전을 읽어 본 사람은 그 누구도 부인할 수 없을 것입니다.

내가 증산도를 주시하는 이유가 바로 이것입니다.

도전이 말하는 대처방법이 옳고 그 외에는 다른 선택의 여지가 없다면 어떻게 하겠습니까? 아무 일도 안 하고 속수무책으로 앉아있다가 옛날 새색시처럼 얌전하게 죽음을 맞이하기보다는 어떻게 하든 살길을 찾아보다가 다행히 그 길을 찾았다 싶으면 가족과 이웃에게 알리는 것이 구도자가 마땅히 해야 할 하화중생(下化衆生)하는 일이 아닐까 생각합니다.

증산도가 사이비종교 때는 어떻게 하는가 하고 우려할 사람이 있을 수 있습니다. 선도체험기 독자 쳐놓고 사이비종교 교주 알아내는 방법을 모르는 미련한 사람은 없을 것이고, 어떤 조직에든지 덜컥 가입부터 해 놓고 보는 어리석은 사람 역시 없을 거라고 봅니다.

우리나라에서 사이비종교가 가장 많은 종단은 기독교와 불교 계통입니다. 그렇다고 해서 성경과 불경까지도 사이비라고 배격당하지는 않습니다. 나 역시 기독교와 불교 계통의 사이비종교는 배격할지언정 성경과 불경은 배격하지 않듯이, 도전(道典)을 배격할 생각은 없습니다.

도전에 보면 지축이 바로 서면서 '동서남북이 눈 깜짝할 사이에 바뀔 때는 며칠 동안 세상이 캄캄하리니 그때는 불기운을 거둬버려 성냥을 켜려 해도 켜지지 않을 것이요, 자동차도 기차도 움직이지 못하리라. 천지 이치로 때가 되어 닥치는 개벽의 운수는 어찌할 도리가 없나니 천동지동(天動地動) 일어날 때 누구를 믿고 살 것이냐! 울부짖는 소리가 천지에 사무치리라. 천지대도에 머물지 않고서는 살 운수를 받기 어려우니라. (도전 2:73:2~7)'는 말이 있습니다.

만약에 우리가 이러한 천체 현상을 미리 알고 있다면 누구나 당황하지 않고 사전에 대비할 수 있고 침착하게 살길을 찾으려 할 것입니다.

그러나 이것을 전연 모르는 사람들은 그 순간 아비규환에 사로잡혀 좌충우돌하다가 떼죽음을 몰고 올 수도 있습니다.

내 의도는 혹시 일어날 수도 있는 이러한 불의의 참사를 미리 막아보자는 것입니다. 제아무리 구도에 집중해야 하는 구도자라고 해도 부모형제와 친척 그리고 이웃들을 위하여 이 정도의 봉사는 당연히 해야 된다고 보기 때문입니다.

지축(地軸)이 바로 설 때 수일 동안 불끼 없는 암흑천지에 휩싸이게 된다는 것을 미리 알고 있었다면 가족과 이웃에게 이것을 널리 알려 그런 일이 일어나도 놀라지 않게 하고 미리 취사를 하지 않아도 되는 비상식량을 확보하여 안심하고 그 난관을 극복하게 할 수 있게 해야 할 것입니다.

그러나 이런 구질구질한 것 다 집어치우고 생사와 무상한 인생을 다 마음에 품고 뜬구름처럼 살다 가면 그만이라고 굳이 우긴다면 더 할 말이 없긴 합니다만.

천리전음(千里轉音)

어제 선생님 앞에서 수련이 끝나갈 즈음 제 마음속에서 이런 생각들이 들었습니다. 다른 사람 마음을 편하게 해주는 것이 결국은 내 마음을 편하게 하는 것이다. 만물을 편하게 해주는 것이 결국은 나를 편하게 하는 것이다.

따라서 만물은 나다. 나와 만물은 하나다. 나는 만물이다.

만물은 하나에서 나오는 나툼이다. 나는 하나님이고 하나님은 나다. 내 안에 하나님이 있고 바람도 비도 산천초목도 다 내 안에 있다. (다만 내가 수련이 미약하여 확인하지 못할 뿐이다.)

일시무시일이고 일종무종일이다.

죽고 사는 것에 연연하지 말아라. 죽음은 단지 옷을 하나 갈아입는 것일 뿐이다. 장자처럼 아내의 죽음을 앞에 놓고 비파를 타면서 새 생명의 탄생을 기뻐하라. 선생님이 없어져도 걱정하지 말고 슬퍼하지 말아라.

지감조식금촉을 끝까지 수행하다 보면 알게 된다. 선생님이 수련 중인 저에게 이런 생각을 전해주셨다는 생각도 들었습니다.

이것이 천리전음인가요? 제 생각이 맞는지 모르겠습니다. 오늘도 선생님이 저에게 무엇인가 메시지를 보낸 거 같습니다.

수련을 새로 시작하세요라고. 머리가 세 번 정도 찌근거립니다. 이것도 맞는 것인가요? 아마도 다른 사람이 이 내용을 보면 미쳐도 단단히 미쳤다고 하겠지요? 단전이 불타오르려고 시동을 걸고 있습니다.

옆구리가 아파서 절 수련을 억지로 하고 있었는데 삼공재에 가서 수련을 한 뒤로 99%는 나았습니다. 글로나마 감사를 드립니다. 저는 절 수련과 금촉 수련을 106일째 하고 있습니다. 직장 동료들과 어울리다 보니 이 수련은 잘 안되고 있습니다.

앞으로는 잘되게 할 방법을 연구하고 있습니다. 하단전을 강화하기 위해서 경사도가 있는 길에서 달리기와 걷기를 하고 있습니다.

앞으로도 지속적인 관심 부탁드립니다.

2014년 10월 10일 구례에서 오주현 올림

[회답]

오주현 씨의 자성(自性)인 진아(眞我)가 가아(假我)에게 진리를 일깨워주는 겁니다. 천리전음이라고 해도 좋습니다. 수련이 상승기(上昇期)에 접어들었으니 때를 놓치지 말고 목욕재계(沐浴齋戒)하는 심정으로 심신을 정화해야 합니다.

술친구들과 어울려 주색잡기나 도박에 빠지든가 하면 다된 음식에 콧물 빠뜨리는 격이 될 것입니다. 매사에 자중자애(自重自愛)하기 바랍니다.

태을주 수련

스승님 그동안 안녕하셨습니까? 부산의 박동주입니다. 3주 전쯤에 삼공재 방문 드린 후 이제야 메일로 인사를 여쭙니다. 그동안 선도체험기 108권과 스승님께서 읽어 보라고 추천해주신 증산도 관련 서적을 쭉 읽어 보았고 지금도 읽고 있습니다.

증산도 서적은 도전을 비롯, 개벽 실제상황, 춘생추살, 생존의 비밀 그 밖에도 증산도에서 홍보용으로 나눠주는 여러 가지 책들(개벽을 대비하라, 상생의 문화를 여는 길, 한민족과 증산도, 다이제스트 개벽 등)을 읽어 보았습니다.

증산도 책들은 제가 인터넷 검색을 하다가 증산도 카페에서 무료로 책자를 보내준다기에 신청을 해서 받은 책들이고 '도전'과 '개벽실제 상황' 등은 증산도 측에서 구입을 하여 읽게 되었습니다.

그리고 책들을 읽으면서 태을주 및 시천주주도 외우며 수련을 하였습니다. 우선 태을주는 엄청난 주문이었습니다. 현묘지도 수련 당시 화두수련을 할 때처럼 엄청난 기운이 쏟아졌으며 몇 년째 제 몸에 들어 와 있는 구렁이님(뱀님?)까지 몸 구석구석 찾아내어 잡아당겨 끌어내는 느낌을 받았습니다.

태을주를 외우면 빙의령 천도도 몇 배는 빨리 되는 것 같고 기운도 그만큼 강하게 들어옵니다.

정말 열려라 참깨 같은 주문이고 신령스러운 주문입니다.

태을주를 외우며 수련을 하는 도중에 호흡이 정지된 것 같은 상태에서 끊임없이 기운이 들어오는 현상을 여러 번 체험했습니다.

들숨을 쉬는데 끊임없이 들숨이 쉬어지며 급기야 호흡이 정지된 거 같은데도 제 몸 중앙에 기둥이 서 있는 듯, 기운이 계속해서 들어오며 숨을 쉬지 않는 상태인데도 불편하지가 않았습니다.

태을주 기운이 강한 만큼 거기에 버금가는 빙의령들도 많은 터라 태을주를 외우며 수련하는 동안 온갖 찌꺼기들이 정리되고 있는 중입니다.

태을주가 이렇게 영험하다 보니 저는 자연스레 도전을 비롯한 강증산 상제님의 도법을 쫓는 증산도도 궁금하여 3주 동안 증산도 관련 책을 계속 보게 되었습니다. 3주 전에 삼공재에 갔을 때 스승님께서 개벽을 대비해서 태을주를 외우라고 하셨을 때는 정말 좀 놀라고 의아했었습니다.

태을주는 제가 어려서부터 익히 알고 있는 주문이기도 하였지만 증산도 하면 사이비라는 선입견이 있었기 때문입니다.

우선은 "도에 관심 있습니까?"로 유명한 대순진리회부터 시내에 나가면 늘 개벽을 외치며 홍보용 책자와 말세에 살아남는 법을 전도하는 증산 관련 종교단체를 쉽사리 접할 수 있었기 때문입니다.

대학생 때 일이었습니다. 집에 가는 버스를 기다리고 있었는데 도에 관심 있냐고 접근한 두 여성분이 저에게 계속 기에 대해서 조상에 대해서 얘기하는데, '이 사이비는 도대체 어떻게 혹세무민할까

하고 미친 척하고 알고 싶어서 따라가 본 적이 있었습니다.

대뜸 저를 데리고 가서는 무속인도 아닌데 사주팔자를 봐주며 이쪽 계통 공부하는 팔자라며 원한 있는 조상신이 못살게 군다고 제사를 지내야 한다고 하더군요. 천도재 같은 제사였던 것 같습니다.

학생이라 돈이 없다 하니 목에 걸고 있는 목걸이를 내놓으라 해서 언니 꺼를 빌려서 차고 있다 하니 후일 전화할 테니 전화번호 적고 가라 했습니다. 저는 거짓 전화번호 적고 무사히 빠져 나온 기억이 있습니다.

물론 좀 무모한 호기심이었지만 제 눈으로 확실한 실상을 알고 나니 그 도에 대해서는 사이비라는 각인이 확실히 박혀있었습니다.

또한 저는 어렸을 때부터 태을주를 비롯 시천주주 같은 주문에 친숙하였습니다. 다름 아닌 저희 외할머니께서 증산 상제님의 도를 믿는 미륵신앙의 신자셨기 때문입니다.

어려서부터 저희를 키워 주셨던 외할머니는 새벽에 일어나시어 늘 정화수를 떠 놓으시고 태을주를 비롯 여러 주문수행을 하시는 모습을 봐 왔기에 제 머릿속에 태을주는 친근한 주문이었습니다. 외할머니께서는 작년에 94세를 일기로 요양원에서 돌아가셨습니다.

제 기억 속에 외할머니는 지금의 사이비 같은 도인이 아니셨고 정말 성심으로 수련하시고 착하게 살려고 노력하신 구도자이셨습니다.

물론 그 궁극의 도가 말세에 살아남아 후천 개벽기에 영생을 누린다는 바램이셨지만요.

저희 가족들은 외할머니가 믿으신 도에는 아무도 관심이 없었고 외할머니께서 사이비에 빠져있다고만 생각하였던 것 같습니다.

그런 인연 덕분인지 태을주를 외우면서 외할머니가 계속 보이고, 요즘 꿈에도 가끔 나타나십니다.

수련 중에 잘 천도되신 것 같기도 하구요. '도전'과 '춘생추살' '개벽실제상황' 같은 책들을 읽으니 지금과 같은 자연재해와 전염병의 공포로 혼탁한 지구에 빛줄기 같은 내용들이 가득했습니다.

하지만 증산도의 책들을 읽다 보니 좀 회의적인 부분이 있었습니다. 물론 강증산 상제님께서 행하신 천지공사 내용이나 도전의 내용들은 훌륭했지만 그분의 뜻을 받든다는 미명하에 조직을 만들어 그 조직을 운용하는 사람들은 믿기가 힘든 부분이 있습니다.

태을주 자체가 영험한 주문이다 보니 그 기운으로 말미암아 의심의 여지가 없지만, 증산도 내에서는 괴질을 막을 방편으로 태을주 수련 외에 의통(醫通)이라는 것을 전수받아야 한다고 합니다.

이 부분은 제가 궁금해서 직접 모 증산도 도장 최고 책임자에게 물어본 내용입니다.

그 의통이라는 것이 실물이며 도장(圖章)입니다. 그 도장을 인당에 찍어주는 의식을 행해야 하는데 그것을 의통을 전수받는다 합니다.

또한 서신(西神)의 작용인 괴질을 막기 위해서 허리에 차고 다니는 뭔가가 있으며, 가족들을 보호하는 구실로 집에 붙이는 부적 같은 것도 있다고 합니다. 그것은 물론 비용이 들어가는 부분이겠지요.

어떤 종교나 단체도 그 조직을 유지하기 위해 일정한 의식과 금전은 필요한 부분이겠지만 말세의 어지러움을 이용해 중심을 잡아줄 근본의 진리가 아닌 편법이 더 우선시된다면 그것 또한 경계해야 할 부분이 아닐런지요.

그리고 이런 파장을 아시지만 이를 널리 알 수 있는 혜안을 주신 스승님께 감사드립니다.

내일 지구의 종말이 온다 해도 나는 오늘 한 그루의 사과나무를 심겠다고 말한 스피노자의 말처럼 후천 개벽기에 살아남아 신선 같은 삶을 살아 보겠다는 이기적인 마음보다 한 그루의 사과나무를 심는 진리가 더 귀하게 다가옵니다.

책을 읽다가 며칠간 든 생각은 남들은 다 죽는데 나 혼자 살아서 뭐 할 것이며 어차피 죽는 것은 두렵지 않는데 지금의 현실에 최선을 다하며 산다면 죽어도 여한이 없겠다는 생각입니다.

물론 태을주는 열심히 외우며 수련하고 있습니다. ㅎㅎ

또한 책 읽고 나서 좋은 점은 요즘 들어 아이들에게 공부공부 하고 채근하지 않는다는 점입니다. ㅎㅎ

수련 중에 또 다른 사항이 있으면 메일 드리겠습니다. 건강하십시오. 스승님!

2014년 10월 20일 박동주 올림

[회답]

나는 기독교도도 아니고 불제자도 유교도도 도교도도 단군교도도 아니지만 『성경』, 『불경』, 『사서삼경』, 노자의 『도덕경』과 『장자』, 『천부경』, 『삼일신고』, 『참전계경』은 열심히 읽고 있습니다. 왜냐하면 이들 경전들 속에는 진리가 깃들어 있기 때문입니다.

그와 마찬가지로 나는 증산도 신자들이나 그 조직을 보고 도전을 읽은 것이 아니라 도전 자체 속에 진리가 들어있기 때문에 읽습니다.

박동주 씨가 태을주를 읽고 큰 효험을 보았다니 기쁘고 대견하기 짝이 없습니다. 진리에는 기독교, 불교, 유교, 도교, 단군교, 증산도가 다 같이 하나로 통해 있다는 것을 박동주 씨는 실체험을 통해 체험하고 있습니다. 도문(道門)이 열린 것 같아 흐뭇하기 짝이 없습니다. 계속 분발하시기 바랍니다.

도문과 기문

스승님 답 메일 잘 받았습니다. 스승님께서 대견해하시니 더욱 분발토록 하겠습니다.

한가지 궁금한 것이 도문(道門)이 열렸다고 하셨는데 그것은 무슨 뜻인지요?

우리가 흔히 알고 있는 기문이 열렸다는 뜻과 무슨 차이가 있는지 궁금합니다.

태을주의 기운이 막강하다 보니 자연 증산도의 다른 주문도 궁금해져서 지금 외워보고 있는 중입니다.

증산도에는 태을주, 시천주주 말고도 총 9개의 주문이 있는 것으로 알고 있습니다.

수련 중에 어떤 변화가 있으면 바로 메일 드리겠습니다.

[회답]

기문이 열리는 것은 축기가 되어 운기조식할 수 있는 것을 말하고, 도문이 열리는 것은 내공으로 진리가 무엇인가를 분별해 낼 수 있는 능력을 갖게 된 것을 말합니다. 구체적으로 말해서 사이비종교

따위에 혹하지 않는 것을 말합니다.

맛의 세계

미(味) 맛 미, 맛이 좋으면 많이 먹는다. 많이 먹는 것은 맛이 있어서 지금 먹지 않으면 다음에 먹을 기회가 없기 때문에 많이 먹고, 육체가 원하는 포만감을 충족시키기 위해서다.

그리고 특식인 경우는 이번이 아니면 더욱 특별식을 먹을 기회가 없기 때문에 죽기 살기로 많이 먹는다. 내가 빨리 먹지 않으면 다른 사람이 먹기 때문에 더욱더 먹는 데에 열심이다. 여기에 이기심이 자리잡고 있다. 내 배를 많이 채워야 욕망이 충족되기 때문이다.

나 아니면 다른 사람이 먹으면 얼마나 좋은가? 다른 사람이 못 먹으면 돼지가 먹겠지. 돼지도 먹고 살아야 한다. 내가 조금 먹으면 다른 만물(돼지 등)이 먹는다. 다른 만물이 희생되지 않고 제 갈 길을 간다. 결국 상부상조하려면 내가 적게 먹어야 한다. 내가 적게 먹으면 지구 환경도 좋아질 것이다. 모든 것은 나로부터 시작된다.

나도 살고 만물도 살려면 내가 더 먹고 싶은 마음의 장난에, 육체의 장난에, 가아의 장난에 놀아나지 말아야 한다. 거짓 나를 버리고 진짜 나를 찾아야 한다. 진짜 내가 원하는 것, 상부상조하는 이화세계를 위해 먹는 것부터 실천해야 한다. 사실 먹는 것이 거의 전부다.

배가 부르면 소화시키기 위해서 많이 쉬어야 한다. 쉬려면 누워야 한다. 자야 한다. 쉬면 수련을 안 한다. 배가 부르면 호흡이 안 된다. 수련도 안 된다. 축기가 안 된다.

수련은 매초마다, 순간순간이 지속되어, 하루가 된다. 하루가 열흘이 되고 1달, 1년이 된다. 지금 하지 않으면, 오늘 하지 않으면 내일이란 없다. 항상 생각이 단전에 가 있어서 지속적으로 단전호흡을 해야 한다. 의념을 단전에 두어야 한다. 수련의 성패는 순간순간 생각이 단전에 가있고 공아(空我 즉 진아)가 되는 것에 달려있다.

그동안 내 수련의 실패는 과음 과식이 주된 요인이었다. 그리고 성욕에 있었다. 성욕과 과음은 해결이 된 거 같은데 과식이 문제다. 스트레스가 쌓이면 먹는 것(과음, 과식)으로 풀고 싶어진다. 그리고 주위에서 먹으면 못 이기는 척하며 따라서 먹는다. 여기에 중요한 키 포인트가 있다. 스트레스의 원인과 못 이기는 척하는 마음을 아는 것이다.

원인을 제거해야 한다. 원인은 인과에 의해 성립이 된다. 타인보다 업무에서 조금 더 인정받고, 더 잘살고, 더 빨리 승진하고, 더 맛있는 것을 많이 먹고, 인간관계를 더 친밀히 하고 싶은 이기심 때문이다. 이기심이 문제다. 인과를 해결하는 방법은 이기심을 버리는 것이다.

이기적인 나를 극복해야 한다. 이기적인 나를 버리고 공적인 나를 찾아야 한다. 진아란 무엇인가? 진아가 되려면 어떻게 해야 하는가?

나만 잘 먹고 잘살지 말고 다같이 잘 살려고 하는 마음을 가지고 실행에 옮기면 된다. 상부상조하는 인간, 홍익인간 하면 된다. 홍익인간은 진아다. 진아는 역지사지 정신을 실행한다. 역지사지하면 만물이 편해진다. 만물이 편하면 편안한 세상이다.

편안한 세상은 자유스럽고 유연하다. 여여하다. 도 닦는 사람들은 자유스럽고 유연한 세상을 만들기 어려우니 산속으로 들어갔을까? 산속으로 들어간다고 해결이 될까? 해결이 안 되면 방하착한다. 해결이 되든 안 되든 중심공에 맡기고 살아간다.

진아란 오른손이 하는 일을 왼손이 모르게 한다. 비 온 뒤 황혼 무렵의 따스한 햇빛을 온몸에 받고 있으니 축축한 몸도 말리고 마음까지 훈훈해진다. 아침에 떠오르는 고요하고 맑은 따스한 햇빛이고 싶다.

너무 뜨거우면 시끄럽고, 타서 없어지고, 힘들어지므로 아침 햇빛이고 싶다. 조용히 자연에 순응하면서 살고 싶다. 있는 듯 없는 듯 가아를 한 꺼풀씩 벗어내고 진아를 향해, 중심공을 찾으러 항해하고 싶다.

가아에서 벗어나 진아를 찾으려면 마음이 바뀌어야 한다. 가장 돈이 안 들고 가장 크게, 가장 완벽하게 진아를 찾는 방법은 하나님 마음이 되는 것이다. 마음은 진아도 되고 가아도 된다. 내 마음이 하나님의 마음이 되어야 한다. 진아가 되어야 한다.

이 세상 만물이 진아를 찾아 인생이라는 항해를 향해 가도록 기원하고 싶어집니다.

너무 이야기가 길어졌습니다.(귀중한 시간을 허비하게 해서 죄송합니다.)

2014년 10월 22일 구례에서 오주현 올림

[회답]

계속 정진하여 오주현 씨의 마음이 하느님 마음과 하나가 되기 바랍니다. 하느님 마음과 하나가 되었다가도 어느 순간에 자기도 모르는 사이에 가아(假我)가 튀어나오는 일이 반복될 것입니다.

그렇다고 해서 실망하지 말고 계속 정진하면 그러한 빈도가 점점 줄어들게 될 것입니다. 그 빈도가 완전히 없어질 때까지 쉬지 말고 용맹 정진하다가 보면 마침내 우아일체의 서광이 비칠 때가 올 것입니다.

조식에 관한 질문

조식에 관한 질문입니다.

저는 천부경, 대각경, 삼일신고, 태을주를 외우면서 호흡에 관계없이 편안하게 호흡을 하고 있습니다. 최소한 들이쉬는 숨 30초, 내쉬는 숨 30초 정도는 해야 할까요? 아니면 지금 하든 그대로 편안하게 호흡을 해야 할까요?

항상 감사합니다.

2014년 10월 24일 구례 오주현 올림

[회답]

호흡은 지금까지 하던 그대로 하면 됩니다.

농부의 시간도 갖고

선생님께

오랜만에 선생님께 메일을 보내는 것 같습니다. 선도체험기와 춘생추살 그리고 증산도 도전을 두 번째 읽으면서 제가 변화하는 모습을 관찰하느라고 기다렸습니다.

또한 집 뒷마당에 있는 여러 그루의 크고 작은 나무들을 잘라내고 잔디밭에 20여 그루의 감나무, 무화과, 복숭아 등의 과실나무를 심느라 농부의 시간도 갖고 하니 마음이 많이 영글어 가는 것 같습니다.

마치 가을 수확기처럼 풍성해지고 여유가 생겨 주위를 대할 때 좀 더 따뜻하게 전달되는 것 같습니다. 웬만큼 힘들고 어려운 고비가 언제라도 다시 수없이 오더라도 덜 변화하고 다시 제자리로 금세 돌아가 미소 지을 수 있을 것 같습니다.

물론 건강과 에너지도 더욱 좋아졌습니다. 그리고 삼공선도의 발전도 때를 기다리는 것이 아닌가 하는 생각을 합니다.

또한 도해는 아주 건강한 것 같습니다. 선생님께 다시 감사올립니다.

2014년 10월 25일 이도원 올림

[회답]

오래간만에 메일 반갑습니다. 과일 나무 심는 농부의 시간을 갖다니 아파트에 사는 나 같은 사람에게는 무릉도원의 신선 같습니다. 부디 평화롭고 유익한 성숙의 시간 많이 갖기 바랍니다. 도해가 건강해졌다나 무엇보다도 반갑고 고마운 일입니다. 지난 10월 12일과 19일에는 1년 5개월 만에 도봉산 등산을 혼자서 했습니다. 그러나 그전 코스의 반밖에 못 갔습니다. 자주 소식 보내기 바랍니다.

불식(不息)

질문입니다.

참전계경 제29조 불식(不息)이란 지극한 정성을 끊임없이 다하는 것이다. 쉬지 않음과 쉼이 없음은 각기 차이가 있느니 도력의 왕성함과 쇠퇴함, 사람의 욕심의 줄어들고 늘어남이 그것이다. 처음에는 터럭 끝만한 틈이 생기지만 나중에는 하늘과 땅의 차이로 벌어지느니라.

1. 앞 문장에서 쉬지 않음은 가아의 정성이고, 쉼이 없음은 진아 즉 중심공의 정성인지 알고 싶습니다.

2. 가아의 정성은 호흡을 함에 있어 30초, 40초 호흡을 인위로 하는 것이고, 중심공의 정성은 깨달음이 수반되어 반야심경에 나오는 공의 호흡을 하는 것이 맞는지 질문드립니다. 공의 호흡을 하다가 그 공도 없는 호흡을 자연스럽게 하게 되는 것이라 생각이 되었습니다.

2014년 10월 27일 오주현 올림

[회답]

1. 쉬지 않음은 도력의 왕성함과 욕심의 줄어듦을 말하고, 쉼이 없음은 도력의 쇠퇴함과 욕심의 늘어남을 말합니다. 따라서 가아의 정성이니 중심공의 정성이니 하는 확대해석은 할 필요가 없습니다.
2. 가아의 정성과 중심공의 정성 그리고 공의 호흡이 무엇인지 설명해 주시기 바랍니다.

정성(精誠)과 호흡(呼吸)

가아의 정성 : 욕심이 있는 정성, 무엇인가를 원하고 바라는 정성, 자신과 하나님을 둘로 보고 드리는 정성, 나와 한인, 한웅, 단군 할아버지를 둘로 보고 드리는 정성

중심공의 정성 : 욕심이 없는 정성, 원하고 바라는 것이 없는 정성, 전체와 하나가 되는 정성, 나와 하나님(한인, 한웅, 단군)을 하나로 보고 드리는 정성, 무의 정성, 함 없는 정성, 왼손이 하는 일을 오른손이 모르게 하는 정성

공의 호흡 : 무의 호흡, 텅 빈 호흡, 호흡을 함에 있어 텅 빈 마음을 실어서 하는 호흡, 숫자를 세지 않고 천부경, 대각경, 태을주, 삼일신고, 반야심경을 외우면서 하는 호흡

제 나름대로 생각해 보았습니다. 맞는지 모르겠습니다.

사실은 반야심경과 삼일신고 제29조 불식, 제34조 진산(塵山)을 외우면서 호흡을 하고 있었습니다. 갑자기 단전과 장심이 따뜻해졌

습니다. 양손바닥이 마주보며 단전과 머리 위에 위치하고 뜨거운 기운이 그 사이에 있었습니다.

그리고 반야심경을 외우던 중 모든 존재의 공상이 텅 비어 있다는 진리를 깨닫는 공부의 완성이 최상의 깨달음이라는 것을 알았습니다.

깨달음이 수반된 호흡을 공의 호흡이라고 생각하였습니다.

선도체험기에서 수행의 올바른 길을 배웁니다. 항상 감사드립니다.

2014년 10월 28일 구례에서 오주현 올림

[회답]

수련 중에 일어나는 어떤 현상을 경험하고 무조건 깨달음으로 단정하는 것은 성급합니다. 비록 깨달음으로 생각되는 현상을 체험했다고 해도 계속 관찰을 하면서 자기 자산의 심신에 어떤 변화가 일어나는지 용의주도하게 점검해 보아야 합니다.

젊어지는 세상

선생님께

메일 잘 받았습니다. 등반을 시작하셨다니 무척 반가운 소식입니다. 저 같은 경우는 힘이 들더라도 보통 내 나이 또래나 젊은 사람들보다 악을 쓰고 몸을 움직이니 처음에는 몸에 이상이 오나 시간이 지나면서 몸도 나아지고 힘도 더 불어나는 것 같았습니다. 힘은 드시겠지만 등산을 계속하실 수 있는 한 선생님 건강은 걱정 없을 것 같다는 생각에 기분이 좋습니다.

제가 모시고 가야 하는데 그러질 못해 항상 죄송스럽습니다.

오늘도 나무를 심고 내년 봄에도 여러 그루를 더 심을 생각입니다. 그 덕분인지 수련 덕분인지 전에는 사람들이 항상 똑같아 보인다더니 이제는 전보다 더 젊어졌다고들 합니다. 선생님도 점점 더 젊어지시고 계시지 않을까 생각합니다.

2014년 10월 30일 미국에서 이도원 올림

[회답]

내 건강에 그렇게 신경을 써주니 고맙습니다. 내 친아들한테서도 못 받는 효도를 받는 기분입니다. 증산도 도전에 보면 후천시대에는 사람의 평균 수명이 700세 내지 1500세라고 했고, 오행생식을 창안한 김춘식 선생은 인간의 수명은 곧 140세가 된다고 생전에 말했습니다.

내 생각에는 곧 닥쳐올 개벽 즉 지축이 바로 서고 일년 365일이 360일 되어 지구가 타원형에서 정구형(正球形)으로 바뀌면 인간의 수명은 1500년은 될 것이라고 생각됩니다. 개벽기를 살아남고도 수승화강(水昇火降)이 잘 이루어지고 마음과 행실이 바른 수행자는 그 누구나 그렇게 될 것입니다.

쓸모 있는 사람

선생님께

선생님 덕분에 아직 많이 부족하지만 그래도 이만큼 수련을 하였으니 지금 당장 죽어도 여한은 없겠지만 개벽 후 살아남아 세상에 봉사할 수 있는 기회가 주어진다면 더 큰 행복이겠지요.

큰 사고나 죽을 뻔한 일들이 있었을 때 기적적으로 위기를 넘긴 일이 여러 번 있어 신명의 도움이 아니라면 결코 이해될 수 없기에 혹시 내가 세상을 위해 조금이라도 쓸모가 있어 죽거나 병신을 만들지 않고 보호를 받고 있는 것이 아닌가 하는 생각을 했었습니다.

헌데 개벽의 소식을 들으니 선생님과 여러 제자 분들의 결실이 그때 드러나는 것이 하늘의 뜻이 아닌가 하고 생각해봅니다.

2014년 10월 31일 미국에서 이도원 올림

[회답]

이도원 씨가 그 먼 미국 땅에서 나를 찾아와 공부도 같이 하고 경주, 양주, 여주, 강화도 등지를 같이 여행도 하고, 마리산 참성단에 올라가 천제도 여러 번 지내고 북한산과 관악산 등산을 장시간 같이 한 것은 말할 것도 없고, 지금 이렇게 이메일로 교신까지 할 수 있게 된 것이 다 예삿일이 아니라고 생각됩니다.

공부의 수준을 한 단계 높이기 위하여 한동안 도전, 안경전 번역 환단고기, 춘생추살, 개벽실제상황, 생존의 비밀과 같은 책들을 정독하여 주시기 바랍니다.

위험한 고비를 여러 번 기적적으로 넘길 수 있었던 것 역시 필요할 때 요긴하게 쓰기 위한 하늘의 배려일 것입니다.

선도체험기를 읽는 동안 생사일여(生死一如)의 이치를 터득했다면 주기적으로 반복되는 천체 현상인 지축정립(地軸正立)이나 개벽 같은 데 구애할 필요가 있겠습니까? 어떤 환란이 닥쳐온다 해도 윤회를 통하여 삶의 양상만 바뀔 뿐인데.

구도자의 적정 체중

존경하는 삼공선생님께 삼가 문안 인사올립니다. 선생님 안녕하십니까? 전주 유원근입니다. 3일(월) 삼공재 수련을 받고자 합니다. 허락하여 주시면 감사하겠습니다.

아울러 질문이 있사온데, 1) 체중이 계속 줄어드는데 (52~53kg) 체중의 적정 하한선이 있는지요?

2) 뱃속에 적이 매우 단단히 자리잡고 있는데 오행생식으로 개선된 사례가 있는지요?

그럼 환절기 날씨에 선생님, 사모님 건강하시길 빌겠습니다. 안녕히 계십시오.

2014년 11월 01일 유 원 근 올림

[회답]

11월 3일 오후 3시에 기다리겠습니다. 구도자의 적정 체중의 하한선은 유원근 씨의 경우 키가 170cm이니까 60kg입니다. 유원근 씨는 지금 체중이 52~53kg이라고 했는데 그 정도에도 몸에 이상이 없으

면 별일은 없습니다. 오행생식을 꾸준히 하면 적(癪)은 자연히 소멸
되게 되어 있습니다.

손이 저절로 단전과 머리 위를

생식을 주문합니다.

살 빠지는 생식 말고 저에게 맞는 생식을 부탁드립니다. 살 빠지는 생식을 먹으면 힘이 빠지고 산을 오르기가 어렵습니다. 그리고 표준 생식만 먹으면 살 빠지는 생식보다는 힘이 나서 등산을 하기가 훨씬 수월합니다.

그러나 다른 것을 자꾸만 먹고 싶어 결국은 과식을 하게 됩니다. 살 빠지는 생식이 남아서 먹게 되었는데 그 순간부터 힘이 빠지고 귀가 웁니다. 먹는 것을 앞에 두고 매 순간 깨어있기가 참 힘듭니다.

저의 체질에 맞는 생식을 부탁드립니다. 현재 저는 175cm, 70kg입니다.

현재 저의 수련은 오후 3시에 단전에 불이 붙었다가 6시 즈음이면 꺼져버립니다.

매일 그러는 것은 아닙니다. 딱 3번 불이 붙습니다.

그리고 합곡, 종아리, 머리, 장심, 명문 등이 따뜻하거나 시원해지기도 합니다. 호흡을 하면서 도인체조를 동시에 하고 있습니다. 손이 저절로 단전과 머리 위를 오르내리면서 운기를 하고 있습니다.(정상적인 조식의 방법인지 알고 싶습니다.)

이때 손과 손 사이는 따뜻합니다. 그리고 배에서 꼬르륵 하는 소리가 나기도 합니다.

아침 절 수련, 저녁 달리기, 주말에는 등산을 하고 있습니다. 단전이 많이 실해지는 것 같은데 타오르지는 않습니다.

4달 이상을 부부관계를 하지 않았지만 고기 등을 먹으면 자제하기가 힘들어짐을 느낍니다.

『선도체험기』를 1권부터 다시 읽고 있습니다. 현재는 19권째입니다.

반복해서 읽으니 그동안 잊어버리고 살았던 수련의 방법들을 새롭게 정리하면서 수련을 하게 됩니다.

지감 조식 금촉 수련이 최상의 방법임을 다시 한번 알게 되었습니다. 세상에 절대로 공짜란 없음을 생활하면서 느낍니다. 노력한 만큼 성과는 반드시 나오고 제가 만물에게 마음을 주는 만큼 나에게 다시 돌아온다는 것을 느끼고 있습니다. 다만 이 느낌이 매 순간 살아 있었으면 합니다.

특히 무엇인가를 먹을 때, 직장에서 일을 하면서 이득과 손해를 구분할 때 항상 깨어 있어 하고 자신에게 명령을 합니다. 깨어있지 못해서 지나고 나면 후회를 하곤 합니다.

조금 손해를 보고 이기심보다는 공익을 우선하면 되는데 습관이 안 되어서 그런 거 같습니다.

내일 오후 3시에 삼공재를 방문하고 싶습니다. 생식 값을 알려 주시면 계좌로 보내겠습니다.

그리고 생식은 저의 체질에 맞는 생식으로 꼭 부탁드립니다. 사모님과 선생님 건강하십시오.

2014년 11월 28일 구례 오주현 올림

[회답]

손이 저절로 단전과 머리 위를 오르내리는 것은 정상입니다. 모든 것이 정상이니 우려할 거 없습니다. 다음부터는 생식을 표준으로 바꿀 것입니다. 생식 값은 24만원입니다. 11월 29일 오후 3시에 기다리겠습니다.

기운 느끼는 날

선생님 그동안 안녕하셨는지요. 캐나다 토론토의 권혁진입니다. 1월 9일에 13만 3천원을 보냈습니다. 은행의 말로는 한국 날짜로 화요일 쯤 들어간다고 합니다.

그리고 전에 구입한 책 3권을 꺼내서 보니 선생님의 친필 서명과 함께 2013년 10월 26일이라고 적혀 있었습니다. 어느덧 1년 3개월이 다 되어 가는군요.

저는 사실 지금은 수련을 하지 않고 있습니다. 기운도 느끼지 못하고요. 아마 90년도 초반으로 기억됩니다만 선생님을 찾아 뵙고 생식을 두어 번 구입해서 먹은 적이 있고 바쁜 나날 속에 수련을 하지 못했지만 선도체험기가 나오는 대로 구입하여 읽으면서 언젠가는 수련해서 기운을 느끼면 선생님을 찾아봐야겠다는 열망을 계속 가지고 있습니다.

선도체험기는 102권까지 읽었고 현재 103권을 읽고 있는 중입니다. (현재 105권까지 가지고 있고, 106권부터 보내주세요.)

제가 기운을 느끼는 날 선생님께 연락드리겠습니다. 물론 그때는 오행생식도 할 것입니다.

그때가 되면은 정말 저를 힘껏 도와주시면 이 세상에 쓸모 있는 하나의 촛불이 되어 선생님을 기쁘게 해드리겠습니다.

선생님 감사합니다. 좋은 책 많이 써주시고 가내 편안하시고 더욱 더 건강하시기 바랍니다.

2015년 1월 12일 캐나다 토론토에서 권혁진 드림

[회답]

기운을 느낀다는 것은 영계의 스승들이 선도 수행자의 자격을 인정해주는 것과 같습니다. 수련이란 열망만 가지고 되는 것이 아니고 중단 없이 꾸준히 기 공부 몸 공부 마음 공부를 매일 실천하는 것입니다.

그 실천 속에 시행착오가 있고 그것을 극복하면서 발전이 있게 마련입니다. 지금부터라도 늦지 않으니 세가지 공부를 매일 실천하시기 바랍니다. 그렇게 하신다면 나도 열심히 기운을 보내어 돕겠습니다. 입금되는 대로 다시 연락드리겠습니다.

신성주(神聖呪)와 운장주(雲長呪)

스승님 안녕하십니까?

아이들이 방학이다 보니 이리저리 동분서주하다가 이제야 메일을 드립니다. 우선 저번 주, 삼공재 방문 때 스승님께 말씀드렸던 신성주 한자 원문입니다.

神聖呪(신성주)

神聖大帝 太乙玄傻 於我降說 範圍靈極

(신성대제 태을현수 어아강설 범위영극)

유튜브에서 증산 참신앙 강의를 듣다가 찾은 것입니다. 유튜브 강의 내용에 따르면 강증산 상제님께서 태을주보다 신성주를 먼저 외어 보게 하여 영적인 체험을 먼저 시킨 연후에 태을주를 전파했다는 내용이 나옵니다.

실제로 그리 했는지는 모르지만 이 신성주를 외우면 공중부양도 가능했다고 하네요. ㅎㅎ

증산도 주문에는 빠져 있는 것인데 기운이 강하게 들어와서 외우고 있습니다.

참고로 증산도에서 공개 안 한 주문이 두 개 정도 있다는데 그 중에 하나 같다는 생각이 듭니다.

저는 태을주를 주로 외우다가 조금 기운이 딸린다 싶으면 신성주를 외우면 기운이 엄청 잘 들어 왔는데요.

현묘지도 화두 수련 중에 화두가 끝나갈 때쯤 되면 기운의 강도가 떨어졌는데 증산도 주문도 약간 비슷한 듯 보이면서도 다른 것 같습니다.

우선 처음에 태을주를 주로 외울 때는 현묘지도 수련과 약간 비슷하게 화면이 보였습니다.

현묘지도 연장선상 같다고 할까! 화두수련 중에 보였던 영상이 이어지며 보이는 것 같기도 하구요.

신라시대 금관이 계속 보이고 금관을 쓴 수로왕도 보였습니다.

그러나 저와 어떤 연관성이 있는지는 잘 모르겠고요.

솔직히 안 물어 봤습니다. 물어 봐야 될까요?

우장춘 박사라고 하시는 분도 왔다 가셨고 제가 현묘지도 수련 초기에 자주 보였던 족두리를 쓴 신부의 모습을 한 '꽃분이'라는 분도 계속 보이지만 아직 나와의 연관 관계는 잘 모르겠습니다. 현묘지도 할 때도 그 존재가 계속 보였지만 저와 어떤 인연인지 알아내지 못한 채 아주 오랫동안 저한테 머물러 있었습니다.

어제 수련 중에는 신성주 태을주 순으로 외우다가 기운이 좀 떨어진다 싶은 시점에 운장주를 외었는데 또다시 엄청 진동을 하며 기운이 쏟아졌습니다.

주로 운장주를 외우면서는 빙의령이 엄청 빠른 속도로 천도되며 오래 묵은 빙의령까지 정리되는 느낌이었습니다. 실제로 증산도 주문 중에 운장주는 삿된 기운을 물리치는 주문으로 알려져 있습니다.

주문은 다음은 다음과 같습니다.

운장주(雲長呪)

천하영웅(天下英雄) 관운장(關雲長) 의막처(依幕處) 근청(謹請)

천지팔위제장(天地八位諸將)

육정육갑(六丁六甲) 육병육을(六丙六乙)

소솔제장(所率諸將) 일별병영사귀(一別屛營邪鬼)

엄엄급급(唵唵唸唸) 여율령(如律令) 사바하(娑婆訶)

운장주는 도전에 나와 있는 주문이고요.

유튜브 동영상 강의에서는 증산도에서 알려진 주문이나 경전의 원류를 직접 파헤치고 잘못 전해진 주문이나 암송하는 방법 등을 상세히 알려주고 있습니다.

실제로 외어 보면, 제 경우엔 증산 참신앙 사이트에서 알려준 방식이 좀 더 편하고 자연스러운 것 같습니다.

그리고 어제 운장주를 외우는 과정에서는 피라미드가 계속 보이고 피라미드 위의 시안이라고 하나요?

눈동자 모양… 프리메이슨의 상징이라고 알려진 눈동자 모양도 보였습니다.(참고 자료 같이 보내났습니다.)

그런데 위의 상징들은 지금 같이 태을주 수련을 하고 있는 친구 신지현도 보았다고 하네요..

동영상 강의 내용 중에 몸을 심하게 떠는 것이 영안이 열리는 여러 과정 중에 한 과정이라는 설명이 나옵니다.

친구 신지현도 그렇고 태을주를 외우면서 그전보다 엄청 심하게 몸을 떠는데 신빙성 있는 주장 같습니다.

저 경우에는 여러 주문 중에 기운이 좀 떨어진다 싶으면 다음 주문으로 옮아가며 수련을 하고 있습니다.

여러 화면이 보이지만 화면 간 연관성이나 상징들의 의미는 잘 모르겠지만 스승님께 틈틈이 메일 드리겠습니다.

그럼 이만 줄이겠습니다.

아 참, 그리고 참신앙 사이트에 동영상들이 다 올라와 있고요. 증산 신앙 관련된 원 경전 내용들을 복사해서 공급하고 있습니다. 입금하면 책자들을 보내 준다고 하니 사이트에 한번 둘러보시기 바랍니다.

[회답]

수련 중에 등장하는 신라 금관, 수로왕, 우장춘 박사, 꽃분이, 피라미드 눈동자 등은 박동주 씨의 전생의 한 모습이거나 아니면 전생과 밀접한 관련이 있는 존재들의 모습입니다. 그들이 그렇게 나타나는 것은 다 무슨 이유가 있기 때문입니다.

정확한 정체를 알고 싶으면 그것을 화두로 삼아 자성(自性)에게 꾸준히 지극정성을 다하여 물어보면 해답이 조만간 나오게 되어 있습니다.

이렇게 수련 중에 나타나는 영상들을 화두로 여기고 박동주 씨 스스로 문제를 해결하는 습관이 붙어야 공부의 수준이 업그레드 하게 되어 있다는 것을 명심하시기 바랍니다.

수련은 어디까지나 외부의 사물보다는 자성(自性)에 의존해야 현저한 발전이 있게 되어 있습니다. 단전호흡도 현묘지도 수련도 주문(呪文) 수련도 수행자가 주체가 되어 필요에 따라 이용하는 방편일 뿐이라는 것도 잊지 마시기 바랍니다.

실례를 들어 신성주(神聖呪)는 증산 상제님이 천지공사를 하시던 1901년에서 1909년 사이에 그분을 따르던 제자들이 소화하기에는 힘든 주문이라고 봅니다. 그러나 지금은 그때보다는 구도자들의 의식 수준도 현저하게 향상되어 이제 발표할 때가 되어 다시 나타난 것 같습니다.

이 주문은 신성대제(神聖大帝)와 태을현수(太乙玄傁)라는 신령스럽고 거룩한, 두 고귀한 신령(神靈)이 강령(降靈)하기를 기원하는 주문입니다.

내가 보기에 견성을 하지 못한 수행자들은 접신되기 쉬운 주문입니다. 그래서 그 당시 상제님께서 보급을 보류하신 것으로 생각됩니다.

도인과 접신자의 차이가 무엇인지 아십니까? 도인은 자기에게 들어온 어떠한 외부 신령이든지 자기 마음대로 부릴 수 있지만, 접신자는 그 신령의 부림을 당하게 됩니다.

선도 수련 초기에 내가 멋도 모르고 한 강령술(降靈術) 모임에 참석했다가 운사합법신(運思合法神)에게 접신되어, 나의 의사가 아니라 순전히 운사합법신의 요구에 따라 웬만큼 수련이 된 수련자에게는 누구나 무조건 백회를 열어주는 일을 한 일이 있었습니다.

그때 만약에 지금은 작고한 문화영 도반의 도움이 아니었더라면 나는 큰 봉변을 당했을지도 모릅니다. 지금 생각해도 아찔한 일입니다.

운장주(雲長呪)는 천하영웅 관운장의 능력을 빌어 사귀(邪鬼)를 쫓아내는 주문입니다. 이것 역시 구도자가 관운장 신령에게 접신만 되지 않고 부릴 수만 있다면 유효하게 이용할 수 있는 훌륭한 주문입니다.

구도자에게 주문(呪文)은 광부가 갱도를 파 들어갈 때 이용하는 삽, 곡괭이, 드릴 같은 각종 굴착 도구와 같다고 보면 됩니다.

사이비 교주들의 경우 예외 없이 수련 중에 잘못되어 접신이 된 사람들인데 이들의 특징이 자기 우상화와 신격화, 엽색(獵色), 축재, 사기협잡(詐欺挾雜) 등이고, 무슨 일이 있어도 자기 잘못을 뉘우치는 일이 없다는 겁니다.

그러한 접신자(接神者)는 어떠한 경우에도 자기 잘못을 절대로 뉘우칠 줄 모른다는 것만을 알면 컬트(cult) 즉 사이비 교주를 쉽게 알아낼 수 있습니다.

신선하면서도 특별한 책

선생님 안녕하세요. 저는 서울 살고 있는 성민혁이라고 합니다. 올해로 제 나이 30이고 트레이너를 하고 있습니다.

평소 단전호흡을 비롯한 건강관련 서적 보는 걸 좋아해서 이런저런 책들을 많이 접해 봤는데 밥따로 물따로 카페의 아리랑 칼럼을 통해서 재작년 선도체험기를 알게 되었습니다.

평소 봤던 단전호흡 책들이 이론적인 것들만 적어 놓은 것이라면 선도체험기는 저자가 직접 시행하면서 일어난 변화들에 대해서 자세히 적어 놨기 때문에 책을 보면서 몰입할 수 있었고 나도 따라서 해 봐야겠다는 생각이 많이 들었습니다.

그리고 수련뿐만이 아니라 다양한 에피소드들도 책에 몰입할 수 있는 요인들이었던 것 같은데 책 초반에 나오는 사이비종교 단체와의 갈등이 진행되는 부분에서는 잠자는 시간을 제외하고 책만 볼 정도로 몰입해서 봤던 기억이 납니다.

그만큼 선도체험기는 제게 있어서 신선하면서도 특별한 책이었고 그래서인지 100권이 넘어감에도 불구하고 거의 2번 정도씩은 책을 다시 보게 되었습니다.

확실히 처음 볼 때하고는 와 닿는 느낌들이 많이 다르더군요. 처음에는 경전이나 시사 문제에 대해서는 적당히 보고 넘겼는데 다시 볼 때는 그 부분들에서 새로운 묘미를 느낄 수 있었습니다.

책을 보다 보면 항상 나오는 역지사지 방하착(放下着) 외에도, 문제가 있을 땐 관을 하라는 내용들… 어떻게 보면 지겨울 정도로 많이 나오는 내용들인데 그러한 내용을 계속 읽다가 보니 제 생활에도 알게 모르게 많은 변화가 있었던 것 같습니다.

예전 같으면 감정에 휩쓸릴 때가 많이 있었는데 그걸 알아차리는 것만으로도 제 감정을 다잡는 데 많은 도움이 되고 있습니다.

그리고 항상 다른 사람의 입장에서 생각을 해보는 것들… 쉽진 않지만 항상 생활에서 적용시키려고 노력 중에 있습니다.

선도체험기 이전에는 밥물과 웨이트 트레이닝 위주로 몸 공부를 했었는데 지금은 알즈녀와 등산도 추가해서 하는 중입니다. 등산은 요새 날이 추워서 쉬는 중인데 날이 풀리면 다시 시작하려고 합니다.

기 공부는 제가 가부좌를 오래하진 못해서 의수단전을 시간 날 때 많이 하고 누워서도 틈틈이 하고 있습니다.

장심과 단전에 기를 느끼고 있으며 수련이 잘되는 날은 단전이 달아오르거나 가끔 이물감(異物感)이 느껴질 때가 있습니다.

그리고 이따금 수련하면서 선생님 이미지를 떠올릴 때가 있는데 항상 그런 건 아니지만 가끔씩 기가 엄청 쎄게 들어온다고 느껴질 때가 있습니다.

이런 걸 보면 기 공부는 혼자 하기보다는 직접 찾아 뵙고 가르침을 받는 게 옳다는 생각을 자주 하다가 이제야 이메일을 쓰게 되었습니다.

제가 삼공재 여는 시간 동안 갈 수 있는 게 일요일밖에는 안 되는데 선생님께서 허락해 주신다면 찾아 뵙고 가르침을 받고 싶습니다. 물론 생식할 준비는 되어 있습니다.

이렇게 글을 적어보니 글 쓰는 일이 정말 만만치 않다는 걸 많이 느끼고 쓰는 연습을 많이 해 봐야겠다는 생각을 해봅니다. 긴 글 읽어 주셔서 감사합니다. 오늘도 좋은 하루 되십시오.

2015년 1월 21일 성민혁 올림

[회답]

오는 1월 25일 오후 3시에 ○○구 ○○동 ○○아파트 ○○○동 ○○○호로 찾아오시기 바랍니다. 그때 성민혁 씨를 만나보고 나서 어떻게 해야 할지 결정하겠습니다.

소주천일까요?

근무지 변경으로 인한 핑계로 수련을 많이 하지 못했습니다. 다시 열심히 해보려고 합니다.

선생님의 가르침 부탁드립니다. 손이 소주천 길을 따라서 움직이는 것은 무엇을 의미하는 것일까요? 이때 손과 손 사이는 따뜻하고 몸도 열기가 납니다.(계속 발전을 하다 보면 눈밭에서 수련을 해도 주변을 녹일 수 있다는 확신은 듭니다.) 소주천이 되고 있다는 것일까요? 아니면 소주천이 되려고 하는 과정일가요? 궁금합니다.

저의 체질에 맞는 생식을 부탁드립니다. 현재 저는 175cm, 70kg입니다. 생식 값을 가르쳐 주시면 통장으로 입금해 드리겠습니다. 건강 하십시오.

2015년 1월 25일 구례 오주현 올림

[회답]

소주천은 단전에 축적된 기운이 임맥(任脈)과 독맥(督脈)을 한 바퀴 도는 것을 말합니다. 지금이라도 가부좌하고 앉아서 단전에 모인

기운을 회음, 장강, 명문, 척중, 신도, 대추, 아문, 강간, 백회의 순서
로 된 독맥을 지나 임맥인 인당, 인중, 천돌, 정중, 중완, 단전, 회음
의 순서로 순환하는지 확인하기 바랍니다.

그렇게 또는 그 반대로 돌려도 상관없습니다. 좌우간 단전의 기운
이 임독(任督)을 일주하는지 확인해보기 바랍니다. 그것이 되면 소
주천이 틀림없습니다. 확인 후 다시 메일을 보내기 바랍니다.

오주현 씨는 지함 표준이 적합하므로 4통 값 24만원을 기존 통장
(국민은행 431802-91-103970 예금주 김태영)으로 입금하시면 즉각 보
내드리겠습니다.

주문 수련 체험기

스승님 안녕하십니까?

태을주, 신성주, 운장주 세가지 주문을 번갈아 가며 수련을 하는 도중에 운장주를 외우면 특히 빙의령들이 빠른 속도로 천도가 되고 있습니다.

그런데 기운이 강해진 만큼 들어오는 빙의령의 강도도 세어져서 감정 통제가 잘 안 될 때도 있습니다.

현묘지도 수련 중에도 강한 기운을 받는 만큼 준비되지 못한 마음의 그릇의 크기가 문제시되어 같이 살고 있는 시부모님과의 갈등으로 너무 힘들었습니다.

지나고 보니 수련이 진행된다는 것은 저에게 있는 카르마를 같이 소멸시키는 과정이라고 생각됩니다. 기운이 강할수록 정신을 바짝 차리지 않으면 휘둘리고 있는 저 자신을 발견하게 됩니다.

시댁에서 시집살이할 때는 그 원망의 대상이 시부모님이었다가 지금 주문 수련을 하는 도중에는 그 원망의 대상이 남편으로 옮아 온 듯합니다.

제가 수련 중에 본 영상이 맞다면 남편은 전생에 저(장희빈)에게 사약을 먹여서 죽음으로 내몰았는데 제 자신이 얼마나 원망을 품고 갔을지 상상이 됩니다.

이렇듯 다시 카르마, 업으로 엮어져 다시금 부부로 4남매를 낳고 살면서도 전생의 제 원망의 에너지로 현재의 저 자신과 남편을 괴롭히고 있는 저 자신을 발견하고 있습니다.

그나마 제가 수련을 하는 구도자의 입장이라는 것이 천만다행이긴 하지만요. ㅎㅎ

운장주를 외우면서부터 계속 보이는 피라미드가 수련 중에 빙빙 돌다가 제 인당으로 들어와 꽂히더니 머리 속이 환해졌습니다.

그 이후로 빙의령들이 순간순간 천연색으로 선명하게 보입니다.

거짓말 조금 보태면 내셔널 지오그래픽 수준으로 명확하게 보이기도 합니다.

아, 그리고 계속 지속되던 진동은 이제 멈추었고 기운이 강할 때만 간헐적으로 진동을 합니다.

특히 구렁이 뱀들이 많이 보이는데 원래부터 진치고 계신 구렁이 님들이 친구들을 많이 불러 들이셨는지 여러 종류의 뱀들이 입을 쩍쩍 벌리며 이빨을 드러내고 위협을 가합니다. 운장주를 외울 때 특히 더 그러한 것 같습니다.

수련이 진행될수록 남편과의 갈등이 심해졌었는데 남편으로부터 들어오는 빙의 역시 너무 심하기도 하구요…

수련의 고삐가 좀 느슨하다 싶으면 휘둘렸던 순간도 있었습니다.

휘둘린다는 것은 제가 제 감정을 다스리지 못하고 폭발하고 원망의 감정을 쏟아 낸 것인데 금방 후회를 하고 다시 수련에 매진하긴 하지만.

그렇게 감정적으로 휘둘린 후에는 너무 자책이 됩니다. 제가 이것 밖에 안되는구나 하는 자책 말입니다.ㅠㅠ

전 그냥 제 임의대로 마음이 가는 대로 증산도 쪽 주문을 외우고 있습니다만, 어떤 방편으로든 수련이 진행되고 제 마음과 기운의 변화가 좋은 쪽으로 향한다는 확신이 들어 계속 진행해 볼 예정입니다.

스승님께서도 태을주 수련 후에 명현현상이 엄청 심했다고 하셨는데 신성주 운장주 후에는 어떤 변화가 있으셨는지 궁금하네요.ㅎㅎ

저는 다음 주문으로 옮겨 가 볼까 합니다. 순서는 없는데 짧은 순으로 하고 싶어서요.ㅎㅎ

갱생주(更生呪)

天更生 地更生 人更生 更生 更生 更生
천갱생 지갱생 인갱생 갱생 갱생 갱생
天人 天地 天天 地人 地地 地天 人人 人地 人天
천인 천지 천천 지인 지지 지천 인인 인지 인천

갱생주의 뜻은 새로 태어난다. 새로운 삶을 산다는 뜻이다. 하늘도 다시 태어나고 땅도 다시 태어나고 그러므로 인간도 다시 태어나야 한다.

다시 태어나지 않는 인간은 인간이라 할 수 없으며 천지가 받아들이지 않는다. 다시 태어나고 다시 태어나고 다시 태어나는 이때에 하늘이 인간 노릇하고 하늘이 땅 노릇하고 하늘이 하늘 노릇하는 이

천존의 시대에서 땅이 인간 노릇하고 땅이 땅 노릇하고 땅이 하늘 노릇하는 지존의 시대를 거쳐 이제는 인간이 인간 노릇하고 인간이 땅 노릇하고 인간이 하늘 노릇하는 인존의 시대로 갈 때에 다시 새로운 삶을 살도록 노력하겠다는 뜻이라고 증산도 카페에 나와 있네요.

더 긴 부연 설명이 나와 있지만 간추리면 이러합니다.

수련에 매진하고 다음에 또 메일 드리겠습니다.

2015년 1월 28일 박동주 올림

[회답]

박동주 씨가 선도 수련을 한 덕분에 전생의 장면들을 볼 수 있었고, 숙종과 장희빈이 그 시대에 못 다 이룬 인연으로 금생에 다시 맺어져 아들 딸 낳고 살면서 남편이 사약을 내린 것만을 원망하고 그를 괴롭힐 뿐 자신이 인현왕후를 폐출(廢黜)시킨 잘못을 회개치 못한다면 공평하지 않다고 봅니다.

구도자로서 좀 더 관(觀)에 집중하여 그 얽히고설킨 과거사의 난제들을 금생에야말로 말끔이 청산함으로써 그 일로 남편과 다시 맺어지는 일은 더 이상 없어야 할 것입니다. 그것이 금생에 박동주 씨가 기필코 풀어야 할 숙제 중의 하나일 것입니다.

태을주, 신성주, 운장주 공부로 수련에 상당한 효과를 보고 있다니 참으로 다행입니다. 갱생주는 도전에도 원문이 나와 있었습니다. 나 역시 갱생주, 신성주, 운장주를 매일 여러 번 암송하고 있습니다. 태을주와 시천주 못지않는 좋은 기운을 받고 있지만 아직 특이한 변화는 겪지 못하고 있습니다. 다음 메일 기다리겠습니다.

수련은 나 스스로가 온전히 바뀌는 것

스승님 답 메일 감사히 잘 받았습니다.

제가 보낸 메일을 다시금 읽어 보니 조금 오해의 소지가 있었네요.

제가 남편과의 갈등을 얘기하는 장면에서 전생의 저의 원망의 감정으로 저와 남편을 괴롭히고 있다는 뉘앙스로 얘기가 전해진 거 같아 부연 설명드리고 싶습니다.

부부지간의 문제로 인한 하소연 같은 부분이라 기승전결 생략하고 제가 저 자신에 관한 부분만 잘라 말하다 보니 그렇게 전달된 것 같습니다.

제가 아이 넷을 키우다 보니 솔직히 육체적으로 경제적으로 많이 힘에 부치는 게 사실입니다.

현실 문제에서도 수련을 하며 관을 통해서 지혜로운 해법을 도출하고자 노력하고 있습니다.

특히 상대가 있는 관계 속에서의 갈등은 관을 통해서 서운함이나 원망 같은 감정을 나름 잘 다스려 왔다고 생각합니다.

남편의 사업이 요즘 좀 힘들어서 규칙적인 수입을 갖다 주지 못하고 있지만 아이들 사교육 하나 시키지 않으면서 저 혼자 아등바등 가정을 꾸려 나가면서도 행여 남편이 기죽을까 싶어 힘들어도 크게 내색하지 않았습니다.

남편 일이 시간적으로 여유가 있다 보니 집에서 아이들을 잘 돌보아 줄 듯도 싶은데 늘 스마트폰에 중독되어 있는 남편이 못마땅했습니다.

가뜩이나 이제 중학교를 올라가는 큰아들이 사춘기에 접어들어서 말도 듣지 않고 공부도 하지 않으려 해서 고민 중인데 나 몰라라 하는 남편이 곱지 않았네요.

아이들 교육면에서도 좋지 못하고 아이들이 아빠를 늘 고정된 모습으로 인지하고 있는 것도 속상하여 진지하게 얘기도 해보고 타일러도 보았지만 얘기할 때뿐이었습니다.

물론 밖에서 힘들게 일하고 들어와서 스트레스가 많아서 그렇겠지 하고 이해하고 넘어가고 싶어도 바뀌지 않는 모습에 회의가 몰려왔습니다.

특히나 남편이 술을 먹고 온 날은 빙의도 장난이 아니어서 기운 빠지고 힘없는데 아이들 건사는 늘 제 몫이다 보니 절로 남편에 대한 원망의 감정이 눈덩이처럼 커졌습니다.

특히 남편이 빙의가 심할 때는 저한테 넘어 오는 과정에서 서로 원망의 감정이 더 증폭되는 거 같습니다.

잘 키우지도 못할 것을 왜 애를 넷이나 낳았는지 왜 나 혼자 이렇게 늘 아등바등해야 하는지…등으로 원망이 폭발하여 남편과 크게 싸웠습니다.

감정적으로 극에 달하니 하지 말아야 할 말까지 내뱉고 말았는데 거기서 아차 싶었습니다.

감정을 추스르고 아이들을 재우면서 수련에 들면서 남편과 제 관계를 관하며 생각했습니다.

지금의 부부의 연은 제가 전생에 품었던 원망의 감정들의 빚과 남편의 미안한 감정이 카르마가 되어 현생에 맺어졌다는 것을요...

모든 인과가 저 때문에 빚어진 것이고 우린 그 빚을 청산하기 위해 만났다는 것도 알았습니다.

제가 수련이 월등해서 저에게 오는 빙의령들에게 휘둘리지 않고 의연했다면 원망이 폭발한 대신에 남편을 남의 편이 아닌 제 편으로 끌어 올 수 있는 방법을 모색했겠지요. ㅠㅠ

후회하고 수련에 든 뒤에 무엇이 방법인지 다시 생각해 보니, 방법은 제가 수련을 게을리하지 말고 월등해져서 휘둘리지 않고 상대를 감화시킬 정도가 되어야 된다는 것입니다. ㅠㅠ

문제는 상대방을 바꾸는 것이 아니라 내가 온전히 바뀌는 것입니다. ㅠㅠ 그래서 수련이 어렵습니다. ㅠㅠ

저번에 삼공재 갔을 때 수련시에 뵈었던 인현왕후인 듯한 분에게 대성통곡하며 사죄드렸습니다.

제가 기억 못하는 전생이지만 제가 얼마나 어리석고 나쁜 년(ㅠㅠ)이었는지 안다고 하면서 품었던 한을 거두어 주시고, 뼛속 깊이 죄송하다고 사죄드린다고 말씀드렸습니다.

그렇게 맘속으로 외치니 몸이 전기에 감전된 듯 떨리기 시작했습니다. 단지 그런 사죄의 말씀으로 한이 풀리실지는 모르겠지만 진심을 다해 성심으로 사죄드렸습니다.

솔직히 지금 마음으로는 다음 생엔 꼭 남편을 인연으로 만나 데리고 살아달라고 부탁도 하고 싶네요. ㅎㅎ

열심히 정진 후 또 메일 보내드리겠습니다.

2015년 1월 28일 박동주 올림

[회답]

감내하기 어려운 현실을 이겨나가면서도 스스로 자기 관리를 철저히 하여 자신의 약점을 보완해나가는 모습이 압권입니다. 해원, 보은, 상생의 시대에 걸맞은 수련방법입니다. 다음 이야기 기대합니다.

생식으로 대장암 고친 사연

대장암 3기말 투병기

가수 신야(이남수)

안녕하십니까? 저는 충남 천안에 사는 1961년 12월 6일생 현 나이 55세, 가요계에 등단한 지 6년 된 가수 신야 (본명 이남수)입니다.

다름이 아니라 제가 대장암 3기말에서 오행생식을 한 후 우여곡절 끝에 지금은 건강해진 이야기를 있었던 그대로 솔직하게 적어보겠습니다.

저는 천안에서 조그만 음식점을 경영하는 한편, 사단법인 한국예술 인총연합회 아산 지회장 직을 수행하면서 가수로 활동하고 있습니다.

그러던 중에 저희 협회에서 2014년 3월 10일, 3박 5일 일정으로 필리핀으로 해외 연찬회를 가게 되었습니다. 필리핀에 도착해서 연찬회를 마치고 다른 장소로 이동하면서부터 문제가 생겼습니다.

전날 호텔에서 여장을 풀고 저녁식사를 하면서 술을 마시게 되었습니다. 저는 평소에도 술과 흡연을 하면서도 건강에는 자신이 있었습니다. 그날 호텔에서 밤늦게까지 술과 음식을 들었습니다.

그런데 다음날 아침에 갑자기 배가 아프고 구토를 하면서 식은땀이 흐르고 설사를 하는 통에 걸을 수가 없었습니다. 하루 종일 아무것도 먹지 못하고 누워있으니까 좀 가라앉는 거 같았습니다.

  그런데도 구토와 설사를 하면서 아랫배가 끊어질 듯 아팠습니다. 아무 일도 못하고 귀국한 즉시 집으로 와서 평소 알고 지내던 천안시 쌍용동에 위치한 원내과 병원에 가서 진찰을 받았습니다. 의사가 하는 말이 숙변 같으니 괜찮아질 거라 했습니다. 단 당뇨가 조금 있다고 하였습니다.

  다행이라 생각하고 약 처방을 받아먹고 평소에 자주 가는 천수사라는 절에 가서 스님, 보살님과 함께 저녁식사를 하였는데 그날 밤에 또 배가 끊어질 것 같은 통증에 잠을 못 이루고 곧바로 천안 순천향대학병원에 예약을 하고 여러 가지 검사를 받았습니다.

  진단 결과 청천벽력 같은 말을 들었습니다. 대장암 3기 말이라는 것입니다. 눈앞이 캄캄하여 아무것도 안보이더군요.

  도저히 믿기지가 않았습니다. 제 식구와 같이 어찌할 바를 몰라 엉엉 울었습니다. 말로만 듣던 일이 나에게도 닥쳤구나 하고 말입니다. 정신이 하나도 없었습니다.

  정신을 차리고 지나온 일을 생각해 보았습니다. 제가 가수활동을 하면서 전국 방방곡곡을 누비면서 축제행사를 하고 음식과 술 담배 등 여러 가지 음식을 과식한 것이 화근이었습니다.

  너무 후회스러웠습니다. 정신을 차리고 병원에 갔더니 위험한 상태이니 당장 수술을 하자는 것이었습니다. 제 아내와 친구 지인들은 당장 수술을 하자고 난리가 났습니다. 집으로 찾아와서 수술을 하라는 친구도 있었습니다.

  저는 괴로웠습니다. 그때 마침 제 친구인 약산샘물 충남총판을 하는 이한배를 찾아가서 상의를 했습니다. 친구 이한배가 하는 말이 서울에 자기가 모시는 선도체험기의 저자이신 김태영 선생님이 계시니 한번 가자고 했습니다. 그래서 둘이 선생님을 찾아뵙고 인사를 드리게 됐습니다.

선생님께서 저를 한참 보시고 진맥을 하시면서 말씀하시기를 수술을 하지 말고 오행생식을 하면서 선도체험기를 읽으라고 하셨습니다. 왠지 믿음이 갔습니다. 그날 오행생식을 처방해 주셔서 가지고 내려와 당장 선도체험기 한 질을 구입하여 열심히 읽었습니다. 물론 생식도 열심히 먹었습니다.

한 열흘 정도 먹고 나니 정말 가스가 엄청 나오기 시작하면서 속이 편하고 졸리면서 명현현상이 오면서 여러 가지로 힘이 들었습니다.

그러더니 20일 정도 되니까 변을 보는데 너무 좋은 것이었습니다. 제가 이 나이 먹도록 변을 이렇게 시원하고 잘 보고 변의 굵기가 이렇게 컸던 것은 처음이었습니다. 변기 구멍이 막힐 정도였습니다. 너무 좋았습니다.

제가 제 몸을 알겠더라고요. 너무 편하고 몸이 가뿐하고 피곤한 것도 모르고 정말 좋았습니다. 그렇게 생활을 하던 중에 문제가 생겼습니다.

저의 아내와 친구 지인들이 난리가 났습니다. 수술을 하라는 것이었습니다.

그러나 수술을 안 한다고 고집을 부리고 오행생식을 하면서 선도체험기를 열심히 읽었습니다. 그런데 친구, 동생, 식구들이 찾아와서 나를 힘들게 할 정도로 수술을 강권하였습니다.

도저히 집에 있지 못할 것 같아서 오행생식과 선도체험기 책을 가지고 평소에 제가 아는 스님에게 가서 상의 후에 만덕사라는 절로 도망갔습니다

거기 가서 아무도 없는 절에서 선도체험기를 읽고 오행생식을 혼자 열심히 먹었습니다. 몸이 계속 좋아졌습니다. 너무 좋았습니다. 좋은 공기 마시면서.

그런데 제 식구들과 지인들이 절에까지 찾아와서 난리가 났습니다. 하다못해 연예인협회 회원 분들까지 와서 수술하면 될 것을 왜 그러고 있느냐고 여러 날을 그렇게 성화를 하니 절의 스님께도 죄송하고 여러 가지로 괴로웠습니다.

결국에는 절에 계신 스님까지도 수술을 하라고 저를 설득했습니다. 너무 힘이 들었습니다. 며칠을 고집부리다가 수술을 받기로 했습니다.

그날 저는 엄청 울었습니다. 서울에 계신 김태영 선생님 얼굴이 떠올라 죄송해서 어찌 할 줄을 몰랐습니다.

결국에는 2014년 5월 21일에 수술대에 올랐습니다. 수술대에 오르는 순간 만감이 교차하더군요. 돌아가신 아버님, 식구들, 친구들 생각나고 이대로 죽을 수도 있다는 생각이 들더군요. 눈물이 흘렀습니다. 그렇게 해서 배를 20cm나 가르고 대장을 4.5cm를 잘라냈습니다. 엄청 고통스러웠습니다.

10일 동안 입원을 하고 퇴원을 해서 항암치료를 시작했습니다. 정

말 고통스러웠습니다. 3번째 항암 치료를 받으면서 제 몸은 뼈만 남 았습니다. 수술하기 전의 몸무게가 72kg 이었는데 3번째 항암치료를 받고 나니 58kg 밖에 되지 않았습니다.

정말 힘들어서 죽을 것만 같았습니다. 저를 만난 사람들은 저를 보고 깜짝 놀라더군요. 몸이 너무 말랐다고 하면서.

병원에서 치료를 받던 중에 잘 아는 간호사가 오더니 울면서 항암 치료를 받지 말라고 말했습니다. 그때는 너무 힘이 들어 하니까 제 식구도 말을 못하더군요. 이러다가는 정말 죽을 것 같았습니다.

그래서 제가 병실에서 간호사를 불러 주사를 빼달라고 하니 그건 안 된다고 했습니다. 싸우다시피 해서 곧바로 병원을 나와 오행생식 을 다시 시작했습니다. 그러던 중에 기적 같은 일이 일어났습니다.

병원에서 치료를 받을 때는 구토를 하고 힘이 없고 누워만 있어도 어지럽고 변도 묽게 보고 괴로웠는데, 생식한 지 1주일 정도 되니까, 변을 재대로 보면서 처음 오행생식을 먹을 때와 같이 기력을 회복하 며 가벼운 산행도 하면서 얼굴에 혈색이 돌아왔습니다. 너무 좋았습 니다. 그래서 이거다 하는 생각이 확 들었습니다.

오행생식을 들면서 선도체험기를 정말 열심히 읽었습니다.

그러던 중에 제 친구 이한배의 소개로 서울에 계시는 구명당 한의 원 정근행 선생님을 소개 받았습니다. 이것이 인연인가 봅니다.

대화를 하다 보니 정근행 선생님도 선도체험기를 읽고 오행생식을 하시면서 단전호흡 수행을 하시는 분이었습니다. 정말 기분이 너무 좋아서 날아갈 것 같았습니다.

그렇게 해서 정근행 선생님께 침을 맞고 열심히 오행생식을 먹으면서 선도체험기를 읽었습니다.

지금은 오행생식이 떨어질 때가 되면 김태영 선생님을 찾아뵙고 진맥도 받고 열심히 하고 있습니다. 현재 제가 오행생식을 9개월째 하고 있으며 몸무게 65kg을 유지하고 있고 수술 후에 선생님의 맥진 처방은 토 금 금 수 선공이었는데 4개월이 지난 지금은 표준 4개 선공 하나 이렇게 장수 처방을 받아 열심히 먹고 있습니다.

지금은 몸이 완쾌되어 가수 활동은 물론 제가 평소에 해오던 일도 열심히 하고 있습니다.

저의 두서없는 대장암 투병기가 선도체험기 독자들에게 조그마한 희망이 되었으면 하는 바램으로 적어 보았습니다.

이것은 오로지 김태영 선생님의 한량없는 자비심과 선도체험기의 원력임을 절실히 깨닫게 되었으며 이 체험담이 우리 주변의 각종 암으로 고생하는 환우들에게도 좋은 메시지가 되어 구도의 방편이 되면 참으로 큰 보람이 되겠습니다.

제가 이렇게 세상을 다시 살 수 있게 도와준 친구 이한배와 김태영 선생님, 정근행 선생님 너무 너무 고맙습니다. 어떻게 말로 그 고마움을 이루 다 표현할 수가 있겠습니까? 정말 정말 감사합니다.

열심히 살겠습니다.

2015년 2월 9일
천안에서 신야(이남수) 올림

[필자의 독후감]

내가 오행생식 대리점을 운영하는 삼공재(三功齋)에는 가끔 암환자들이 찾아온다. 내 경험에 따르면 그 환자가 생식을 소화하여 흡수할 수 있는 능력만 있으면 어떠한 암이든지 잡을 수 있다고 확신한다.

그러나 대부분의 사람들이 생식을 싫어한다. 어떤 사람은 생식을 하여 오래 살기보다는 윤기가 잘잘 흐르는 쌀밥을 원 없이 실컷 먹으면서 굵고 짧게 살다가 죽는 쪽을 택하겠다고 말한다. 이처럼 사람들은 쌀밥에 중독되어 있어서 비록 암에 걸려도 생식을 먹으려 하지 않는다.

얼마 전에 암으로 사망한 국민의 사랑을 온통 독차지했던 한 여자 탤런트도 누가 생식을 권하자 그렇게 말했다고 한다.

우리는 무엇 때문에 음식을 먹어야 하는가? 신중하게 생각해 볼 필요가 있다. 음식은 살기 위해서 먹는 것이지 맛을 탐해서 먹는 것은 아니다. 맛을 탐해서 음식을 먹는 사람은 십중팔구 과식을 하게 된다. 과식은 만병의 근원이다.

그러나 일단 암에 걸렸다 하면 어떻게 하든지 고쳐보려고 필사적이다. 그러나 거듭 말하지만 생식을 소화할 능력이 있는 사람은 틀림없이 누구나 예외 없이 그 무서워하는 암을 고칠 수 있는 것은 틀림없다.

가수 신아(이남수) 씨도 생식을 소화할 능력이 있었으므로 오행생식을 하여 대장암이 3기 말까지 진행되었는데도 20일 만에 병세를 능히 꺾을 수 있었다.

오행생식이 너무도 쉽게 암을 고치니까 암환자들은, 화장실 갈 때 다르고 나올 때 다르다고, 일단 병이 쉽게 나으면 그 순간 자기가 그 무서운 암에 걸린 것이 아니라고 착각을 하는 경우가 있다.

실제로 3기 위암 환자가 찾아온 일이 있었는데 그는 다행히도 생식을 소화할 수 있는 능력이 있었으므로 내가 처방한 생식을 먹고 보름쯤 되어 암 증상이 감쪽같이 사라졌다.

그는 자신이 그 무서운 암에 걸린 것이 아니라는 착각을 하고 생식을 제멋대로 중단하고 다시는 나를 찾아오지 않다가 몇 달 뒤에 위암이 재발하자, 당황한 끝에 이번엔 생식 따위는 새까맣게 잊어버리고 큰 병원에 찾아가 수술과 항암 치료를 받았다는 소문이 들려왔는데 그 후 소식이 끊어진 실례도 있다.

암을 완전히 치료하려면 적어도 1년 동안은 생식을 하여 체질을 완전히 바꾸어야 한다고 말해주었건만 그는 그것을 잊었던 것이다.

이남수 씨처럼 수술 후에라도 나를 다시 찾아오지 않는 것으로 보아 결국 수술과 항암 치료에도 불구하고 이겨내지 못하고 결국 사망하지 않았나 생각된다.

오행생식이 너무도 쉽게 암을 고치니까 중병에 걸렸다는 실감이 들지 않아서 이런 일이 벌어진 것이 아닌가 생각된다.

간혹 생식은 물론이고 익은 음식도 소화시킬 수 없는 암환자가 찾아오는 경우가 있는데 이런 환자에겐 생식도 속수무책이다.

　현대의학은 암, 신부전증, 당뇨에는 유달리 무력하다. 이 사실을 알았더라면 이남수 씨의 친척, 친구, 지기들이 그렇게도 극성스럽게 이남수 씨에게 수술을 강요하는 우는 범하지 않았을 것이다.

　사람은 누구나 자기 병을 남이 대신 앓아줄 수 없고, 죽음 역시 아무도 대신해 줄 수 없다는 엄연한 진실을 알아야 한다. 이남수 씨가 친구들의 강권으로 수술을 택한 것은 큰 잘못이다.

　수술 전에 삼공재를 찾아왔더라면 멀쩡한 배를 20cm나 가르고 대장(大腸)을 4.5cm나 잘라내는 대수술을 받은 후에 그 끔찍한 항암치료를 받는 고통은 겪지 않아도 되었을 것이다.

　그러나 그런 일을 당하고도 우여곡절 끝에 나를 찾아온 것은 위에 말한 3기 암환자에 비하면 그나마 다행이라고 생각된다.

　암 수술과 항암치료를 받아야 한다면 차라리 자연치유력에 맡겨두는 것이 나을 것이다. 암은 환자 자신도 모르게 자연치유되는 경우도 많으니까.

　모든 사람들이 수술만이 만병통치라는 미신에서 제발 하루 속히 깨어났으면 한다. 수술은 비록 성공한다 해도 하늘이 준 자연치유력을 크게 훼손한다는 것을 알아야 한다.

　이남수 씨는 과식이 암의 원인인 것으로 알고 있는 것 같은데 그렇지 않다. 암의 주원인은 스트레스요 걱정 근심이다. 그래서 내일 당장 지구의 종말이 온다 해도 오늘 사과나무를 심겠다는 느긋한 마음은 늘 유지할 필요가 있다. 선도체험기는 그러한 마음 공부에 도움을 주는 책이라는 것을 밝혀두는 바이다.

금언金言과 격언格言들

서로 다투는 철학자들의 논쟁을 초월하여
진정한 깨달음을 얻은 사람은 '나는 지혜를
얻었으니 이제 남의 지도를 받을 필요가 없다'고
알아, 무소의 뿔처럼 혼자서 가라. - 숫타니피타 -

有事考功, 有言考用(유사고공, 유언고용). - 荀悅(순열) -
　할 일이 있으면 그 결과를 미리 내다보아야 하고, 할 말이 있으면
그 쓰임을 미리 생각해 보아야 한다.

不聰不明不能王(불총불명불능왕), 不瞽不聾不能公(불고불농불능공).
　　　　　　　　- 愼子(신자, 전국 시대 신도가 이은 책) -
　귀 밝고 눈 밝지 못하면 임금 노릇 할 수 없고, 눈 멀고 귀 멀지
않으면 시아버지 노릇 못한다.

完全人格, 首在體育(완전인격, 수재체육).
　완전한 인격을 갖추려면 몸부터 튼튼해야 한다.

古之用人, 無澤於勢(고지용인, 무택어세).

　　　　　　　- 蘇洵(소순, 북송 시대의 문학자) -

옛날에는 사람을 기용할 때 그 사람의 배경을 보고 고르지 않았다.

자기를 사랑할 줄 안다면

자신을 잘 지켜야 한다.

슬기로는 사람은 밤의 세 때 중

한번은 깨어있어야 한다. -법구경-

* 밤의 세 때: 자시(밤 11시~1시), 축시(밤 1시~3시), 인시(밤 3시~5시)

꽃은 졌다가 피고, 피었다가 또 지는 법

비단옷 입던 사람도 운수 다하면 베옷으로 갈아입는다.

부자도 언제나 부자인 것은 아니고, 가난한 집도 언제까지나

가난한 것은 아니다.

운이 좋다고 해서 저 푸른 하늘 끝까지 뻗어오를 수는 없고,

운이 나쁘다고 해서, 저 깊은 나락으로 곤두박질만 치지는 아니하

리라.

그대에게 권하노니, 무슨 일을 두고도 하늘을 원망하지 말라.

하늘은 사람에게 후하고 박한 차별을 두는 법이 없느니라.

　　　　　　　- 명심보감 -

탐내지도 말고, 갈망하지도 말며, 남의 덕을 가리지도 말라.

혼탁과 미혹을 버리고 세상의 온갖 집착에서 벗어나
무소의 뿔처럼 혼자서 가라. - 숫타니파타 -

狗不以善吠爲良(구불이선폐위량), 人不以善言爲賢(인불이선언위현).
-장자(莊子)-
잘 짖는다고 해서 좋은 개라고 할 수 없고, 말을 잘한다고 해서
현명한 사람이라고 할 수 없다.

먼저 자기 자신을 바로 세우고 나서
남을 가르치라.
이렇게 하는 지혜로운 이는
괴로워할 일이 없으리라.   -법구경-

한탄할 일이로다. 사람의 마음 독하기가 뱀 같구나.
하지만 하늘의 눈이 수레바퀴처럼 도는 것을 모른단 말인가.
작년에 제 정신을 잃고 동쪽 이웃의 물건을 편취하더니
오늘은 어느덧 북쪽 집으로 발길을 돌렸구나
불의로 모은 재산은 끓는 물이 눈송이 뿌리기요
갑자기 생긴 논밭은 물살에 밀려온 모래 같은 것
교활한 꾀로 생활의 방편을 삼는 것은
아침에 떠오르는 구름, 저녁에 지는 꽃잎처럼 덧없는 것이니라.
-명심보감-

의롭지 못한 것을 보고 그릇되고 굽은 것에
사로잡힌 나쁜 친구들을 멀리하라.
탐욕에 빠져 게으른 사람을 가까이 하지 말고.
무소의 뿔처럼 혼자서 가라. -숫타니파타-

酒肉弟兄千個有(주육제형천개유), 落難之中無一個(낙난지중무일개).
                                      - 憑夢龍(빙몽용) -
 술상 앞에 천명의 형제들이 있다해도, 곤경에 처하고 보니 하나도
안 보이네.

남을 가르치듯 스스로 행한다면
자신을 잘 다스릴 수 있고
남도 잘 가르치게 될 것이다.
자신을 다스리기란 참으로 어려우니라. - 법구경 -

어떠한 약으로도 재상의 목숨을 연장할 수 없고,
아무리 많은 돈을 써도 자손의 지혜를 살 수는 없다. - 명심보감-

널리 배워 진리를 아는, 생각이 깊고 현명한 친구를
가까이 하라. 그것이 이익이 됨을 알고 의심을 버리고,
무소의 뿔처럼 혼자서 가라. - 숫타니파타-

好高欲速, 學者之通患(호고욕속, 학자지통환). - 朱熹(주희) -

높은 자리를 좋아하고 빨리 이루려는 욕심이야말로 학자들의 공통된 병이다.

자기야말로 자기의 주인
어떤 주인이 따로 있을 것인가.
자기를 잘 다스릴 때
얻기 힘든 주인을 얻으리라. - 법구경 -

하루 동안 마음이 깨끗하고 평안하면
그 하루는 곧 신선(神仙)이니라. - 명심보감 -

세상의 유희나 오락 또는 쾌락에 젖지 말라.
꾸밈없이 진실을 말하며,
무소의 뿔처럼 혼자서 가라. - 숫타니파타 -

여행은 어리석은 자와 같이 하느니보다 차라리 혼자 떠나는 것이 낫다.

吉人住處是名堂(길인주처시명당).
어진 사람이 사는 곳이 바로 명당이다.

君子動口, 小人動手(군자동구, 소인동수).

군자는 입이 앞서고, 소인은 손이 앞선다.

知之者, 不如好之者(지지자, 불여호지자),

好之者, 不如樂之者(호지자, 불여낙지자). 論語(논어)-

안다는 것은 좋아하는 것만 못하고, 좋아하는 것은 즐기는 것만
못하다.

(선도체험기 110권에 계속됨. 110권은 이 책이 나간 지 3~4개월
후에 발행될 예정임.)

저자 약력

경기도 개풍 출생
1963년 포병 중위로 예편
1966년 경희대학교 영어영문학과 졸업
      코리아 헤럴드 및 코리아 타임즈 기자생활 23년
1974년 단편 『산놀이』로 《한국문학》 제1회 신인상 당선
1982년 장편 『훈풍』으로 삼성문예상 당선
1985년 장편 『중립지대』로 MBC 6.25문학상 수상

저서로는 단편집 『살려놓고 봐야죠』(1978년), 대일출판사, 민족미래소설 『다물』(1985년), 정신세계사, 장편 『소설 환단고기』(1987년), 도서출판 유림, 『인민군』 3부작(1989년), 도서출판 유림, 『소설 단군』 5권(1996년), 도서출판 유림, 소설선집 『산놀이』 ①(2004년), 『가면 벗기기』 ②(2006년), 『하계수련』 ③(2006년), 지상사, 『선도체험기』 시리즈 등이 있다.

선도체험기 109권

2015년 3월 25일 초판 인쇄
2015년 3월 30일 초판 발행

지은이   김 태 영
펴낸이   한 신 규
편 집   안 혜 숙
펴낸곳   글앤북
주 소   138-210 서울특별시 송파구 동남로 11길 19(가락동)
전 화   Tel. 070-7613-9110 Fax. 02-443-0212
등 록   2013년 4월 12일(제25100-2013-000041호)
E-mail geul2013@naver.com

ⓒ김태영, 2015
ⓒ글앤북, 2015, Printed in Korea

ISBN   979-11-950284-9-8 03810 정가 15,000원